中国
文学与文化
研究丛书

于宏　胡沛萍　著

当代藏族小说中的女性形象研究

四川大学出版社
SICHUAN UNIVERSITY PRESS

图书在版编目（CIP）数据

当代藏族小说中的女性形象研究 / 于宏，胡沛萍著
. — 2 版 . — 成都：四川大学出版社，2024.3
（中国文学与文化研究丛书）
ISBN 978-7-5690-6580-0

Ⅰ．①当… Ⅱ．①于… ②胡… Ⅲ．①藏族－女性－
人物形象－小说研究－中国－当代 Ⅳ．① I207.42

中国国家版本馆 CIP 数据核字（2024）第 051624 号

书　　名：当代藏族小说中的女性形象研究
　　　　　Dangdai Zangzu Xiaoshuo zhong de Nüxing Xingxiang Yanjiu
著　　者：于　宏　胡沛萍
丛 书 名：中国文学与文化研究丛书

丛书策划：张宏辉　欧风偃
选题策划：欧风偃
责任编辑：欧风偃
责任校对：吴　丹
装帧设计：李　野
责任印制：王　炜

出版发行：四川大学出版社有限责任公司
　　　　　地址：成都市一环路南一段 24 号（610065）
　　　　　电话：（028）85408311（发行部）、85400276（总编室）
　　　　　电子邮箱：scupress@vip.163.com
　　　　　网址：https://press.scu.edu.cn
印前制作：四川胜翔数码印务设计有限公司
印刷装订：成都市新都华兴印务有限公司

成品尺寸：170mm×240mm
印　　张：15
插　　页：2
字　　数：261 千字

版　　次：2017 年 4 月　第 1 版
　　　　　2024 年 3 月　第 2 版
印　　次：2024 年 3 月　第 1 次印刷
定　　价：68.00 元

四川大学出版社
微信公众号

序

钟进文

　　藏族当代文学是中国少数民族文学界一直持续关注的一个领域，2010年12月中央民族大学正式成立"985工程"文学中心，由我担任中心主任。该中心旨在形成一个具有解决民族文学理论与现实问题能力的学术团队，将学科水平提到一个新的高度，并为国家解决少数民族文学问题及制定文学政策提供科学依据。中心在相关项目预申报基础上，经专家论证，确定了少数民族作家文库建设系列、文学理论与民族文学研究丛书、民族文学与文学关系研究系列、藏族文学研究系列、民族影视文学与新媒体文学研究系列，以及民族文学个案研究等重点建设系列，其中按族别形成的建设项目只有藏族文学。在学校"985工程"专项经费支持下，短短几年形成了藏族母语作家文库建设系列和藏族文学研究系列。出版的作品如下：德本加著、万玛才旦译《人生歌谣》，青海民族出版社2012年；扎巴著《桑布鹰傲与圣地拉萨》，青海民族出版社2012年；德本加著《无雪冬日》，青海民族出版社2012年；拉先加著《成长谣》，青海民族出版社2012年；扎巴著、龙仁青译《青稞》，青海民族出版社2013年。其中德本加著、万玛才旦译《人生歌谣》和拉先加著《成长谣》出版后，由日本东京外国语大学东亚语言文学研究所星泉翻译为日文，2014年12月由日本勉诚出版社出版发行。德本加著《无雪冬日》获得第十一届全国少数民族文学创作"骏马奖"。完成的研究成果有：完代克编《德本加小说研究》，青海民族出版社2012年；完代克著《加布青德卓研究》，青海民族出版社2012年；吉多加著《藏族现代诗学》，青海民族出版社2013年；扎巴著《苯教神话研究》，青海民族出版社2013年；扎巴编《写作经验漫谈》，青海民族出版社2013年；完代克编《百年拉萨诗歌研

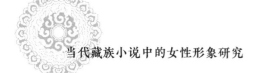

究》，青海民族出版社 2014 年；扎巴著《赤德颂道歌研究》，青海民族出版社 2014 年；增宝当周著《次仁顿珠小说研究》，青海民族出版社 2014 年；等等。

2012 年文学中心又召开了"藏族母语作家德本加小说研讨会"。此次会议填补了藏族母语文学个人创作研讨会的空白，创造了历史性的第一次。本次会议是对藏族母语文学的一次推进，与会专家学者认为，1949 年以来特别是改革开放以来，藏族文学空前发展，但藏族文学研究仍面临诸多问题。首先，藏族文化圈的学者对藏族当代文学的研究显得滞后。其次，有些学者用现代西方理论强行阐释母语作品，使得藏族文学的民族特性越来越淡。再次，藏族与藏族、藏族与汉族、藏族与国外的作家和研究者之间的交流较少，制约了藏族文学的发展。此次会议打破封闭局面，搭建起了一座交流的桥梁。会议之后出版了各民族学者撰写的藏汉两种文字的《德本加小说研究》专辑。从母语文学角度看，藏族当代文学的作家构成包括藏族母语作家、藏族非母语作家、非藏族母语作家。值得注意的是，目前，藏族母语作家已在藏族当代文学作家队伍中占到大多数，形成数量可观的藏族母语作家群。藏族繁荣的母语创作与藏文刊物的发展也分不开，目前藏文文学刊物有《西藏文艺》《章恰尔》《邦锦梅朵》《拉萨河》《民族文学（藏文版）》等，藏族因其丰厚的母语创作和研究的实践经验，有理由贡献更多成绩，承担更多责任。

与此同时，使用汉语写作的藏族作家从无到有，从少到多，逐渐形成一个创作群体。他们拓展民族文化守望意义，自由穿行于边缘和中心、传统和现代、藏文化和汉文化、藏文化与多元文化之间，汲取多种民族文化养分，用全新的表现形式，不断描述和展示着藏族文化的独特个性和精神内核。藏汉双语并举，交叉并存，已经成为当代藏族文学创作的客观现实，二元创作模式已构成当代藏族文学创作的新面貌。

在经济一体化和文化全球化背景下，"如何看待这些作家的'跨语际''跨族别''跨文化'创作成果在藏族文学发展史和文化发展史上的地位，如何将藏族当代文学的发展置于中国当代文坛的大环境和多民族历史文化发展乃至多民族文学关系发展的角度加以考察，如何解读在全球化语境和多元文化背景下中国少数民族作家疏离母语而运用汉语创作这样一种文化现象及其创作成果，是一个非常有意义的话题"（丹珍草《藏族当代作家汉语创作论》）。

如上所述，进入新世纪后，藏族当代文学的方方面面都得到学界的广泛关注，仅笔者案头存放的成果就有丹珍草《藏族当代作家汉语创作论》（民族出版社 2008 年），卓玛《中外比较视阈下的当代西藏文学》（上海大学出版社 2015 年）等，还有一批评阅评审的博士、硕士研究生学位论文以及申请立项的省部级课题等，可以说藏族当代文学的纵深研究已成趋势。

于宏和胡沛萍二位博士完成的《当代藏族小说中的女性形象研究》可以说是藏族当代文学研究向纵深发展的有益尝试。

本书认为女性的社会角色越是丰富多样，越能够表明社会的文明与进步，就越能够表明社会对女性的尊重与重视。考察文学作品中的"女性形象"的一个重要维度，就是要审视她们在社会领域中的角色与地位，借此来检视整个社会为女性所创造的生活环境到底处于一种什么样的状况，进而探测社会在特定的历史时期对于女性的关注和重视到底达到了何种程度，这种关注与重视是否存在着偏差与误导，是否依然隐藏着对女性的种种习焉不察的忽略与歧视。同时，考虑到藏族社会自身传统文化特殊性和经济文化发展的地域性特征，本书也不排除从民族传统文化那里寻找可资参考的理论资源，以求更为切实妥帖地阐释当代藏族小说中"女性形象"所包含的历史内容和思想内涵。

我认为，文学中的"女性形象"研究，其实就有一种女权主义文学批评的味道。女权主义批评实际是一种怀疑的文本阐释学，它首先假定文本并非其所自诩的那样公正、客观、明晰，因而去寻找文本所掩饰的矛盾、冲突、空白和沉默，检验文学和美学判断的有效性，其出发点在于反对久远以来的男性中心说，主张将女性世界和女性话语作为研究对象。本书很多章节重点分析了小说作品中的妇女形象，积极探索了与妇女有关作品中蕴含的女性意识和女性独特的审美体验。

总览全书，有两大特点。一是对当代藏族小说中"女性形象"进行了较为细致的分类。当代藏族小说中出现了许多新的女性形象，如知识分子、打工者形象，即使是地母型的女性形象，也与传统神女、圣女形象不同，对于这些女性形象的分类论述，对于我们认识当代藏族文学中的女性形象的社会文化内涵有一定的启发意义。二是对诸多女性形象蕴含的文化内涵和女性意识进行了较为深入的剖析，展示了看似相似的藏族女性形象在不同时期不同环境承载着的不同价值观念和思想意识。

尽管文学创作不是社会学、人类学、文化学，但文学研究界常常会以社会学、人类学、文化学的眼光来审视文学创作，希望从文学文本内发掘出那些内隐外显的重要的"非文学性"因素，诸如社会发展状况、时代精神风貌、人类生存状态、作家创作心理、社会思想意识等。从这种研究思路和学术目标出发，探幽抉微地寻求、开掘文学作品中潜藏的思想观念意识也就成了一种非常重要的研究理路，因为它意味着对作品思想水准的探测，也意味着对作家思想水准和观念意识的评骘。就文学中的"女性形象"而言，在思想观念层面上，它往往能够在一定程度和范围内映照出作家个人，以及作家所处时代社会对女性认识、理解的程度和方式。某种类型的"女性形象"往往意味着某种类型和方式的评价取向和观察态度，乃至情感寄托。本书努力从斑驳陆离的"女性形象"中获得特定时期社会对女性的认识深度与价值期待以及相应的评价机制。

当然，本书还可以聚焦当代女权主义文学批评焦点——阅读和写作两个方面展开更加深入的研究。一是透过对于作者、文本、阅读者、媒介等多方面错综复杂的互动关系的谈论解析，发现其中隐含的权力运作、文化意义、价值取向、身份认同等社会建构功能；二是重视"性别差异"比较，在研究中加入作为基本分析范畴的作者性别，换言之，以作者性别来思考问题，以期促使人们认识到构成作者生活和文本的其他差异范畴。

总之，当代藏族小说中的"女性形象"研究绝非简单的人物形象研究，而是一个系统工程，可以说此研究开拓了藏族文学一个新的研究领域，它不仅和藏族文化传统中的女性社会、女性地位、女性意识、女性思维等密切相关，而且和当今社会非主流文化之丧失发言权与表达权，被主流文化"边缘化"，乃至"自我边缘化""自我客体化"等普遍关注的焦点问题也密切相关。

藏族是我国少数民族文学创作的富有者，一直以来得到学界的普遍关注和高度重视。就在笔者动手撰写这篇序言时，中国作家协会公布了第十一届全国少数民族文学创作"骏马奖"评奖结果。"骏马奖"是由中国作家协会和国家民族事务委员会共同主办的少数民族文学的国家级文学奖，在全国55个少数民族范围内通过层层筛选投票产生。本届"骏马奖"24部获奖作品中藏族占据4部，在3个翻译奖中藏族占1个，由此可见，藏族当代文学

在中国少数民族文学中具有举足轻重的地位，对藏族文学进行多领域多角度
深入研究不仅非常必要，而且在中国少数民族文学研究中具有重要的引领作
用。是为序。

2016 年 12 月

目　录

绪 论

她们的身影

一

人文社科领域内的大量研究已经表明，在人类社会发展史上，自父系社会取代母系社会，女性遭遇"历史性的失败"之后，就不可逆转地沦落为"弱势群体"：处在以男权意识为中心的社会体系的束缚、压制之中，难以获得独立，难以像男性一样成为社会的主宰或主人。这是女性仅仅因为生理性别的不同，进而导致的社会性别上的差异而不得不接受的历史"宿命"。虽然自现代以来，随着社会文明程度的不断提高，在社会各方力量，尤其是女性自身力量的争取、推进中，女性已经越来越走向解放，获得了诸多社会权利，然而，即使如此，男女不平等依然是一个无法忽视的社会现象。

但吊诡的是，女性的劣势地位却从来没有影响以男性意识为中心的社会对她们进行热烈、持久的关注。至少在文学创作这一人类高级的精神活动领域，女性始终是一个难以或缺，甚至是不能或缺的重要角色。纵观古今中外的文学史，可以毫不费力地发现，没有一个国家（地区）或民族的文学忽视或忽略对女性形象的塑造与刻画。在整个人类的文学史上，我们所熟知的女性形象绝对不少于拥有社会大量资源和绝对话语权的男性形象。

尽管关注并不意味着重视和尊重，有时甚至是贬斥与蔑视，但文学作品对女性形象的不断书写，却从一个侧面有力地表明，人类社会的全面发展离不开女性的参与。这又反过来证明，女性成为弱势群体这一社会文化现象必然存在着许多值得思考与审察的话题。这就意味着，有必要从一切可能的角度去检视、辨析、清理这些话题，从而在尽可能开阔的视野中观察、考量、认识与女性有关的一切问题。毫无疑问，从这样的目的出发，文学中的女性形象作为现实女性的艺术写照和投影，就具有非常重要，甚至是不可忽视的研究价值。而事实已经证明，这样的思路也是非常行之有效的。这种有效性不仅仅体现在自古以来就有论者关注女性形象，通过考察阐释文学作品中的女性形象来揭示社会文化问题，更主要地还体现在自古以来，那些所谓的"天经地义"千古不变的关于女性的种种观念，有许多都是通过作家的文学创作传承下来的。就中国文化史而言，从早期的经史子集，到唐宋的传奇、话本，再到元明清的戏曲、小说，可以说正是这些流传久远，甚至已经成为经典的作品，承载运营着关于女性的"天经地义"的看法与观念，一代又一代地渗透浸润到了人们的意识之中，成了不言自明、无须确证的金科玉律。这种情况在西方文化史中也大同小异。从古希腊、罗马文化，到基督教的《圣经》，再到后来的中世纪文学，直到文艺复兴和启蒙文学，延至十九世纪的现实主义文学和二十世纪初的现代主义文学，都没有中断对女性的评头论足、说长道短。而一代一代的读者也是通过这样的艺术世界所构建的话语体系和规范，想当然地接受了对女性的种种看法。换而言之，文化史上关于女性的种种观念和看法，现实生活中关于女性的许多认识、理解，并不是直接来自每个人的切身体验和调查研究之后的理性思考，而是间接地来自那些颇具艺术感染力的艺术作品。可以说，艺术作品是人们认识女性的一个"重要的文化场域"，正是在这个"文化场域"里，人们自然而然地接受了一切关于女性的言说与评判。通过这个"场域"，人们认识的不仅仅是作为生理性别的女性本身，而是比生理性别更为丰富、复杂的社会问题、文化现象和精神意识。

从文学社会学的角度来说，文学是人类活动和社会历史的一面镜子。换句话说，尽管文学作为一种精神产品是人们情感涌动、精神劳作的产物，但它的源泉却是纷繁驳杂的生活现实。因此，不论作家以何种方式、以什么样的手法构建自己的文学世界，其作品在根本上还是对社会现实和人类活动的反映和观照，即使是那些关注自己内心世界和抒发自我情感的作品，也莫过于此。如此一来，人们借助文学世界来探测社会风气，推究人伦道德，演绎哲理观念，评判文化价值也就成了顺理成章的文学研究理路。而这种理路以何种方式介入文学研究，则由研究者们所处的具体的社会文化环境和现实迫切问题决定，同时也与研究者个人的人生经历、兴趣爱好、知识背景有关。除此之外，还与被考察研究的对象所包容的"问题含量"有关。也就是说，被考察对象是否包蕴着足够引发社会关注的丰富而强劲的艺术能量，是否蕴含着能够激发研究者们把问题深入下去的"学术潜力",是否能够提出一些具有普遍性意义的社会、文化问题。就文学领域而言,"女性形象"就具备了这样的品质,包蕴了这样的能量。可以毫不夸张地说,自文学作品中出现女性形象以来,人们对它的探讨、评说、论争就没有中断过。无论是西方文学界,还是中国文学界,对"女性形象"的关注都是一个历久弥新的话题。其中,借助"女性形象"来推演探究社会问题就是一个长久不衰的"陈旧"模式。近现代以来,随着社会文明程度的提高,这样的情势更是水涨船高。这些问题往往都与女性的社会活动和日常生活有关,也与整个社会的全面发展、走向完善有关,如女性解放、男女平等、恋爱、家庭婚姻、教育就业等。

"在任何社会中,妇女解放的程度都是衡量普遍解放的天然尺度"的断言被认为是对"女性与社会发展进步关系"最有力的概括。自其诞生之日起,就成了人们借此批判男权社会,为女性"申冤"的一个理论据点,也成了热情关注女性社会生存状况的研究者们的一个理论基石,成了他们呼吁妇女解放的一个重要理论根据。文学中的"女性形象"借此也发挥了重要的作用,这种情形在社会发生转折的关键时期似乎更为鲜明、显著、活跃。中国的"五四"时期就是这样一个相当典型的历史时期。"五四"一代接受了西方民主思想和科学观念的作家和文化学者以反对等级森严的封建礼教,提倡平等自由民主的现代理性观念的历史使命为己任,在宣扬新的观念的同时大力批判传统规范中落后腐朽的消极因素,从而促进整个社会的解放与进步。基于这样的时代追求,"五四"一代作家与文化学者在许多问题上达成了共识,其中一个非常显著而重要的共识是对妇女问题的关注。"五四"一代作家与文化学者都不约而同地认识到,要想彻底批判落后腐朽的传统观念,冲毁坚固的传统规范,就必须关注妇女问题,揭示妇女问题,并进而解决妇女问题,因为妇女在漫长的封建社会里所遭受的压制、剥夺是最为深重的;如果不解决妇女问题,不解放妇女,那么中国社会摆脱旧有文化体制,创建新的符合人性的文化体制是不可能的,如此一来,所谓的科学民主自由的现代社会的建立就是痴人说梦。在这样的社会历史环境和文化语境中,"五四"一代作家在创作中塑造了大量的新型女性形象,赋予了她们崭新的社会历史内涵和文化意蕴,从而开启了中国文学史对女性形象塑造的新纪元。

从上面所述可以获知,文学中的"女性形象"绝不仅仅是一个艺术元素,它可能蕴含着更宏大、复杂、深刻的社会文化问题。这就意味着研究"女性形象"必然有着自身的重大意义。尽管目前我们所处的社会早已进入了一个与过去相较而言相对文明、进步的社会，妇女问题也得到了逐步的解决，男女平等至少在国家制度层面和法律精神上得到了保证，但文化观念和事实上的不平等依然存在着。对于当代藏族女性来说，情况与中国其他地区的女性大致相同。这就意味着我们依然可以借助当代藏族小说中的"女性形象"来考察、探究当代文学是如何反映藏族女性的现实境遇和生活状况的，而这些考察也许会在以下一些方面对我们展示当代藏族女性的现实境遇和生活状况，以及她们的情感世界、精神风貌有所帮助。

第一，对女性爱情观念和婚姻家庭生活的描述。对于女性而言，恋爱、婚姻、家庭往往是生活中一个非常重要的部分。恋爱的甜美、婚姻的幸福、家庭的和谐，对于女性来说也许意味着许多，甚至是人生的一切。但现实生活给予女性的切身经验却不都是令人欣悦的，五味杂陈、酸甜苦辣也许是一种更为普遍恒常的体验。那么通过作品中女性人物的这种恒常持久的生活体验，能够体味到当代藏族女性什么样的生命情态和生活境遇呢？我们又能从作家对女性在恋爱、婚姻、家庭中的角色定位和两性关系中的位置的安排探析出创作主体什么样的女性观和性别意识呢？以及，在此基础上如何去评判他们的女性观和性别意识对女性价值的提升所具有的正负能量？

女性主体意识的觉醒不仅仅依赖社会力量，也依靠女性自身的潜力，这种潜力的重要标识是敢于对阻碍女性合理全面发展的种种负面因素发出质疑，提出挑战，必要时还敢于抗争、坚决摧毁。从发掘潜藏在女性身上的主体意识和性别意识的目的出发，我们考察当代藏族文学中的"女性形象"，就是要从充满男权中心意识的文本空隙中发掘出隐藏在女性精神内部的自我意识和性别意识，同时也要辨析、揭示作家通过"女性形象"投射到文本中的女性意识和性别意识。

第二，对当代藏族女性社会角色和社会地位的辩证审视。与男性为人类社会的进步发展贡献力量一样，人类历史的发展进步离不开女性的参与，人类历史所取得的巨大进步也同样包含着女性的付出与贡献。但在过去男权意识占据绝对统治，女性被"剥夺"话语权的历史时期，女性始终处于被书写的地位，无法获得为自己申诉的自由与空间，她们的种种努力和贡献由此也沉寂在历史长河的底部，不为世人所知。同时，由于种种不合理的规范和制度的限制与压抑，女性被局限在狭小的生活范围之内，无法施展与生俱来的、完全可以与男性一比高下的才华与智慧，所以她们在历史上所扮演的社会角色少之又少，即使是个别女性突破戒律，冲破藩篱，"出人头地"，她的社会角色往往也是非常单一而短暂的。在藏族古代历史时期，这是身为"弱势群体"的女性的历史性宿命。这种被限制和压制的命运在近代以来开始有了转机。随着民主、自由、平等观念的广泛散播和逐渐深入人心，随着接受了现代意识的进步开明人士的大声疾呼，更重要的是在那些借时代东风而自我意识觉醒的现代女性的不懈努力之下，女性逐渐获得一些应有的权利，可以走出家庭闺房，进入广阔的社会领域，寻找自己的安身立命之地，实现自己"身为女性""身为个人"的独特价值，女性单一的家庭角色从此成了一个历史名词，广阔的社会为女性展开了选择自我新角色的巨大空间。

毫无疑问，女性的社会角色越是丰富多样，就越是能够表明社会的文明与进步，就越是能够表明社会对女性的尊重与重视。我们考察文学作品中的"女性形象"的一个重要维度，就是要审视她们在社会领域中的角色与地位，借此来检视整个社会为女性所创造的生活环境到底处于一种什么样的状况，进而探测社会在特定的历史时期对于女性的关注和重视到底达到了何种程度，这种关注与重视是否存在着偏差与误导，是否依然隐藏着对女性的种种习焉不察的忽略与歧视。对于当代藏族小说中的"女性形象"而言，这样的考察自然也是题中之义。当然，考虑到藏族社会自身传统文化特殊性和经济文化发展的地域性特征，我们的考察自然也会从民族传统文化那里寻找可供参考的理论资源，以求更为切实妥帖地阐释当代藏族小说中"女性形象"所包含的历史内容和思想内涵。

第三，对社会妇女观演变的考察与描述。尽管文学创作不是社会学、人类学、文化学，但文学研究界常常会以社会学、人类学、文化学的眼光来审视文学创作，希望从文学文本内发掘出那些内隐外显的重要的"非文学性"因素，诸如社会发展状况、时代精神风貌、人类生存状态、作家创作心理、社会思想意识等。从这种研究思路和学术目标出发，探幽抉微地寻求、挖掘文学作品中潜藏的思想观念意识也就成了一种非常重要的研究理路，因为它意味着对作品思想水准的探测，也意味着对作家思想水准和观念意识的评骘。就文学中的

"女性形象"而言，在思想观念层面上，它往往能够在一定程度和范围内映照出作家个人，以及作家所处时代社会对女性认识、理解的程度和方式。某种类型的"女性形象"往往意味着某种类型和方式的评价取向和观察态度，乃至情感寄托。由此看来，从斑驳陆离的"女性形象"身上，完全可以获知特定时期社会对女性的认识深度与价值期待以及相应的评价机制，从这些认识深度、价值期待和评价机制中无疑会显露出某些观念形态的东西。

第四，以批判的眼光审视包蕴在"女性形象"中的传统女性观念。这应该包括两个方面的内容。一是创作者在塑造"女性形象"时所带有的性别忽视或歧视倾向。前面已经提及，文学创作中出现大量的"女性形象"，的确能够在某种程度上说明社会对女性的高度关注，至少可以说明创作者对女性的关注是积极的。但关注不意味着重视和尊重。尽管艺术创作是一种极具个性的精神活动，但作家也是社会文化和活动的产物，他（她）的创作必然带有社会文化和活动的印记。因此，作家的创作必然带有被社会意识形态浸染过的种种文化观念、思想意识和评价标准等，而这些因素会自觉不自觉地投射到作家所描写的对象那里。鉴于此，在考察、分析人物形象时就有必要审查创作者"投寄"在人物身上的种种来自社会习惯性思维意识的陈旧因素，以质疑的眼光和批判性的评述辨析、清理种种歧视女性和歪曲女性真实存在，以及不利于女性真实形象呈现的种种迷雾。二是通过文本缝隙和空白，发现作品中隐含的种种关于性别歧视的"集体无意识"。前面说过，作家创作必然会将旧有的文化惯性带入文本之中，这就意味着即使作家有意识地以科学进步的现代女性观来塑造自己心目中的新型女性形象，但在无意识中，他们也有可能带着旧有的文化观念，并把它们植入到了"女性形象"身上。由此看来，作家创作时拥有自觉的现代意识并不一定能够完全保证他不受传统社会潜意识的侵袭。这就警示我们有必要从那些貌似公正、客观，甚至是对女性带有偏爱、同情、怜悯倾向的叙事中发掘隐藏于文本内部的对女性可能造成的误解、歪曲。

第五，借助"女性形象"的文化内涵寻求当代女性文化重构的可能性。文学创作活动是一种充满活力的文化活动。它往往会引领时代的文化风潮，左右文化发展的方向。尽管在电子传媒和消费趣味甚嚣尘上的当今时代，文学创作活动的文化建设能力已经相当微弱和疲软，但它还没有彻底地退出文化舞台，其文化建构能量在一定范围内还是具有足够的辐射能力。对当代藏族小说中的

"女性形象"进行考察研究和解读阐释，并从文化哲学的角度进行提升的研究目的，必然会要求我们必须放眼民族地域文化的广阔领域，探究当代地域民族文化和其他文化相互交汇、交融的可能，探究在不失却个性的文化前提下，多元文化环境形成的可能。尤其是有必要从女性文化建构的可能性出发，探索当代藏族女性文化建构的时代取向和精神旨归。在此前提下，还可以继续探讨当代藏族小说创作中"女性形象"的艺术内涵在哪些方面存在着不利于构建现代女性文化的负面因素。

第六，在纵向上比较分析当代藏族小说中"女性形象"在哪些方面超越了古代传统文学中的女性形象。这可以试着从两个方面展开。一是就艺术性而言，当代小说中的"女性形象"在艺术品位上对古代传统的女性形象有哪些超越，如人物类型的多样化，人物性格的圆形化，塑造人物时表现手段的多样化等。二是当代藏族小说中的"女性形象"在思想内涵和历史内容方面对传统所作出的超越，如对宗教说教倾向的摒弃，对现代女性主体意识的张扬，对性别歧视观念的批判等。

二

自二十世纪五十年代末六十年代初当代藏族文学诞生起，当代藏族小说就开始关注女性的生存状况、社会境遇，表现她们的内心情感、现实追求与精神渴望。当然，任何文学创作都是其置身其中的时代的产物，它的产生或多或少会带有时代精神的印记。因此，不同时期和反映不同时代的作品中出现的"女性形象"会呈现出不同的精神风貌和艺术倾向。在革命时期创作的作品或反映革命斗争的作品中，我们看到的"女性形象"往往带有鲜明的阶级属性和斗争精神，如益西卓玛的《清晨》中阿妈卓嘎、苏姆白玛等，益希单增的《幸存的人》中的德吉桑姆，《迷茫的大地》中的贵妇人，降边嘉措的《格桑梅朵》中的娜真等。在揭示、批判"左倾"思潮的"伤痕""反思"小说中，我们看到的"女性形象"带有鲜明的"伤痕""反思"的时代特征和精神取向，如扎西达娃的《朝佛》中的珠玛，《沉默》中的小女孩，《骚动的香巴拉》中的凯西·才旺娜姆，益希单增的《菩萨的圣地》中的米玛琼珍、帮西等。进入二十世纪八十年代后期之后，随着社会经济的发展繁荣、文化交流的频繁深入和现代教育的扩展普及，越来越多的年轻作家和女性作家开始登上文学舞台。受现代文学观念和现代艺术形式冲击、浸染的他们在继承以往文学传统的同时，锐意追求新的审美风尚和艺术精神，在"女性形象"的塑造上自然也开始表现出新的艺术取向。基于此，他们塑造出的"女性形象"显露出了不同于以往的艺术风貌和精神世界。揭开这一时期当代藏族小说的艺术画卷，可以清晰地鸟瞰到，当代藏族小说塑造了不同身份、不同职业、不同情致、不同姿态、不同命运的"女性形象"。她们浮动跳跃在由或简明舒缓，或峻急快捷，或情感饱满，或冷静客观的语言文字建构的艺术文本之中，婀娜多姿、群芳斗艳，组成了一个蔚为壮观、赏心悦目的"女儿国"。可以说，这一时期的小说所刻画塑造的"女性形象"，不但远远超过了藏族古代文学中所刻画塑造的女性形象，而且也超过此前三十多年的文学所塑造刻画的女性形象。这不但体现在"女性形象"数量的迅速增长上，更体现在随着社会环境和文化语境的不断变化更迁，随着藏族女性社会地位的不断提升与社会身份的逐渐转变，一些历史上从未出现过的崭新的"女性形象"登上艺术舞台的巨大变化上。这一时期的当代藏族小说不单继承了之前带有现实主义特色的形象塑造的艺术理念和精神，也敏感地感应着时代的精神变化和思想倾向，关注着时代生活的内部蠕动和外部风貌，及时而尽力地捕捉着当代藏族女性的精神波动和情感涟漪，从而塑造出了大批既具有时代共性，又具个性特征的"女性形象"。在这群崭新的人物形象中，既有坚持自我、蔑视传统规范，在历史转折的关键时刻走上新的人生道路的年轻女性，也有为了家族部落利益，敢于牺牲自我、忍受苦痛的草原女性；既有坚持传统观念和生活习俗，顽强拒斥现代观念和生活方式的牧区女性，也有不愿苦守寂寞与贫穷，不断寻求幸福生活的女性；既有坚守家园，一辈子终老故土的乡村传统女性，也有背井离乡，到日新月异的现代城镇追求现代生活的打工女性；既有接受现代教育，但精神理念依然与传统文化观念保持着藕断丝连的复杂联系的女性，也有在现代理性意识的熏陶下，对传统文化观念怀有质疑态度的女性……毫无疑问，这些来自不同阶层，有着不同身份、职业和艺术特征的形象，不但在很大程度上丰富了当代藏族文学的题材领域和艺术内涵，展现了当代藏族文学在新的历史时期所取得的巨大艺术成就，也在一定程度上和范围内，反映和揭示了当代藏族女性在新的历史时期的生活状况、精神需求和情感渴望；同时也映射出在新的社会文化环境中，整个社会对当代藏族女性的形象建构与价值期待，当然也在一定程度上反映了当代社会藏族妇女所能达到的解放程度和揭示了可能存在的不利于藏族妇女全面解放的种种负面因素。

三

当代藏族小说中涌现出的不同于传统文学中的、多样化的"女性形象"不是毫无由头的天外来客，她们的"诞生"有着深刻的社会转变的历史契机和文化更替的重要根因。具体而言，当代藏族小说中风姿各异的"女性形象"的出现和发展变化，与以下几个重要的因素有着不可忽视的关系。

第一，是社会历史的巨大变化。二十世纪中叶中国历史所发生的巨大转变，可以说是一场从各个方面改变中国面貌的历史性转变。处于边地的广大藏族地区在这场历史性巨变中也发生了前所未有的变化。尽管在许多方面与传统依然保持着盘根错节的密切联系，但巨大的历史冲击力还是摇撼着缓慢中前行的高原大地。延续了千百年的旧的政治体制和经济体系开始解体，新的政治体制和文化体系逐步建立。在这一过程中，社会思想观念和心理意识的变化将不可避免地影响人们对历史与现实的重新认识和理解，也必将促使他们与历史和现实建立新的主客体关系，同时也必将引导促使民众之间建立新的人际关系，确立新的身份意识。所有这些能够激发自我主体意识的社会变化，必将促使由于受男权体制和规范压制而"蜷缩"在历史角落里的女性摆脱历史阴影走上新的历史舞台，使她们以前所未有的风貌展露她们的容姿，展现她们的才华，释放她们的能量。藏族女性的历史性出场，为当代藏族小说提供了绝好的艺术素材。作为一种新的艺术能量，它所蕴含的艺术潜能是不可估量的。与古代文学创作者相比，具有新的文化素养的和新的艺术观念的当代作家，自然不会对此"袖手旁观"。可以说，社会历史的历史性转变所引发的女性身份、地位的变化，以及由此带来的她们精神观念和心理意识的波动、转变，为当代藏族小说创作塑造多姿多彩的"女性形象"，提供了良好的历史机遇和社会文化环境。

第二，当代藏族女性社会角色的巨大变化，社会地位的不断提高，为当代藏族小说塑造"女性形象"提供了广阔而丰富的现实素材。随着经济的发展和教育的普及，一方面，逐渐开明活跃的社会为女性提供的活动空间越来越广阔，从而使得越来越多的女性获得了走向社会，并参与社会各个领域建设的可能性。换句话说，越来越开放平等的社会为女性提供了比以前社会多得多的展示她们才华、发挥她们能力的机会与空间。另一方面，随着越来越多的女性受教育程度的不断提高，她们的潜力得到了前所未有的开掘，她们有能力在广阔的社会空间像男性一样，胜任任何一项工作，这使得她们摆脱了传统的家庭角色，扮演起多种多样的社会角色。藏族女性角色的转变，无疑为她们赢得了社会的关注和尊重，也丰富了她们的形象特征，从而为作家塑造形态各异的"女性形象"开辟了视野。

第三，"女性形象"的多样化发展趋势也与社会文化的多元化和新的女性观念的逐渐形成有关。在古代社会，由于受政教合一政治体制和宗教文化观念的影响，加上与外界交流渠道的不通畅，藏族地区的文化形态相对比较单一，佛教文化占据绝对统治地位，其他文化形式则很是薄弱。这无疑在很大程度上限制了人们的思想视野，自然也会影响艺术创作者的审美视界。这主要体现在作家们更多地关注宗教现象，创作时往往首先考虑的是如何表现宗教主题，如何发挥艺术创作劝善惩恶的宗教说教功能，相对而言很少关注宗教之外的更为纷繁多姿的生活现实和波动不定、复杂多变的情感场域。进入当代之后，尤其是步入新时期之后，随着文化交流渠道的畅通和交流频率的升高，藏族地区的文化构成发生了前所未有的变化。尽管以宗教为主的传统文化在整个文化系统中依然占据着非常重要的位置，依然存在于人们的思想意识之中，影响着人们的心理观念，并相当广泛地支配着人们的日常行为，但与以往相比，它的那种绝对统治的文化身份和地位已经不复存在。随着社会发展、文化交流而不断新生的异质文化因素正在改变着固有的思想意识，正在形塑着更具活力和时代特色的社会观、文化观、宗教观，也影响、改变着人们对"人"自身的看法。可以说，进入当代的藏族社会，已经越来越走向开放，其文化构成已经越来越多元化，在此基础上形成的关于"人"的存在的种种观念也越来越多元化。"人"终于从单一的"宗教化存在"的藩篱中挣脱出来，成了一种多元化的社会存在。由此产生的文化效应必然会影响人们对女性的重新认识，也必然促使人们摒弃旧有的女性观念，重新认识和定位评估女性的社会地位和价值，并赋予她们新的形象特征。毫无疑问，这些带有"革命性"色彩的变化对作家的创作必然产生巨大影响，不但会开阔他们的艺术视野，提高他们的艺术境界，也会直接决定他们对女性人物的选择与塑造。可以想见，如果没有文化内容上的交流、促生，没有文化构成上的裂变、重组，没有文化观念上的纷繁、多元，那么，文学艺术上的多元与纷繁也就无从谈起，对女性艺术形象的重新选择和多样塑造也就无从谈起。正是文化的多元化所促生的人的观念的改变，才从根本上导致了人们对"人的宗教化存在"的逐步改变，才使人们认识到了人的存在的多元性和多样化，从而也使人们对女性的认识趋向多元化。如此一来，文学作品中"女性形象"的多元化、多样化也就成了顺理成章的艺术趋向。

第四，当代藏族小说中"女性形象"的多样化也与作家个人的艺术追求、思想意识和女性观念有着潜在的密切关系。社会文化语境和思想观念的改变必然会投射到创作者个人的创作之中，每一个身处特定历史文化环境中的创作个体都会受整体性的文化风潮的影响，这使得他们的创作在某些方面会呈现出一些大致相同的审美风貌和精神气质。但在更为丰富的艺术层面，不同作家的创作会因作家艺术个性、审美取向、表达方式、生活经历、生命体验等因素的不同而各自相异。就女性艺术形象的塑造、刻画而言，有些作家青睐温柔、贤惠、心地善良的女性形象，认为这样才能展现出女性特有的品格与气质；有些作家则迷恋个性突出、坚韧顽强、敢于突破成规和富有反抗精神的女性，欣赏她们敢为天下先的先锋锐气；有些作家因生活经历所限，仅把自己周围生活中出现的女性视为艺术创作的"原型"；有些作家则既从周围女性身上获取艺术资源，也借助间接得来的女性生活资源借题发挥，铺展女性生活的方方面面，以此塑造"女性形象"，表达作品主题。不同的作家钟情于符合自己审美情趣和艺术目的的人物形象，必然也会导致"女性形象"的多样化。事实上，人物形象的完成，乃至这些人物形象所蕴含的艺术内涵、思想内容和所寄寓的作者个人的审美意图的达成，最终都会落实在作家个人的具体创作过程中。这就意味着作家个人的艺术行为在人物形象的艺术特征和审美内涵的形成和最终定格的过程中，也发挥着非常重要的作用。作家队伍的庞大纷杂往往意味着文学世界的五彩缤纷，也意味着作品中人物形象的丰富多样。

当代藏族小说中"女性形象"的丰富多彩、风采各异、特征多样，除以上原因之外，还有其他一些因素，如地域习俗、作家性别、创作方法等。就地域习俗而言，尽管我们普遍认为受同一种宗教文化教化、训导的藏族地区在文化上有着基本相同的精神、心理根基，但这是一种相当笼统的判断，如果细而察之，问题显然没有这么简单。藏族地区纵横相隔千山万水，不同的地域之间虽然有着不可断裂的精神联系，但也有着各自不同的区域性文化特色，这种区域性文化自然会影响作家的审美癖好和艺术选择。体现在人物塑造上，这种差别也是非常鲜明的。如同为女性作家，梅卓笔下的安多地区的女性形象与格央笔下的康巴女性形象就有着各自不同的审美属性。

作家性别的差异，也会导致人物形象之间的差异。尽管在理论上不能无限制地夸大性别差异影响作家审美倾向和艺术品位的程度，但男性作家与女性作家在艺术秉性上存在着一定的差异的确是一个不容忽视的现象。这一点在女性主义理论那里已经得到了多方面的表述。就当代藏族小说中塑造"女性形象"的情况来看，男性作家与女性作家之间的确显现出了不同的倾向。这种不同之处，借助女性主义理论就能够得到清晰的呈现，有关这方面的内容，我们将在后面的相关章节中结合具体的作家、作品做详细的分析、论述。

不同的创作方法和表现手法，也会影响"女性形象"审美特征差异的生成，从而导致艺术形象的丰富多彩、形态各异。我们常常会听到这样的说法：同一个故事，用不同的叙述方式加以讲述，效果、性质往往是大不一样的。与此相同，用不同的方法和手段去塑造人物形象，其最终的艺术效果可能会千差万别。譬如，用现实主义方法塑造出来的人物形象与运用现代主义文学流派中的一些表现手法塑造出来的人物形象就可能会有着巨大的差异。在当代藏族小说创作中，既有用传统现实主义理念指导所创造出来的"女性形象"，也有运用其他手法绘制而成的"女性形象"，这些不同手法的运用，在一定程度上也造成了"女性形象"风姿多样的艺术局面。

四

当代藏族小说在"女性形象"塑造方面所取得的成绩是有目共睹的。它所蕴含的思想内涵和历史内容，以及所具有的现实意义和文化价值完全可以成为一个独立的研究课题供我们研讨、阐发。就目前的研究状况来看，这方面的工作还远远不够。换而言之，关于当代藏族小说中的"女性形象"，以及辐射衍生话题的研究，完全与当代藏族小说在这方面所取得的巨大成绩和它们为我们提供的丰富驳杂的文学、文化资源不相称。毫不夸张地说，是研究远远滞后于创作。迄今为止出现的关于当代藏族小说中"女性形象"的研究只有屈指可数的几篇论文，而这些论文也只是局部性的研究。除此之外，一些论者在并非专门性的形象研究论文中会顺便论及相关的"女性形象"。比如对《幸存的人》中的德吉桑姆的分析评述，对《格桑梅朵》中的娜真的分析阐述，对《无性别的神》中的央吉卓玛的分析论述，对《复活的度母》中的琼芨卓玛的分析评述，对《拉萨，让爱慢慢永恒》中的姬姆措的评点等。尽管这些零打碎敲、有点无面的解读阐释方式无法使我们从整体上对当代藏族小说中的"女性形象"有一个比较全面的认识，但其中的一些观点、看法还是具有一定的学术价值，对我们深入研究相关的问题具有相当的启发意义。

　　为什么研究者对当代藏族小说中"女性形象"不是很热心呢？笔者认为其中的原因可能在于以下几个方面。一是形象评述这种文学研究模式已经"过时"，很难引起人们的研究兴趣。形象研究作为一种研究模式，不论是在西方还是在中国，曾经很受研究者们的青睐，甚至是迷恋。在西方，论者们对传统现实主义作品的评述大都倾向于运用人物形象研究模式，主要的原因在于马克思主义经典文论曾经提出过"典型环境中的典型人物"这一指导性的理论法则，而传统现实主义在人物塑造方面也的确取得了辉煌的成就，创造出了一大批至今依然散发着艺术魅力的人物形象。由于此，"人物评述"就成了论者们介入作品、阐释文本艺术内涵和社会内涵的一个非常重要的渠道。在西方文学史上，曾经出现过不少以人物研究名声大震的评论家，如杜勃罗留波夫、车尔尼雪夫斯基和别林斯基。就我国当代文艺研究界而言，由于理论上的欠缺和交流上的单一，对叙述性作品的评述，很大程度上依赖的是从苏联介绍过来的马克思主义文艺观念。新中国成立到新时期初期的文艺评论和研究，在"典型环境中的典型人物"的批评理念的指导下，大多都使用的是"人物评述"的模式。这种模式不但被大面积地运用到当代文学创作之中，而且也被广泛地运用到了古代文学研究领域，尤其是对小说、戏剧这类叙事性作品的研究，这种模式可以说是非常流行。比如对四大名著中人物形象的研究，最具代表性的可能要首推《红楼梦》了。在中国当代文学研究领域，"人物形象研究"模式也曾是一种拥有至尊地位的研究类型，一些重要的作品几乎无不是通过人物形象研究这种形式进入研究领域的。

　　自二十世纪八十年代中期以来，随着诸多西方文学理论和文化理论的翻译介绍，"人物形象研究"这一"陈旧"的研究模式很快被理论界所抛弃，"新的"批评理论纷纷粉墨登场，成了研究者们解析、阐释文学文本和考察、辨析文学现象的得力武器。"1985年以来，西方20世纪的理论批评著述大量地译介到中国来，更为新时期文学理论批评建设提供了源源不绝的养料，有力地促进了批评方法的变革。从 80 年代中期到 90 年代，批评家们在十余年间匆匆掠过西方一个多世纪的理论批评轨迹，逐渐由喧嚣的'方法热'，转入较为平稳的各派批评理论的建构和实用化阶段，形成多种方法、多种派别并存的批评格局。"① 诸如精神分析理论、新批评、神话－原型理论、结构主义理论、解构主义理论、女性主义理论、新历史主义理论、后殖民主义理论等，漂洋过海，在中国的文学场上寻租到了用武之地，施展着它们的理论潜力。在研究者对新理论趋之若鹜的大潮之中，"人物形象研究"在新理论风光无限的景象面前，变成了一个无人问津的"丑小鸭"。

"人物形象研究"淡出文坛也与文学创作审美趋向的转变有关。二十世纪八十年代中后期以来，中国的文学创作开始逐渐淡化了现实主义创作理念，不再注重对客观现实进行真实的描绘和反映，也放弃了通过文学世界来揭示社会本质和历史必然性的艺术追求，代之而起的是对现代主义的青睐。"从 1985 年开始，新时期文学发生新变。随着社会改革范围的迅速拓展和开放领域的扩大，文学领域以历史为对象的反思热情逐渐减退，人道主义文学思潮也逐步趋于模糊。孕育于社会改革开放大潮之中的中国现代化想象与思考，开始向文学领域渗透，并影响着文学创作的当下风习和未来的发展走向。与前期相比，这一时期的'文艺现代化'已经超越了作为口号的层面，表现为在审美实践方面的努力……这一时期，文学回应社会文化思潮，有意避开题材内容与当下生活内容的一致性追求，在各个方面开始了试探与创新，五花八门的文学写作逐步取代单纯的现实主义创作方法。多种流派、风格、观念、现象并存的繁复迷乱的状态，成为 20 世纪末期中国文学的重要现象。"② 由于审美取向上的巨大转变，在现实主义作品中被作家重视的人物形象退居到了极为次要的地位，不再是作家们关注的核心艺术要素。其他艺术要素替代人物形象占据作品中的重要位置，自然会引导批评者们转变批评模式，去关注那些对作品的审美风貌更具决定性意义的因素。

应该说，"人物形象研究"模式的淡出历史，是文学发展变化的必然。因为随着社会科学技术的发展，人对自身的认识必然会越来越精细深入；同时，

---

① 王庆生主编：《中国当代文学史》，高等教育出版社 2003 年版，第 266 页。
② 朱栋霖主编：《中国现代文学史：1917—2000》（下），北京大学出版社 2010 年版，第 144 页。

随着人类社会历史的巨大变动，人类所面临的各种"遭遇"也会促使人产生之前不曾意识到的对自身的认识与理解。所有这些，必然会导致人重新建立与外部世界的认知关系和存在的联系，也必然导致人对自身的存在方式，乃至人的精神世界展开前所未有的多方探索。文学作为反映、描述人的存在方式的一种文化活动形式，必然会紧随这种变化，尽可能地向人的各种存在形态开掘推进，从而尽可能深入全面地揭示人的多样化存在形态。文学批评是文学创作形影不离的孪生姐妹，文学创作形态的改变自然会引发文学批评形态的改变。当然，除了这类客观因素外，批评家追新逐奇的创新冲动这一主观因素也是文学批评模式转变的一个重要原因。对某种批评模式的长期坚持，往往会窒息批评者的言说冲动和抑制他们的批评才华，进而严重影响文学批评的活力与激情。面对这种毫无生气的批评局面，不甘沉寂、落寞的批评者们往往不会恪守成规，沿着陈旧的老路继续走下去，重复先辈们走过的足迹。他们会抓住一切时机，寻找突破的缝隙，开辟新的批评空间，让文学批评刻印上属于他们的时代印记。从这一角度来说，"人物形象研究"模式淡出文学批评领域，也可以说是后来者对先辈的一种主动超越。

当然，一种文学研究模式淡出研究者们的视野，并不意味着这种研究模式自身没有可持续发展的可能和潜力，也不意味着这种研究模式失去了理论价值。某一种理论流行不流行与特定时代的思想文化风潮有关，而特定时期的思想文化风潮并不能决定某种理论的价值高低。文学研究领域人物研究模式淡出历史只是说明这种研究模式与当下的思想文化风潮合不上拍，但其生命力却依然在延续着。它依然是解读、阐释那些侧重于塑造人物形象的作品的有效模式。我们选择它来切入当代藏族小说，正是因为这一研究模式或方法能够为我们提供认识当代藏族小说创作的新视野，能够帮助我们通过女性人物形象考察当代藏族文化中女性观念的重构轨迹。

以"女性形象"为研究的切入点，意味着我们的研究将重点考察那些塑造了鲜明女性形象的作品。换句话说，我们的研究不可能采取全面覆盖、一网打尽的粗放型方式，而是有选择地择取那些侧重于刻画塑造女性形象的作品作为研究对象。由此一来，必然会遗漏一些重要的作品，尽管这些作品可能在当代藏族小说中占据着比较重要的位置。在此前提下，我们将依照小说文本提供的形象群体，把它们划分为几个类型，然后进行逐一的分析论述。在此需要说明的是，对女性人物形象的类型划分也只是一种权宜之计，并不意味着严格意义上的概念界定。这是因为，如果细而察之，就会发现当代藏族小说中的女性由于所处的阶层、地域、知识背景的不同而显示出了一定的差异，这些差异的存在使得我们的分类可能会显露出以偏概全的缺憾。由于此，我们只能以一种比较宏观的视野来框定分类范畴。在这种分类方式中，被划入某一类型的"女性形象"只存在大体上的相同性或一致性，在宏观的艺术风貌和精神风貌上具有可视为一个群体或集团的共同点。这是我们进行人物类型划分的一个根本点。尽管微观视之，处在一个类型之中的不同人物形象可能存在细微的差异，但这并不影响我们对她们相同之处的总结与认识。当然，对于她们之间的差异之处，我们也不会视而不见，在具体的论述过程中，将会给予适当的辨析、阐述。

第一章

藏族传统文学中的女性形象概述

毫无疑问，当代藏族小说中的女性形象的产生，是有其深厚的民族文化传统渊源的。尽管当代藏族小说创作是当代社会历史发展和文化活动的产物，并广泛地汇集融合了来自其他地域和民族的文化成分和艺术因素，但藏族传统文学对女性形象的塑造模式，对女性形象的心理期待和审美思维，作为一种不能忽视的艺术动力资源，会或明或暗、或轻或重对当代藏族作家的创作产生内隐外显的影响。为了在尽可能开阔的范围内分析、论述当代藏族小说中的女性形象，传统女性形象无疑是一个值得比较的对象。鉴于此，有必要在分析、探讨当代藏族女性文学中的女性形象之前，对传统文学中的女性形象做一些梳理、归纳。在梳理、归纳之前，有一个问题需要做一些必要的陈述。那就是，在藏族古代文学中，由于没有女性作家的参与，所有的女性形象都出自男性作家的作品。从女性主义理论的角度来看，这显然与藏族文化历史中存在的男权中心主义有着直接的关系。正是由于男权中心主义的存在，女性在整个社会历史过程中处于被压抑、扼制的边缘地位，不能像男性那样掌握话语权，来书写自己的历史，从而只能把书写"自我"的权力被动地让渡给掌握着话语权的男性。当然，这不仅仅是藏族文化史上的个别现象，而是整个人类历史中的一种普遍现象。

大量的研究已经以不可辩驳的事实表明，由于男权中心主义的持续存在，千百年来，在展现人类艺术才华和想象能力的文学领域，男性一直占据着不可动摇的优势地位，并掌握着绝对的话语权；而与男性相对应的另一个性别——女性，则处于劣势的地位，或者说是男性存在的"他者"。不论是文学作品中关于女性日常生活的描写、叙述，女性情感世界的演绎、呈露，女性性格的塑造与刻画，还是女性作家的实际创作活动，与男性相比，都有着天壤之别。对此，有论者作过这样的总结："男子的人生履痕，男性的情感潮汐，聚起崔嵬文山，汇成浩瀚艺海。文坛上那讲不完的故事，说不尽的话题围绕男性展开，为着男性存在。其间虽也时而闪现女性的身影，但她们通常只是作为'被讲述者'任由男性塑造描画；而作为创作者，这些女子的名姓身影则大半只能从文人杂著、民间传说以及史书典籍的角落里一鳞半爪地搜索，极少表达出真正的女性意识。总体而言，与男子相比，在漫长的历史岁月里，女性的社会存在和精神存在都显得极其微不足道。"[1] 考察藏族古代文学的发展进程，可以发现，这种状况在藏族古代文学中似乎更为显著和严重。藏族古代文学经历了千百年的风雨历程，其间涌现出了不少智慧超群的艺术大家和文化学者，他们撰写出了许多脍炙人口的优秀作品，至于民间文学更是繁荣发达，堪称绝美。但遗憾的是，在如此纷繁丰盛的艺术林苑里，同样具有创作才华的藏族女性作家和她们的作品却销声匿迹、不见踪影，被遗忘在了历史的长河里。西方女性主义文学理论在谈到西方的女性文学时指出，女性在以男性文化意识为中心的社会体制内，被剥夺了话语权，一直处于失语状态。这种情况在藏族文学领域可以说是有过之而无不及。我们无意批判控诉历史，也不能简单地认为造成藏族女性"失语"的历史遭遇仅仅是藏族历史文化中存在着男权中心文化意识这一因素，但还是需要实事求是地指出藏族女性在历史上被压制、被驯服、被漠视、被排斥的客观事实。要不然就无法解释，为什么在千百年的发展历程中，能够出现那么多男性作家，却没有一个女性作家。是男性比女性更富有艺术智慧吗？科学研究早已表明，在这方面，男性并不比女性更有智慧，倒是倾向于感性的女性更富有艺术智慧。这个事实强有力地说明，藏族女性之所以不能从事写作，为藏族文学贡献自己的艺术才华，是另有其因的。从藏族古代女性在社会历史中的地位来看，根本原因是她们没有获得与男性同样多的写作机会。换句话说，社会没有为她们提供从事文学创作的条件和机会。而种种由男权"制定"并符合男性文化意识的规范和体制，同样限制了她们在艺术方面的活动，使得她们不能像男性那样获得写作的机会和条件。在藏族古代文学发展史上，也许只有那些格萨尔说唱艺人中的女性说唱者可以算作是女性创作者。然而遗憾的

---

① 乔以钢：《女性视角与文学》，《百花洲》2002年第2期。

是，即使是那些说唱格萨尔的女性说唱者，在历史文献中也没有留下任何踪迹。当然，我们的猜想也只是根据当代的考察研究产生的，因为在当代，研究者已经发现，民间存在着不少说唱格萨尔的女性艺人。

在藏族古代社会，女性无法像男性那样进入公共领域参与讨论各种公共事务，没有制定各项公共政策、法令的自由和权利，更没有为自己的命运和生活言说的自由和权利，她们注定是一群被言说和被叙述的存在者。因此，有关她们的一切，都是由掌握着社会权力和话语权的男性来言说和叙述的。在藏族古代文学作品（包括民间文学和作家文学）中出现过大量的女性形象，这些形象，从艺术审美的角度来看，都是男性作家通过自己的"想象"描绘出来的；从文化的角度而言，她们是男性依照自己的心理期望和男性文化意识塑造出来的，带有深刻、鲜明的男权色彩。她们是男性权益的形象化诉求。或者说，她们是男性为了维护他们的权益而依照男性文化规法塑造的。也许有一些男作家能够从同情、爱护女性的立场出发，愿意为女性"言说心声"，表达女性自身的心路历程和生命体验，但这一良好的愿望无论如何也是无法实现的。作为男性，他们是绝对不可能像女性那样去表达女性自己的真实感受和性别体验的。原因很简单：其一，男性作家本身是在男性文化意识的影响下进行创作的，他们所发出的"声音"是经过男性文化意识过滤的，不管他的主观愿望如何，他们塑造的女性形象都会带有难以根除的男性中心意识；其二，男女性别上的差异所导致的生命体验和心理意识上的不同，也不可避免地决定了男性作家无法表达出女性自身生命体验和生理体验。不管人们如何强调男女平等，性别这一生理差异是无法改变和消弭的，由此产生的一些生命体验和生活感受，在男女那里是无法互相等同的。藏族传统文学中的女性形象就是在这样的历史前提和文化境遇中产生的，她们是男性写作的产物，将不可避免地带有男性中心文化意识。下面关于传统文学中几种类型的女性形象的分析、论述，也将顺着这一思路展开。

藏族传统文学中的女性形象大致可以分为以下几个类型。

一、神女、圣女形象

由于藏族传统文学深受宗教文化思想观念的影响，因此，藏族传统文学在各个方面都呈现出具有宗教色彩的神化、圣化倾向。作为被广泛征用的一个艺术因素，女性形象的塑造更是如此。因此，在藏族传统文学中的诸多女性形象类别中，存在着一种"神女""圣女"类型。这种形象类型不但出现在浩如烟海的民间文学当中，也散见于诸多的作家作品中。这类女性大都来自仙界，具有非凡的本领，是某个方面或地区的保护神。比如，在藏族古代神话传说中，就有着喜马拉雅山脉以珠穆朗玛峰为主的五座山峰是由五个仙女变幻而来的故事。这五位仙女原本是天上的彩云，为了救助喜马拉雅山上的万物，彩云变成五位仙女，与毒龙博斗，最终降服毒龙。之后她们留在了喜马拉雅山上，成了那里的保护神，世世代代保护当地百姓的生活安康，深受百姓们的爱戴和敬仰。这是藏族传统文学中出现得比较早的女性形象。除了女性山神外，湖神也是较为常见的女性形象。青藏高原上湖泊星罗棋布，几乎每一个湖泊都有一个美丽动人的传说，相应地也有一位或几位神秘多姿的女性湖神。比如关于纳木措的一则传说认为："藏族民间信仰中的纳木措是神山念青唐古拉的伴偶，藏地守护神秋莫多吉贡扎玛居住的地方，是帝释天的女儿，又名最胜佛母帝释天之女纳木曲曼。她肤色深蓝，两手三眼，右手持宝幢，左手拿宝镜，头系顶髻，余发侧垂……坐骑为玉龙，是本教的守护神。藏传佛教形成后，又被吸纳为藏地的保护神而为人们所供祭、奉养和崇拜。"① 除了纳木措之外，其他一些著名的湖泊如羊卓雍措、玛旁雍措、青海湖等，在传说中都有一位或多位女性神仙驻守或守护。这些女神形象的大量存在，形成了藏族文化中的"圣湖母体崇拜"特色，并且深刻地影响了藏族民间文化信仰。"藏族先民们把湖泊与女性紧紧联系在一起，神湖就是'母体'，神湖神话也就是女神神话，从而形成了藏民族色彩纷呈的圣湖母体崇拜。随着社会的发展，神话慢慢失去了它生长的土壤，神湖神话相应地发生了变化，尤其是本教和佛教对湖神神话和信仰的吸纳，将许多湖神神话篡改得七零八落，但是神湖与女性的密切关系仍以各种方式留存于藏族民间信仰之中。"② "在解释神湖来历的过程中，女性形象是永恒的母题之一，这种神话母题在藏民族中不断地复制和演绎，以致在民间故事中，将女性和神湖构成一对模式化的结构规约着民间故事情节发展。"③

从神话故事和传说中所讲述的内容可以看出，早期的藏族女性在许多方面

① 林继富：《灵性高原——西藏民间信仰源流》，华中师范大学出版社 2004 年版，第 112 页。
② 林继富：《灵性高原——西藏民间信仰源流》，第 121 页。
③ 林继富：《灵性高原——西藏民间信仰源流》，第 122 页。

被赋予了崇高的地位和巨大的威力。她们不但是神威、力量的象征，也是正义、道德的化身。毫无疑问，这类形象在某种程度上反映了在远古某些特定的时代，藏族先民对女性的社会地位的认识和情感态度，算得上是一种初始的女性观。女性形象出现"神化"和"圣化"的现象显然与先民所面对的现实境遇有着密切的关系。社会学家和人类学家认为，"母性崇拜"出现于远古时代，与女性在当时的日常生活与生产中发挥着相对重要的作用有着直接的因果关系，尤其在家庭内部，女性生儿育女、保护幼小，对于种族的延续和团体力量的增加具有无可替代的决定性意义。女性由此获得了特别的尊重和敬仰，也由此而被人们寄予厚望，希望能借其"法力"战胜敌对的异己力量。由于此，女性在艺术作品中被赋予某种神圣而超群的力量也是顺理成章的事，它完全符合远古时代人们的现实需求和心理渴望。当然，这种具有"母性崇拜"的神话故事和传说一经形成，就会世代流传下去，在不断影响不同时代的民众精神观念的同时，也会被不同时代的人们根据自己的需要而增删修编，由此也就难免掺入后世人们的文化观念、伦理情感，甚至阶级意识。藏族传统文学中神女、圣女形象的存在，对于当代藏族文学来说也是一种重要的艺术资源，这种艺术资源会在不同方面给当代藏族作家的创作施加影响，而当代藏族小说中的某些类型的女性形象的塑造则是最为直接的受益者。

二、忠贞、善良的平凡女性形象

在藏族传统文学中，有一类女性虽然没有神性，但她们却具有善良的秉性和高洁的品格。她们以自己高贵的品质赢得人们的尊重与爱戴，受到了读者的喜爱和好评，成为了藏族民众心目中光辉耀眼的美好典范。这类女性形象也是藏族传统文学中的常客，无论是在民间文学中，还是在作家的作品里，都能看到她们的身影。此类女性形象中，就影响的广度和深度来看，文成公主可谓是代表。她的形象不但出现在民间文学中，也出现在了一些重要的典籍之内。在传说和典籍中，文成公主形象特征是大体一致的。她顾全大局，不辞辛劳、历经艰难险阻，远嫁松赞干布，辅佐松赞干布完成了统一各个部落的千秋大业；她爱护百姓，关心民生疾苦，为青藏高原的各族民众带来了诸多福音。这些善举，表现了文成公主的善良秉性和高贵品质，她由此赢得了广大民众的爱戴和敬重。文成公主这一形象，是藏族文学依据历史事实，通过一定的艺术想象所塑造的一个优美、光辉的女性形象。尽管这里面不无夸张、虚构的成分，但这一形象的出现，充分表明了藏族民众对历史发展做出贡献的女性人物的崇敬与爱戴。它同样也体现了藏族民众的女性观，影响了人们对女性形象的理解和认识。此类形象中影响较大的除文成公主外，史诗《格萨尔王》中的珠姆也可归入其中。当然，相对而言，珠姆的形象特征要稍稍复杂一些。她既具有令人敬佩的优秀品格，也表现出了普通人身上所带有的种种缺点。但这些缺点并没有降低她在藏族文化中的重要位置，也没有损害她在藏族民众心目中的光辉形象。

与前述"神化""圣化"的女性形象相比，此类女性形象可以说是尘世女性的典范，因此它就被赋予了更多更广泛的历史文化内涵和现实意义，成为后世文化体系衡量一个女性是否合格、优秀的标准。当然，这其中自然也难免有后人不断补充进去的、带有男性中心意识的内容。

三、具有反抗意识和叛逆精神的女性形象

在藏族古代社会，女性的地位是相对卑贱低微的。这种状况不但体现在社会公共领域里，女性没有发言权和参与权；也体现在家庭生活和爱情婚姻这些个人化的私事上，她们大多处于被选择、被支配的地位。在以男性意识为中心的文化规范中，符合社会伦理道德规范的女性往往被看作是淑女，并受到社会的认可与赞同；相反，不遵从妇德的女性则会遭受谴责与排斥。在藏族传统艺术作品中，也出现过一些因违背伦理道德而被视为"恶女"的女性。尽管如此，在古代社会还是有一些女性敢于为了自己的理想和追求，不顾个人名节而冲破重重社会伦理的藩篱做出反抗。这种情形在各民族的文化历史中都不乏其例，并在文学作品里得到了反映。藏族传统文学中也存在着一些具有反抗意识和叛逆精神的女性形象。这类形象的最大特点是，她们敢于为了满足自己的个人欲求而不顾一切地去反抗既成的伦理道德和礼仪规范，敢于与强大的"敌对"力量做生死对抗。总之，她们是一群不安分守己的"暴烈"女子，是受到传统伦理道德和文化规范谴责、摈弃的"异端"，也是不合理的文化体制与规范的挑战者、控诉者。这方面的典型例子有神话传说里的护法神——班丹拉姆，长篇小说《勋努达美》中的女主人公益雯玛，戏剧《囊萨雯波》中的女主人公囊萨雯波等。

　　班丹拉姆原本并不是护法神，年轻时她是一个爱慕虚荣、任性暴烈、生活放荡的漂亮美人。由于我行我素、不受管教，她做出了许多违背伦理规范的"丑事"。她的种种有伤风化的生活作风和让人生厌的性格令她的父母非常不满。在多次规劝无效之后，作为惩罚，父亲把她关起来，不让她迈出家门半步。母亲虽然也对女儿颇有怨恨，但心疼其受禁闭之苦，就偷偷放了她。班丹拉姆由此远离父母，逃往罗刹国，做了国王的妻子，变成了一个吃人的恶魔。这是班丹拉姆这一形象在成为护法神之前的性格特征。很明显，她是一个具有叛逆精神和反抗意识的女性。为了追求自己想要的自由生活，她不惜离家出走，甘于变成吃人的恶魔，遭受家人的痛斥和伦理的谴责。班丹拉姆在年轻时代所表现出来的行为做派，充分体现了藏族女性对传统伦理观念和规范的不满和蔑视。与那些神女、圣女相比，班丹拉姆是一个地地道道的另类女性。当然，她的形象在后来发生了巨大的变化，那就是她在佛法的教诲下，幡然悔悟，改过自新，变成了一个爱护人类，为人类降妖除魔的护法神，由此也转变成了颇受藏族民众爱戴与尊重的女神。班丹拉姆的转变，是占据统治地位的正统的文化规范，对那些偏离文化规范的桀骜不驯者的重新塑造与改写，同时也是藏族传统文化倡导的弃恶从善的宗教教义，对人们心理意识影响的必然结果。

　　小说《勋努达美》（又作《旋努达美》）中的益雯玛（又译作"依翁玛"）是某国国王的女儿。其父私自将她许配给邻国的王子，但益雯玛早已有了意中人，且两人彼此心心相印、相互爱慕。因此她不愿意接受父亲答应的这门婚事。虽然她深爱自己的父亲，也不愿意父亲失望，但"作为一个动乱时代的情窦初开的少女，依翁玛不甘寂寞，从旋努达美的火热爱情中受到启迪，为争取女性的解放，奋起向传统势力挑战"①，经过一系列的争斗和努力，两人终于喜结良缘。由于受佛教思想的深刻影响，两人最后双双出家，成了虔诚的教徒。益雯玛这一形象虽然在反抗意志和叛逆方式上显得很是温和，但其追求自己幸福生活的目的非常明确，意志非常坚定，同样体现出了藏族女性自我追求的主体意识。

---

　　① 李佳俊：《藏族古代的现实主义杰作——初论策仁旺杰的长篇小说〈旋努达美〉》，《西藏文艺评论选》，西藏人民出版社1985年版，第251页。

如果说上述两位女性反抗的是家庭、婚姻伦理对女性的束缚与压制，侧重的是个人追求与社会道德规范之间的冲突，那么，戏剧《囊萨雯波》里的姑娘囊萨雯波的反抗，则展示的是社会制度与个人自由追求的尖锐矛盾。囊萨雯波出身平民，但天生丽质。她不但有姣好的容颜，而且天生就善良、聪明、勤劳、质朴。在一次庙会上，当地的掌权者看中了她，图谋把囊萨雯波娶为自己的儿媳妇。囊萨雯波的父亲慑于掌权者的淫威，不得不违心地把女儿嫁给掌权者的儿子。出嫁之后，囊萨雯波受尽了婆家人的欺辱虐待，但她从来没有屈服于他们的淫威，有时还会予以适当的还击。囊萨雯波最终经受不住非人的折磨，含恨而死。死后她因前生的善业而得以还阳复活。复活之后，囊萨雯波的性格特征变得更为坚定顽强。她坚决离开婆家出家为尼，虽然婆家人威逼要挟，但她去意已决，用以死抗争的方式表达了对权势、地位的蔑视。从文学社会学的角度来看，囊萨雯波的反抗显然不仅仅是女性对自己不幸命运的抗争，她的行为包含着鲜明的社会内涵，可以把她的行为看作是对不合理的社会制度的控诉。

尽管我们把藏族传统文学中的女性形象分为三种类型，并分别探讨了她们各自的一些显而易见的审美特征，但这并不意味着这三种类型的女性形象没有相同之处。她们在某些方面其实有着一定的相同性、相似性。总体而言，这三类女性形象具有以下几个方面的共同点。一是这些女性形象蕴含着浓厚的宗教内涵，可以说都是宗教文化的产物。二是这些形象都具有很强的伦理说教色彩。三是这些形象大多是极度夸张和想象的产物，她们身上都具有一些因受宗教思维定式的影响而被创作者赋予的超凡能力。

藏族传统文学中的女性形象与其他形象一样，都具有浓厚的宗教色彩。这首先体现在一些形象本身就是宗教观念的产物，是创作者按照宗教意识和观念创造出来的，比如许多女保护神、仙女等。在藏族传统文化中，有许多与宗教文化有关的保护神都是女性，前面提及的班丹拉姆就是比较典型的一个女性保护神。除此之外，那些散布在高原大地上的大大小小的湖泊都有属于自己的女性保护神，而一些男性山神总有一位或几位女神来做他们的妻子。这样，藏族传统文化中其实存在着一个由女神组成的女性群体。这一女神群体作为一种文化符号以虚拟想象但却拥有强大的现实威慑力的存在方式影响、支配着人们的精神世界，并直接给他们的生活行为施加影响，也影响甚至决定着整个民族的文化行为和艺术创作。如此一来，在具体的文化书写和艺术创作中，那些依据宗教意识和观念虚构出来的女神群体也就成了写作主体用来铺陈故事、演绎传说的绝好资源，宗教实践与艺术虚构就形成了一种相互利用彼此促进的关系，于是也就出现了我们现在所看到的那些充满了宗教色彩，带有强烈的宗教意味的女性形象。毫无疑问，这些女性形象身上携带着创作主体明确而深厚的宗教诉求。换句话说，在很大程度上，作家创作这些女性形象（民间文学中的女性形象则大多是集体创作的结果），直接的、根本的目的不是审美娱乐，也不是揭示、反映女性的生存状况，而是表达宗教功利意图，祈求神灵保护，并借此宣扬宗教观念。

　　藏族古代文学中女性形象的宗教文化内涵还体现在其最终的命运结局上。在藏族传统文学中，绝大多数女性形象都有着大体一致的命运结局，那就是在经过生活的种种波折以后，要么是自己在不幸遭遇中突然领悟生命真谛，放弃凡俗生活，遁入空门，潜心修炼佛法；要么在偶然中遇到世外高人或奇人，在其耳提面命的教诲中醍醐灌顶般地顿悟生命真谛，而后出家为尼，同时以身说法，劝告周围的亲人和朋友弃恶从善，引导他们出家剃发为僧或削发为尼。这种宗教叙述路数几乎是藏族传统文学中一个具有"原型"特征的模式，我们可以在众多的神话传说和文化著作、作家作品中看到此类叙述模式。比如戏剧《囊萨雯波》中的囊萨雯波，小说《勋努达美》中的益雯玛等女性形象，其命运结局就是按照这种叙述模式安排的。这两位女性在世俗生活中经历了种种磨难后，在佛法机缘中顿然醒悟，于是毅然决然地遁入空门，一了百了。

　　与浓厚的宗教色彩相关联的是这些女性形象还带有浓厚的伦理说教意味。由于受宗教文化的深刻影响，藏族传统文学中的人物形象，包括女性形象，都带有浓厚的说教意味。艺术家们创作这些人物，很大程度上不是出于审美的目的，而是为了宣扬某种宗教伦理道德。上文所提及的班丹拉姆、囊萨雯波、益雯玛、珠姆、珠峰五仙女等无不是这样的人物形象。

　　除了具有浓厚的宗教色彩和强烈的伦理说教意味之外，藏族传统文学中的女性形象在审美特征上还有一个鲜明的相似之处，即，她们是创作者充分想象的产物。这些人物虽然都有一定的现实依据，但其原型在文本中早已变形重组，变得模糊不清了。而且随着历史文化语境的改变，这种想象性的改变一直持续不断。由于此，我们看到，这些女性形象不断地拥有越来越多的超群能力和超凡品质。即使像文成公主这样原本平凡的历史人物，不管是在民间文学，还是在历史文献中，都被赋予了非同一般的超常能力和威力。至于那些本身就来自佛教经典和神话传说的人物，其超常化的倾向和色彩就更为明显。从这种赋予女性人物超常能力的倾向中，我们不难感觉到藏族传统文学在塑造女性形象时所表现出来的审美倾向，那就是大胆的想象和无边的夸张。当然，藏族传统文学呈现出此种审美倾向，同样与深厚的宗教文化背景有着密切的关系。可以说，正是佛教文化中充满神奇色彩的想象和夸张的思维方式，影响了藏族传统文学的审美趣味，赋予了藏族传统文学卓绝超群的艺术想象魅力。

上面我们简单粗略地梳理、归纳了藏族传统文学中女性形象的一些审美特征和文化内涵。对于丰富多姿的藏族传统文学来说，这些梳理和归纳自然难免留下挂一漏万的缺憾。好在我们的目的并不是要全面认识传统文学中的女性形象，而是为当代藏族小说中的女性形象找到一个参照系，在比较、对比中考察当代藏族小说是如何塑造女性形象的。

第二章

『受难—反抗』形象

第一节 "受难—反抗" 形象产生的
历史原因和现实背景

一

当代藏族小说中出现得较早的女性形象是"受难—反抗"型。所谓"受难—反抗"型女性形象，在本论题中有着特定的社会历史内涵和时空限制。具体而言，此类女性形象主要指那些因落后的剥削制度的存在而深受阶级压迫、阶级剥削，为了自我保存不得不起来反抗，且最终在先进思想理念的引领和促使下走上革命之路的底层女性。在中国当代文学史上，刻画、塑造这类女性形象或类似人物形象的作品，在题材类型上可纳入革命历史小说的范畴。革命历史小说是新中国建立后，"十七年文学"时期占文坛主导创作潮流的两种题材类型之一，另一种是农村题材的小说。这类小说在新中国成立后能够迅速风起云涌，占据文坛主流地位，且取得显著的成绩，与时代政治意识形态和社会精神需求有着不可分割的直接关系。"从意识形态方面来说，革命历史小说讲述的是革命之所以产生的必然性，人民由挫折、失败走向革命胜利的规律性，以及无产阶级及其先锋队推翻一切反动阶级取得革命胜利的合理性。这样的意识形态功能是由某些特定的情节模式来承担的，如从灾难开始或失败开始，而以胜利告终，这是革命历史小说的情节模式……为了实现教育功能，革命历史小说高扬理想主义和英雄主义精神。艰苦卓绝中的乐观主义，生死考验面前坚贞不屈，构成了革命历史小说中常见的场景和主人公的性格核心。"[1] 如上所说，这类小说的出现，在根本上是新政权对革命合法性和胜利必然性的一次艺术阐释和想象性论证。这也就是为什么我们在此类小说中，虽然能够感受到苦难的

---

[1] 王庆生主编：《中国当代文学史》，高等教育出版社 2003 年版，第 97 页。

深重、革命的艰难，但其主旋律却始终指向光明的浪漫主义和乐观主义的根本缘由。当然，同时也不能否认，在这类作品中，除了包含着创作者自觉地向时代精神靠拢，迎合时代政治需求和意识形态期盼的审美意图外，也潜藏着创作者来自生命体验的切身感受和从内心深处流溢出的胜利者的激动自豪之感。当代藏族小说中的革命历史题材虽然比"十七年"时期的此类题材产生得要晚，但时间上的"落后"并没有影响它们在精神上、主题上的高度一致性。

很显然，当代藏族小说中革命历史题材小说和"受难—反抗"型女性形象的出现，与中国当代文学中革命历史题材的审美诉求和精神风潮有着密切的联系，这一点我们在上面的论述中已经简略提及。同时，这类作品的出现也与当代藏族文学产生的历史背景和现实境遇有着直接的关系。

首先，那些能够代表当代藏族文学起步的作家文学，就是在革命斗争中产生的，对于革命历程的描述和反映别无选择地成了当代藏族文学的首要选择。这可以从两个方面来加以认识。一是，此类作品中的一部分就诞生于革命斗争的过程之中，此类作品主要以诗歌为主。二是，此类作品的另外一部分虽然诞生于革命之后的和平时期，但其作者是革命斗争的亲历者，他们从事创作时关注革命历史题材也是顺理成章的选择。此类作品中小说成就比较显著。在这两类创作中，相对而言，第一种作品在艺术上和思想内涵上都要逊色于第二类作品。在这一章里，我们着重考察的就是第二类作品，如益西卓玛的《清晨》，降边嘉措的《格桑梅朵》，益希单增的《幸存的人》《迷茫的大地》等。

其次，作家个人强烈的对旧制度的痛恨，对新社会的热爱之情感和愿望，也是促使作家自觉地选择革命历史题材的一个重要原因。这也可以从两个方面来理解。第一，就像"十七年"时期选择革命历史题材为创作内容的那批作家大多是革命战争的亲历者一样，以革命历史题材为创作内容的当代藏族小说家，也都是民族革命战争的亲历者。"革命者"的身份使得他们对那段虽艰难困苦，但却也充满着火热的激情与胜利的喜悦的光辉岁月怀有一种难以割舍的情愫。一方面，这是他们见证民族从黑暗、落后、野蛮的旧制度走向光明、进步、文明的新社会的光辉历程；另一方面，这段充满艰辛困苦的光辉历程，也见证了作家自我参与民族解放的斗争经历，从中展现了渺小个体生命"改变"历史的力量，彰显、刻录了个体生命存在的价值和意义。由于此，对于这段特殊的历史经历，他们怀有特殊的情怀。尽管他们对此也有过许多不愿再重温的痛苦记忆，但一些值得留恋的片段依然会使他们以积极乐观的态度去重述那段"属于"自己的人生经历，以此在重述历史中再次确证自己生命的意义。从文学创作心理学的角度而言，这可以说是深藏于作家内心深处的本源性冲动。任何人都有言说的冲动，只是有些人有能力言说，有些人不能言说而已。面对那段特殊的经历，降边嘉措、益希单增等人承担且完成了属于他们自己的言说使命。第二，选择革命历史题材来讲述历史，也是作家们以特殊的方式表达对革命先烈的缅怀和致敬，借此讴歌他们为了民族事业前仆后继、英勇献身的高贵品质和牺牲精神。作为革命的"亲历者"，收获了革命胜利果实的作家对革命过程中所发生的一切都有着切身的体会与感触：朝夕相处的战友、英勇顽强的战士、淳朴良善的穷苦大众、坚定不屈的革命信念、渴望解放的内心期盼……所有这一切都积淀在他们的情感库存里，激荡着他们的情感波涛，促使他们以写作的方式向那些曾经一起战斗过的人们致敬。而他们笔下的那些正面人物形象身上，往往就寄托着他们的这种发自内心的真挚的革命情谊。这其中，那些"受难—反抗"型女性人物，在一定程度上就是他们在革命经历中耳闻目睹过的"现实"人物。

这类女性以"受难者"的形象进入文学叙述，最终却是以胜利者的姿态完成自身的塑造的。在这一身份、地位的审美转变过程中，包含着广阔的历史内容和现实政治意识形态诉求，也映射着创作主体自身生活道路的曲折轨迹和生命体验的情感诉求。因此可以说，她们的出现既是特定时代社会文化意识形态对文学创作的必然要求，也是作家对自己生命历程的一种充满感怀之情的总结与回顾。当然，作家的回顾中既包含着作家本人对民族历史、社会发展的思考与认识，也包含着他们对自由幸福生活的热烈渴望和执着追求，还包含着诞生于新的历史时期的藏族知识分子对民众生活境遇和前途命运的深切关注。

在当代藏族小说中，这类小说在数量上虽然无法与"十七年"时期的同类题材相比，但我们依然可以从数量不多的同类小说中比较清晰地看到一些历史细节，领略到中国革命在边陲地区展开推进的艰难曲折的光辉历程。就本章所探讨的话题而言，我们通过此类作品中所塑造的"受难—反抗"型女性形象，既能够领略边疆地区的革命风云，也能够体察藏族女性在革命发生之前所经受的种种折磨与苦痛，以及在苦痛中挣扎、抗争，并最终走上革命道路的艰难选择。同时，也能了解到不同的藏族作家在叙述同一种历史题材时因各自革命经历、生活体验和艺术趣味之不同而表现出来的不同的艺术审美取向。

二

由于受创作者个人革命经历的影响和政治意识形态与战争文化规范的制约，参与革命重述的写作者有着大体一致的审美理念，因此中国革命历史题材类的小说创作不约而同形成了大致相同的叙述模式，呈现出了相同的审美风貌。"战争小说的作者绝大多数来自解放区，主要是军队里的随军记者和部队文艺工作者，也有个别作家直接担任过军队的指挥工作。他们既是战争的目击者，也是战争的参与者，特殊的战争经历和特殊的文化背景，形成了他们特殊的文学创作风格。他们的出现不仅充实了新文学以来的作家队伍，同时还改变了新文学的传统格局：他们除了自身战争生活经验以外，还带来了把他们滋养成作家的战争文化背景。也就是，他们在战争文化背景下不仅仅获得了有关战争的知识，而且获得了认识战争和表现战争的美学观念。"① 这种大致相同的叙述模式和审美风貌主要体现在两个方面。一是，革命虽然艰苦卓绝，但未来前景却是光明的，即所谓的"道路是曲折的，前途是光明的"。在具体的叙述中，作家们并没有掩饰革命斗争的艰难曲折和血腥残酷，在作品中总是能够看到敌我斗争的激烈残酷，革命情势的复杂险恶，敌对力量的强大与顽固，革命人士的牺牲与革命进程的受挫。但这些都是一种带有烘托、对比作用的艺术铺垫，其目的是表明革命走向胜利的来之不易。因此，从作品的整体艺术风貌上看，这类作品呈现出来的是一种积极向上的乐观情调和浪漫主义精神。在作家的创作理念中，无论革命道路多么艰难困苦，无论革命力量付出多大的牺牲，都不可能改变革命走向最终胜利的历史必然性。二是，在具体的叙述过程中，敌我界限分明和阶级斗争的不可调和是整个文本故事展开的既定准则。敌对力量和革命力量、敌营人物和革命人物、穷苦百姓与统治阶级之间的关系有着不可混淆的鲜明界限，这种既定的非此即彼、势不两立的对立关系的存在，使得作品形成了鲜明的"二元对立"的叙述逻辑。当代藏族小说中的革命历史叙事虽然迟至二十世纪八十年代才出现，但在整体艺术风貌上与"十七年"时期革命历史小说所推崇的艺术理念并无二致。"十七年"时期所流行的革命叙述模

---

① 陈思和主编：《中国当代文学史教程》，复旦大学出版社 2005 年版，第 56 页。

式,在当代藏族小说中依然是有着革命经历的作家们所首选的叙事模式。作为一种在特定的历史时期无法超越的,具有指导性功用的审美规范,这种叙事模式对整个作品审美特征和艺术倾向的影响是根本性、决定性的,是方方面面的。无论是具体情节的裁剪,还是个别故事的选择;不管是语言对话的设计,还是人物形象的刻画;无论是整体结构的设计,还是个别事件的展开,都无不受这种具有"宏大叙事"意味的总体性规范的影响和支配。毫无疑问,在此类小说中,女性形象的塑造也是在这种总体性规范的影响与支配下设计、完成的,尽管在有些作品中女性形象并不是主要的艺术因素。

由于受此种占据着绝对优势地位的审美规范的影响和制约,革命历史小说对于女性形象的塑造,也呈现出大致相同的审美取向。

第一,属于革命阵营的女性形象,拥有几乎一切优良的品质,而处在敌对阵营里的女性人物则是反面典型。下文重点要讨论的"受难—反抗"型女性,就是隶属于革命阵营的革命人士。这类女性首先是受难者,为了突出她们的这一身份地位和生存境况,创作者会依照此类作品特有的美学逻辑,即阶级对立和斗争的二元对立模式,把这类女性人物设置在被压迫、被剥削的生活地位上。由于出身低微,受统治阶层的层层盘剥,这类女性人物往往过着食不果腹、衣不蔽体的艰苦生活;除此之外,在权力等级壁垒森严的社会体系中,她们甚至连做人的自由和尊严都没有。正是这种无自由、无尊严、无保障的"三无"生存境况,却使这类女性具有了另外一种重要的、足以改变她们悲苦命运的高贵品格,即阶级分明、立场坚定、富有斗争精神,渴望翻身解放,竭力追求自由幸福的生活;对阶级友人能够本能化地充满同情与怜悯,必要时还能够挺身而出,为他们做出必要的牺牲;对阶级敌人则能够看穿他们的阶级本质,对他们怀有戒备之心和怨恨之情,希望能够把他们从统治地位上拉下来,结束他们作威作福、欺压贫苦百姓的罪恶统治。比如《清晨》中的白玛、卓嘎,《幸存的人》中的德吉桑姆,《格桑梅朵》里的娜真等,都是具有这种形象特征的女性人物。她们出身低微,"命中注定"只能生活在统治阶层的残酷统治之下,不但毫无人身自由,甚至连最起码的人格尊严都被剥夺殆尽;统治阶层把她们视为会说话的工具,她们的生命价值甚至连主人家的一头牛、一只羊都不如。她们成年累月、夜以继日地辛苦劳动,换来的仅仅是赖以活命的口粮。辛苦的劳作并不能保证她们生活的平安顺畅,在她们的生活里,遭受肉体上的戕害与凌辱和人格上的蔑视与羞辱，是一种生存常态，稍有不慎就会命丧黄泉。但这种非人的悲惨遭遇并没有湮灭她们对美好生活的深切渴望，在她们的内心深处，始终对看上去可望而不可即的幸福生活充满了由衷的期盼。由于此，她们始终没有在残酷的压榨与非人的盘剥之下放弃活下去的坚定信念，以自己微弱但持久的生命力始终与惨无人道的统治阶层进行着力量对比极为悬殊的抗争，她们始终在不停地寻找着走出困难境遇的光明之路。就是在这样的"受难—反抗"中，经过充满血泪的持续努力，甚至是付出生命的代价，她们最终在革命的洪流中寻找到了民族解放、自我解放的希望之路。

第二，此类小说在塑造女性形象时，由于着重点在于揭示阶级剥削、阶级压迫的残酷性和革命斗争的迫切性、必要性，以及革命斗争的复杂性、残酷性，所以很少关注女性人物个人化的性别感觉。这样一来，女性人物与任何其他人物一样，都是阶级斗争的符号载体，她们具有集体特征，却缺乏同样重要的个性特征。换句话说，这些人物有着大体一致的性格特征和精神风貌，却很少有可以把她们区别开来的个体特征。至于女性特有的性别特征和性别经验，也没有得到应有的表现。如前面提及的几个女性形象，她们来自同一个阶级阵营，每个人的身上带有同样鲜明的阶级属性，都遭受着同样的现实苦难，都表现出了同样的现实渴望——渴望摆脱受剥削受压迫的不幸生活，并对敌对阶级充满了阶级仇恨。当然，她们也有一些细微的差别，但这些差别还不足以使她们的形象特征脱离自己的阶级属性，展现出别具一格的审美个性。至于她们身上的性别特征，则几乎被完全遮蔽了。因此，这些人物如果改名换姓，也决然不会对其性格特征造成任何损伤，甚至如果换成男性，除了影响故事情节的具体内容之外，对整部小说的艺术格局和主题不会造成伤筋动骨的巨大影响。由此可以看出，这类女性形象有着程式化、固定化的审美倾向，是一种类型化程度很高的人物形象。在这类小说中，塑造女性形象的另外一个固定化的模式是她们在很多时候是男性人物的陪衬，尽管有些作品中女性形象是主角，甚至在某段时间内会成为男性人物走上革命之路的引导者，但她们的这种主导地位最终会让位于男性人物，而她们也会自觉地成为男性成就事业的跟随者和协助者。

尽管当代藏族小说中的革命历史小说在塑造女性形象时与"十七年"革命历史小说遵循着大致相同的审美模式，但作家出身、经历的差异与地域文化背景之不同，也使得当代藏族小说在塑造这类人物形象时，表现出了一些属于自己的特别之处。首先，是这类女性人物多笃信宗教，尤其是在故事的开始阶段，都认为自己的悲苦生活是命中注定的，因此在遭遇不幸时，往往会祈求神佛保佑。有些女性甚至至死都无法改变这种宗教心理和观念意识，尽管在反抗的过程中她们会逐渐认清宗教的本来面目，不再轻易相信宗教教义，更不盲目迷狂地听从神职人员的言谈。很显然，这种描述并不是作者缺乏唯物主义思想意识，而是对人物置身其中的宗教文化背景的客观展现。在一个几乎全民信教的文化环境里，如果让笔下的那些具有"革命潜力"的女性人物成为一个唯物主义者，显然是不符合藏族地区的实际情况的，是严重违背客观事实的拙劣改造。因此，让人物以带有族别文化印记的历史身份和面目出现在作品中，是作家历史主义态度的一种体现。它表现出的是作者对现实主义文学理念的坚守与推崇，是创作者对文学真实性和历史客观性的追求与尊重。其次，二者之间的不同还体现在革命态度和斗争信心的强弱有别上。当代藏族革命历史小说中女性人物在革命态度上往往表现出顾虑重重的犹疑不定，在初始阶段也缺乏坚定的战斗精神，"十七年"革命历史小说中的女性则相对而言有着比较坚定的革命态度和斗争信念。出现这种差别的原因或许仍然与宗教文化背景有关。笃信宗教的藏族女性在"人生即是苦""顺从命运""生命轮回"等观念的影响下，往往很少主动积极地与生活中各种异己力量抗争，很多时候表现出隐忍承受的现实态度和心理状态。相比而言，"十七年"革命历史小说中的女性由于受宗教文化心理意识的影响较小，更容易激起仇恨之欲念，加之革命宣传的号召鼓动，参加革命之积极热情，斗争态度之坚定决绝，也就显得很是合理自然。

三

无论是"十七年"革命历史小说，还是当代藏族小说中的革命历史题材作品，女性在绝大多数作品中并不占据主角的地位，她们往往是男性革命者的配角。但这并不意味着她们在作品中没有多大存在的价值和意义。事实上，无论是从历史客观进程来考量，还是从作品的艺术构成来看，这类女性人物都是不可或缺的审美因素。

首先，在中国新民主主义革命的漫长过程中，中国女性走出家庭、转换身份，积极融入革命队伍，成了革命队伍中不可忽视的组成部分，不但壮大了革命力量，更以自己的战斗勇气和坚韧品质，为中国革命的最终胜利做出了巨大贡献。就藏族近代以来的革命斗争而言，藏族女性在其中也发挥了同样重要的作用。藏族女性在民族解放历程中的历史作用自然应该得到作家们的关注，因此，她们进入文学世界也就是理所应当、顺理成章的事情。对当代藏族文学的发展产生过重要推动作用的著名作家益西卓玛就是一个典型案例，她个人的革命经历和创作实践，就是对现实实践与文学创作互动关系的最好诠释。益西卓玛在年轻时代就加入革命队伍，以革命者的身份登上历史舞台，随后进行文学创作，用文学实践来记录、反映民族革命斗争的艰难曲折与不断进步。毫无疑问，她的革命经历和创作实践，能够充分表明女性形象在革命历史小说中出现的历史必然性和现实合理性。

其次，妇女解放的社会意识形态诉求也是革命历史小说中必然出现女性形象的重要原因。早在"五四"时期，思想界、文化界就提出解放妇女的口号。新中国建立之后，这种提法被写进宪法，妇女解放第一次以神圣庄严的方式上升到了国家秩序建构的层面，成了国家民族走向民主富强的现代化之路的一个重要举措和根本法则。受国家意识形态影响的文学创作显然不可能忽略这一具有里程碑意义的国家法则和强民富国之大计。怀有强烈现实责任感和历史使命感的作家不约而同地在作品中寻求、表现妇女解放的种种途径。在以社会主义生产建设为题材的作品中，他们遵循国家的号召，把女性人物塑造为生产能手，让女性与男性一样，成为生产劳动的主力军；在精神面貌上，作为社会主义国家主人的新型女性一扫旧社会受苦受难、苦大仇深、悲愤抗争的形象特征，转而对新生活怀有积极向上的乐观信念，思想活跃、追求进步、富有奉献精神，展现出舍我其谁的主人翁姿态。在革命历史题材的作品中，进步的女性人物首先是追求自由、渴望幸福生活，着力摆脱受压迫、受剥削境遇的反抗者。她们不一定是真正的革命者，但最终会在反抗的过程中借助革命力量获得某种程度的解放，或者得到革命的启发，至死不渝地追求自身的解放，即使牺牲性命也在所不惜。因此，从妇女解放的社会时代精神来看，革命历史小说把女性人物纳入革命进程之内，也是时代精神对文学艺术的要求，当然也是作家们自觉的艺术追求。

再次，把女性形象纳入革命队伍，也是情节设置的艺术需要。在这类小说中，真实地揭示革命发生的原因和发展的必然逻辑，是创作者所试图追求的一个核心目的。尽管在这一艺术目的的支配下，女性人物往往作为辅助性人物（或曰配角）出现在作品中，但对于故事情节的发展演变而言，她们却又是不可或缺的艺术因素。作为"受难—反抗"者，她们比男性更容易成为被欺辱、被剥削的对象，她们的悲惨命运也往往更容易引起人们的同情与怜悯。由于此，她们就更能唤起人们的悲愤之情和斗争之志。在这类小说中，往往会看到这样的情景描述：灾难或不幸降临时，男性具有更强的承受能力或更容易躲避灾祸而不会成为最大的受害者，受难最深的往往是体弱多病的老人和没有自我保护能力的妇女儿童；这些缺乏抵抗能力的人群的受难，使得人们对施暴者的残暴行为就越发深恶痛绝。如此一来，在"复仇""除恶"意念的支配下走上反抗之路也就成了必然。这样，从"受难"到走向"反抗"，也就有了必然的艺术逻辑可遵循，整个故事情节也就可以依照这个逻辑发展下去。除此之外，作品中出现的男女爱情故事片段，也是这类小说惯用的推动叙述发展的动力因素，而男女爱情故事中没有女性人物是绝对不可能的。这也就意味着女性人物的存在其实也是小说情节得以顺利展开的一个重要因素。在当代藏族革命历史小说中，就我们所关注的一些重要的作品来看，尽管爱情并不是作品所要表达的主要内容，但爱情故事片段在整部小说中所发挥的建构作用却是非常重要的。甚至可以说，如果没有爱情片段在作品中发挥推动故事情节向前发展的动力作用，小说铺陈展开的路径就会受到阻碍。比如《格桑梅朵》中娜真与强巴的爱情在整部小说的故事框架中就是不可或缺的重要一环。如果没有二者之间的爱情关系，就不会有娜真惦记着强巴的情节片段，没有这一情节也就没有娜真带领解放军去寻找强巴的过程，而没有这一过程，强巴也就不会走上参军反抗的革命道路。如果没有强巴参军反抗的革命之路，那么这部长篇小说也就失去了大半内容，其反映波澜壮阔、艰苦卓绝的西藏解放的革命斗争的创作目标，也就不能顺利完成。由此可以看出，在作品中并不占据核心位置的爱情故事，往往承担着极为重要的穿针引线的连接作用。

第二节 《清晨》中的受难女性

益西卓玛的《清晨》是第一部当代藏族女性长篇小说，也是较早的一部藏族革命历史小说。这部小说的雏形形成很早，大约在二十世纪六十年代中期就已经有了基本框架。当时，作者以《小华旦》为题名出版发行过一本图文相配的连环画。这本连环画的大致内容是，藏族儿童小华旦因无法忍受农奴主的残酷压迫而离家出逃寻找解放军，并最终被解放军战士解救的过程。毫无疑问，这部连环画的叙述主题与当时革命历史叙事的主题是相当一致的：控诉旧制度的黑暗残暴，揭示穷苦民众走上革命道路的必然过程，展示革命最终走向胜利的历史潮流。这部连环画的主题在1981年出版的《清晨》这部长篇小说中得到了延续与扩展。就作品的主题而言，《清晨》与《小华旦》没有实质性的区别。但作为长篇小说，内容上的极大扩充丰富，却使得这部小说具有了一些新的质素，并为当代藏族革命历史题材的小说开辟了一条崭新的道路。与连环画版的儿童读物《小华旦》相比，这部小说呈现出了以下特点。首先是人物数量的增加和人物关系的复杂化。在被压迫一方，除了小华旦与母亲之外，又添入了小华旦的父亲、从其他部落逃亡来的白玛父女和参加解放军的扎西以及其他解放军战士等。在统治阶层一方，除了草原头人外，还增添了国民党残余势力等。这些人物的增加不仅仅意味着小说篇幅的增长，更意味着人物关系的复杂和故事情节的曲折多变，从而可能会增生作品的艺术含量。其次是故事背景的扩展与情节内容的丰富。人物的增加必然会引致故事情节的增生，故事情节的增生则会导致故事背景的扩展。《小华旦》因受人物行动的局限，故事背景只能发生在草原上部落头人管辖的狭小范围之内，人物关系也局限在小华旦一家与头人之间——头人残酷迫害小华旦与母亲，除此之外，作品无法展示更为宏阔的历史背景。相比之下，《清晨》的创作视野要开阔得多。它不但把头人与华旦家的矛盾从个人矛盾扩展为更有涵盖能力和社会内涵的阶级矛盾——把一个家庭所遭受的剥削压迫扩展到一个阶级对另一个阶级的剥削与压迫，而且把阶级斗争的背景扩展到全国性的解放战争中——让草原头人与国民党的残余势力相互勾结，共同向穷苦民众实施阶级压迫。这样的安排不但使作品可以在更为阔大的空间里展开叙述，从而增加作品的历史内容和思想蕴含；还可以把人物放置在解放战争的背景下赋予其更为丰赡的艺术内涵，使其更具艺术代表性，具有现实主义文学所追求的"典型环境中的典型人物"的某些特征。第三，与作为儿童读物的《小华旦》相比，《清晨》显然提升了作品的社会内涵，这也使其变成了一部反映边疆地区革命斗争的现实主义作品。如果说《小华旦》仅仅展示了少年华旦不幸的悲惨命运和头人的残暴狠毒，那么《清晨》则揭示了统治阶级的惨无人道，以及穷苦民众渴望摆脱被剥削、被压迫的生活境遇的内心祈求和为了实现内心愿望不顾一切艰难险阻走上反抗道路的历史必然。这其中，那些备受凌辱欺压的女性人物，则以她们深切的期盼和不屈的行动，为我们展示了这一艰难而充满希望的曲折过程。

尽管《清晨》中所刻画的主要人物并不是女性，而是巴丹（即《小华旦》里的华旦）、加措、扎西和日南·僧格等人，但几个作为配角的女性还是初步展示了解放战争时期生活在草原上的藏族女性的生活境遇和抗争之路。在这部小说中，前后出现的女性人物共有五六个，但作者着力描绘的女性人物只有两个，一个是白玛，一个是卓嘎。这两个女性是典型的受难者。小说也分别从多个方面描绘了她们的受难经历。白玛虽然身为自由民，但她的自由也仅仅是比作为"会说话的工具"的奴隶多获得一些劳动报酬而已。而白玛成为自由民之前的经历则表明她的自由身份的获得，其实是迫不得已的受难过程。即使是自由民，她其实也没有摆脱受难的悲惨境地。

白玛原名卓玛姬，出生于一个牧民家庭，从小跟随父亲过着艰难清苦的生活。在家乡发生战事的混乱年代，反动派的血腥杀戮迫使父女俩不得不逃往异地，后来遇到了在草原上进行地下工作的扎西。扎西的父亲和叔叔在十年前曾跟随红军抗击反动的国民党军队，父亲被国民党保安团残忍杀害，叔叔则逃到内地参加了中国人民解放军。扎西在这次家庭事变中随着母亲东躲西藏，到处流浪。母亲去世之后，扎西继续流浪，终于碰到了正在草原从事地下工作的叔叔达吉，满腔仇恨的扎西在叔叔的带领下加入地下组织，在尕尔玛草原开展地下工作。卓玛姬与扎西相逢之后，因为双方的父亲是曾经的好朋友，借着这层关系，两人很快相互爱恋、心心相印，经卓玛姬父亲的同意，两人结为夫妻。但婚后不久，由于国民党残余部队溃退到草原，企图在广阔的草原上藏匿身份、蓄积力量，意图日后东山再起。其间，国民党残余部队开始扫荡当地反抗他们的革命势力。扎西由于参与地下工作被发现，被陈步云、黄金宝为首的国民党部队追杀。在卓玛姬的帮助下，扎西顺利出逃，但卓玛姬父女却从此只能离开家乡到异地流浪谋生。父女俩来到远离家乡的日南草原，隐姓埋名，在头人日南·僧格的家里为其做饭和料理一些家务。从白玛来日南草原的经历来看，她的人生遭遇其实就是一个不断地受难的过程。除了与扎西在避难中相遇结婚算得上是一件"幸运之事"外，她所走过的道路都布满了艰难险阻，甚至充满了生命危险，尤其为了保护扎西而引来的"杀身之祸"，使得父女俩不得不四处躲藏，隐姓埋名。但即使是如此，他们也生活在惊恐之中，无法过上安心日子。一方面，她担心自己的丈夫扎西，不知道他逃出魔掌之后到底如何生活，是否还活着；另一方面，她还担心被当年追杀扎西的国民党官员认出而遭遇不测，连累自己的父亲和女儿。因此，尽管她们一家三口在日南·僧格家生活得相对安稳平静，所受之苦比起那些沦为劳动工具的奴隶来，要轻松得多；虽然后来她获知自己的丈夫在解放军队伍里当了连长且为此而深感欣慰，但精神上的不安和心理上的恐惧还是日夜伴随着她，尤其是当国民党官员陈步云、黄金宝来到日南草原探查风声的时候，她更是提心吊胆，谨慎行事，不敢露出半点蛛丝马迹。但即使是这样，狡猾的陈步云还是看出了一些端倪，开始想方设法除掉她。由于此，他们一家三口只好离开日南头人家，之后又悄悄去寻找正在修路的解放军和丈夫。

小说在讲述白玛一生的坎坷遭遇的同时，也着力细致地凸显了白玛坚强、善良，乐于助人的优良品质。白玛从小就没了母亲，跟随着父亲东奔西跑，这使她从小就练就了坚韧不屈的生活品格。在日常生活中，白玛始终保持着乐观向上的生活态度。尽管她跟随父亲，带着年幼的女儿过着隐姓埋名的破碎生活，但她始终没有对生活产生悲观失望的情绪。在她的心目中始终有一个坚定的信念，那就是像菩萨一样的解放军一定会把路修到草原上，穷苦的藏族民众一定会获得解放，过上自由的幸福生活。经受过苦难的白玛本能地对穷苦大众怀有深厚的同情心，时时处处尽自己微薄的力量去帮助他们。对于深受日南·

僧格头人剥削压迫的卓嘎一家,她始终报以深切的体恤。她不但为卓嘎一家三口的生命安危担忧,常常在头人面前为他们求情,还在物质上给予他们极大的帮助,偷偷地给他们送一些食物。白玛还是一个有着朦胧的阶级意识的受难女性。白玛的这种阶级意识大致表现在两个方面。一是她始终在暗中支持帮助巴丹一家。这种支持除了上面提到的物质资助外,还包括精神方面的支持,而精神上的支持,更像是"革命指路人"在为参加革命的后起者指引革命道路。比如她总是鼓励巴丹一家不要向头人屈服,要敢于与头人斗争,维护自己的尊严。当巴丹的母亲卓嘎因为巴丹父子二人不能按时回到草原要遭受鞭打的时候,她虽然为卓嘎即将遭受的酷刑感到担忧,但却神色沉重地给卓嘎打气,让她咬紧牙关不要泄气,不要向豺狼虎豹一样凶狠的头人求情流泪。在她的鼓励下,卓嘎果然毫无惧色地昂首走向刑场,咬紧牙关不吭一声地忍受着鞭打。这一情节与革命历史小说中革命烈士蔑视敌人的威逼利诱,大气凛然地面对一切折磨与酷刑的英雄气概有着精神上的相通之处。而卓嘎的身上也确实暗含着一些英雄气概。从人物的这一精神品质不难看出,作者在塑造这一类型的人物形象时遵循了革命历史小说所普遍推崇的艺术取向。白玛朦胧的阶级意识还体现在她对推翻阶级统治,获得人身解放的必胜信念上。与其他穷苦人相比,白玛很早就经历了阶级斗争的洗礼。她的丈夫扎西是地下工作者,因此她对革命已经有了初步感知,也比较清醒地认识到统治阶级尽管能够逞一时之威,但终究会随着解放军的到来而失去威风。由于此,虽然她也担心凶残的统治者不会善罢甘休,但她依然相信解放军会帮助穷苦民众过上好日子。因此,她经常鼓励身边的穷苦民众,到东边草原去寻找解放军,而她自己也始终在寻觅机会逃离日南草原,去寻找已经在解放军队伍里当了连长的丈夫扎西。虽然白玛身上所表现出来的这种阶级斗争意识不是作品要表现的主要内容,但我们还是能够从白玛的形象特征中看到作者在这个女性人物身上所寄寓的革命反抗意识,以及借此揭示革命时期蕴藏在藏族女性精神内部的潜在革命力量的创作目的。

《清晨》中另外一个值得关注的女性形象是作为奴隶而没有任何人身自由的卓嘎。通过这个人物的悲惨遭遇,作品着力揭示了旧社会藏族女性遭受的非人的肉体戕害和物质困苦。这个人物可以说是典型的"受难"女性形象。小说从她物质上的贫困、生活上的劳累、精神上的屈辱等几个方面,比较充分地展示了她的"受难"经历,从而也从根本上揭示了藏族女性走上反抗之路的历史根源。当然，她的苦难遭遇揭示的不仅仅是藏族女性的悲惨境遇，也是整个中国藏族穷苦民众这一群体的悲惨境遇。

卓嘎一家三口是"天生"的奴隶，是头人家里"会说话的工具"，没有任何自由，也不拥有任何物质资料，是物质上的赤贫者。对此作品从各个方面做了繁复的描述。当头人日南本派卓嘎的丈夫加措和儿子巴丹去外地支差时，卓嘎要为他们准备一些生活用品，但却又不知道为他们准备什么：

> 卓嘎和巴丹赶快准备走远路要带的东西。可真是能准备什么呢？他们除了身上穿的皮袄，一顶千疮百孔的帐篷，铺在地上的两张破烂的死羊皮，全家只有一口小小的边上有缺口的罗锅。一个破罐头盒做成的勺子，这还是白玛给他们的一个罐头盒。还有两个死牛皮做的皮袋。几个不值钱的野牲皮做的皮袋，用来装他们吃的干肉、糌粑、茶叶。一个吹风皮袋用来吹燃牛、羊粪的火。加措和卓嘎各自身上带着个火链，用来打火。还有两把木柄尖刀，卓嘎用的一把已经磨损得象把小铲子了。加措身上带的一把，他给做了个皮鞘，磨得很锋利，可以用来剥死了的牲畜、野兽的皮。此外还有每人一个裂缝的木碗。再要找一件日常生活之外的东西，那就只有加措形影不离的笛子。[1]

一方面是被压迫阶层的贫困不堪，另一方面却是压迫阶层占有一切，作威作福。作品为了突出受难一方悲惨的生存境况，运用对比的方法描述了日南本头人对各种物质资料的绝对占有：

> 在日南·僧格家族世袭统辖的领地上，草原、森林、河流、矿藏，一切一切都是日南本的。日南本有成千上万的牲畜，有些租给贫苦牧民，定期收酥油、牛毛、曲拉和繁殖的仔畜等；有些由完全没有人身自由的奴隶们放牧、挤奶、打酥油和剪毛。日南·僧格不但向他领地上的所有百姓收官税，派乌拉，还和两个朋友合伙做生意。他们运来盐、茶叶等牧民生活必需品，就按他们定的高价，把草原上的钱和能值几个钱的东西，全部收

---

① 益西卓玛：《清晨》，中国少年儿童出版社1981年版，第18—19页。

进他们的袋子里。①

　　统治阶层利用自己手中的权势，完全占有绝大部分生活资料，同时还通过各种不合理的方式盘剥贫苦民众，使得广大的贫苦民众缺乏必要的物质资料。物质资料上的极度贫困使得卓嘎一家过着食不果腹、衣不蔽体的艰难生活。日常生活的艰难从生存根基上决定了卓嘎"受难"的形象特征。这种因物质资料的匮乏而导致的受难，揭示出的是社会制度的不合理和阶级地位的不平等。毫无疑问，它包含着特定的社会历史内涵，其批判的锋芒直指阶级压迫与阶级剥削。很显然，就创作主体的创作意图而言，作品的目的是通过卓嘎一家极为低下的经济水平，来揭示、渲染卓嘎一家"受难"的程度。这种写作思路也正是当代革命历史小说所沿用的惯常模式。这一思路里包含着如下的认识逻辑，即，革命之所以发生，根本原因在于不合理的社会结构和体制中存在着阶级剥削和阶级压迫，残酷的阶级压迫和阶级剥削所导致的严重现实后果是被压迫者处于极端的贫困之中，几乎没有存活的可行之路；欲想获得新生，唯一的道路就是奋起反抗，从压迫阶级那里夺取生存的权利。由于此，许多受难者必然是经济地位极为低下的底层民众。卓嘎的身份地位，以及由她的身份地位所决定的食不果腹、衣不蔽体的生存状况，暗含着时代所规定的认识逻辑。因此，作品着意描述她一家三口艰难贫困的生活境况，其实就是特定时代审美意识形态的必然显现。当然，作家的创作并不是为了凸显某种社会理念而无中生有，编造事实。以现实主义创作理念为指导的革命历史小说，始终坚持追求作品的现实品格，尽管其中也充溢着夸饰性的浪漫色彩，但这并不影响作品的现实主义品质。因为那些受难者形象的存在，是有着坚实的社会根据的，中国革命正是以受难者走上反抗之路而揭开其序幕并最终取得胜利的。由于此，当我们审视那些受难者形象时，既要看到她们身上所蕴含的创作主体的鲜明的时代审美意识，也要看到她们存在的历史必然。她们既是历史生活里的真实存在，也是作家想象性创作的艺术产物。由是观之，《清晨》中的卓嘎及其家人的生存状况，以及他们所走的人生道路，既是社会历史的产物，也是作家着意塑造、描述的艺术产物。当然，无论是社会历史的产物，还是作家艺术创造的产物，卓嘎作

---

① 益西卓玛：《清晨》，第10页。

为受难者形象都包含着一定的社会历史内涵和艺术内蕴。从卓嘎一家的生活状况与人生遭遇中，我们不仅仅能够看到纷繁复杂的历史景象，也能感悟到文学叙事的时代需求。

卓嘎的受难还体现在她永不停息的劳作和肉体上的被摧残与精神上的被侮辱。不能拥有任何物质资料的卓嘎一家是头人家的劳动工具，因此不停地劳作就是他们命定的"使命"，除此之外，别无选择。卓嘎的丈夫和儿子放牧支差，卓嘎则在家里为头人捻线搓绳，不停地干杂活。但即使是这样，他们依然无法避免肉体上的被戕害与凌辱。如果不能完成头人交给的任务，他们都会遭受毒打，甚至丧命。按头人的话说就是"糌粑不揉不好吃，奴隶不打不听话"。卓嘎就因为自己的丈夫和儿子没有按时完成头人交付给的差事而遭受了非人的毒打。日南本头人派遣加措和巴丹护送国民党潜逃军官，限定父子俩必须在规定的期限内返回，每迟到一天，就会用柳条抽打卓嘎一百鞭子。结果由于路上出了一些意外，加措父子没有按时回来，卓嘎只能接受这样的刑罚。"呼啸的鞭声象野兽在尖叫。卓嘎咬着牙，抬着头，忍受着一根又一根柳条的鞭打。第十根红柳条还没有打断，卓嘎的身上已红一条，紫一条，伤痕累累。"① 这样的肉体摧残对于卓嘎一家来说是家常便饭，但还不是最为严厉与残忍的。如果他们敢于违抗头人的命令，威胁到头人的利益的时候，更为残忍的迫害就会降临到他们身上。加措在支差返回的路上遇到了解放军，回到日南草原后，他把自己遇到的情况私下里讲述给了牧民们，在牧民当中引起了不小的骚动。一些不安分的奴隶开始盘算着投奔解放军。日南·僧格得知情况后既惊慌又恼怒。他抓住加措，威逼他告诉牧民们，他所说的关于解放军的消息都是假的。加措断然拒绝了头人的要求。恼羞成怒的头人为了阻止加措继续散布"谣言"，割去他的舌头，并把他打入地牢。后来在国民党潜逃官员陈步云和黄金宝的怂恿下，为了杀人灭口，彻底阻断他散布消息的可能性，并威慑恐吓其他"心怀不轨"的奴隶们，日南·僧格残忍地杀害了加措。看到丈夫惨遭不幸，愤怒的卓嘎内心极度痛苦，她想与头人拼个你死我活，但却遭受了残酷的刑罚——被挖去了一只眼睛。由于过度伤心，很快卓嘎的另一只眼睛也瞎了。母子俩不得不忍受更为凄惨的生活境遇。对此，作品中有一段比较细致的描述，从中不难体

---

① 益西卓玛：《清晨》，第 76 页。

味到卓嘎所遭受的艰难困苦：

> 冬天来到了。因为卓嘎瞎了眼无法缝补，她和巴丹住的帐房更加破烂了。往年，冬天扎帐房的地方，加措要高高圈一圈草皮墙，用泥糊着，挡住四面吹来的寒风。可是今年，只是巴丹挖了一些小小的草皮块，堆成一个犬牙交错的圆圈。破烂的帐房象一把烂伞一样顶在帐房杆上。住在这样的帐房里，和星星月亮都能见面，四面都能吹进寒风来。母子俩睡在冰板一样的地上，只铺着一些干草和两张脱了毛的破羊皮，盖着没有了毛，还裂开了口子的皮袄。他们在刺骨的寒风中，互相紧紧地偎依着，用自己干瘦的身体给对方一点温暖。阿妈总是睡在迎风的地方，给小儿子挡住风寒。①

　　从上面的引述中可以看出，小说从最基本的物质保障入手描述了卓嘎一家受难的生活境况。这样描写的显在目的是揭示卓嘎及其丈夫和儿子的受难过程，其根本目的则是揭示革命斗争必然发生的历史逻辑和现实根据。换句话说，作家塑造这样的受难形象，描述他们生活的艰难困苦，主要的审美目的在于表现深受阶级压迫和剥削的底层民众走向反抗的必然性和历史合理性。在小说中，加措和儿子巴丹都是自觉的反抗者，从一开始他们就表现出了斗争反抗的积极性。加措因为反抗而惨遭杀害，巴丹则在解放军的帮助下走上了更为广阔的生活之路。相比而言，卓嘎的反抗则显得不明朗，带有作为"家庭妇女"的身份特征和性格特征，且浸染着民族宗教文化意识的浓厚色彩。而正是这一点，让卓嘎这一女性反抗形象显得圆润真实，凸显出了其应该具有的地域文化特色。

　　对于自己的身份地位和人生命运，卓嘎有着比较清晰的认识。她认为包括自己在内的所有家人，都是受苦之人，各种不幸的遭遇都是命中注定的。与此同时，她对残暴的阶级压迫有着本能的恐惧。卓嘎的这种心理意识，显然是民族文化观念支配作用的结果。可贵的是，与那些到死都认命的底层民众不同，卓嘎没有完全丧失追求幸福生活的念头。根深蒂固的传统思想意识没有阻断她

---

　　①　益西卓玛：《清晨》，第125页。

对阶级压迫和阶级剥削的仇恨，没有压制她对幸福自由生活的渴望与追求。如果依照作品中的一些重要情节描述梳理一下她的心路历程就会发现，作为一位几乎没有任何反抗能力的受难女性，她还是以自己特有的方式表达了对一家人悲惨生活处境的哀叹和对不平等遭遇的不满，同时也表达了对幸福自由生活的渴望。

在卓嘎的内心深处，始终充满着无尽的哀怨、苦楚和心酸无奈，每当一家人相聚在一起的时候，她就会以低沉的调子吟唱着深藏于心中那首哀怨、苦楚的生命之歌，以此倾诉心中的哀苦与不满：

美丽的蓝天上，笼罩着昏沉的愁云，又饿又冻的奴隶啊！灾难就象乌鲁河的水流不尽；

空旷的草原上，飘飞着手掌大的雪片，又饿又冻的奴隶啊！苦活就象草根一样说不完！

阴暗的森林里，漫游着凶猛的虎豹，又饿又冻的奴隶啊！日南本是生死的主宰。①

卓嘎的吟唱既是对悲惨生活处境的哀叹，也是对不平等的生存境遇的控诉，同时也是对残暴的剥削、压迫制度的批判。她的吟唱尽管显得那么无力，尽管流露着无奈的情绪，但从其低沉哀怨的基调中，依然能够看到隐藏在她内心深处的不满与愤恨。她用愁云、雪片来暗喻奴隶们的生活境遇，并指出导致这种悲惨生活境遇的根源是草原头人的残暴压制与剥削。她把掌握着生杀大权的头人比喻为隐藏在阴暗的森林里漫游的虎豹，不但是她对自己身份地位的清醒认识，也是对剥削阶级的阶级本质的初步认识，更是对剥削阶级的仇恨与批判。从这些带有强烈的仇怨情绪的情感描述中，我们能够感受到毫无反抗之力的卓嘎的内心，其实也蕴藏着反抗的种子。随着故事的进展，反抗的种子开始慢慢发芽生长。

卓嘎的反抗首先表现在对权贵淫威的蔑视上。丈夫加措和儿子巴丹不能按时回来，卓嘎不得不"接受"被抽打的刑罚。面对毫无人道的肉体摧残，卓嘎

---

① 益西卓玛：《清晨》，第10—11页。

表现出了可贵的昂然之气。她昂着头走向"刑场",咬着牙忍受着像野兽一样尖叫的鞭子,即使身上被抽得红一条紫一块,也没有呻吟哭喊一声。卓嘎在受刑中所表现出来的凛然之气很容易令人想起革命历史小说中的奔赴刑场或面对酷刑时的革命烈士来。尽管她并不是革命烈士,作者也没有把她视为革命烈士,但她所表现出来的精神面貌却透出一股令人为之振奋的"英雄之气"。这种"英雄之气"在根本上是对权势淫威的一种蔑视。尽管这种蔑视在实质上并不会对权势形成任何威胁,甚至不会产生任何影响,但其所表现出来的反抗意识,却是卓嘎这一人物所具有的鲜明的时代特色,也是创作主体所着意彰显的艺术目的。

卓嘎的反抗还体现在她与日南本头人的直接对抗上。加措由于散布有关解放军的信息而引来了杀身之祸,先是被割去舌头,之后又被日南·僧格残忍杀害。眼看着自己的亲人遭受残暴的杀害,一直处于惶恐之中的卓嘎先是因过度惊吓而昏厥,之后再也控制不住自己的愤怒,昔日里压抑的愤恨之情绪一下子像火山一样爆发了出来。她似乎忘记了危险的存在,也顾不上考虑自己力量之弱小,发疯一样地冲向了杀害自己丈夫的刽子手:

> 卓嘎昏倒过去,又被奴隶们喊了醒来。加措已被刀斧手们剁成了碎块。难道这一摊血,一堆碎肉,就是那朝夕相处,终生相爱的高大的丈夫吗?就是那带着巴丹驯马,骑着烈马在草原上飞驰的巴丹的阿爸吗?这就是象牦牛一样,为日南本苦累了一生的奴隶的下场。卓嘎的眼泪干了,眼中燃起了怒火;卓嘎的伤痛尽了,心中升起了仇恨。她挺直站了起来,快步向日南·僧格走去。充满了心中的愤怒和仇恨,使她只想到要完成加措临死所想的事,要走到日南·僧格身边,用手捏死他,用牙咬死他。[①]

如果说之前卓嘎的反抗仅仅停留在因为意识到自己身份地位的低下而遭受上层阶级的剥削与压迫,由此而产生不满与怨恨,而表现出对这种不平等的社会秩序的质疑与诅咒,还没有作出任何实际的现实行动;那么,之后随着自己亲人的惨遭杀害,她的不满与怨恨终于转变成了不顾个人性命安危的实际行

---

① 益西卓玛:《清晨》,第 101 页。

动。对于卓嘎来说，这是其性格发展的一个必然过程。就作者的创作意图而言，也非常符合人物"从受难走向反抗"的发展逻辑。

卓嘎的反抗最终以失败而告终，而她自己也因为不能保护儿子而突然"发疯"失踪。作品为这一人物形象安排了这样一个似乎有些过于凝重的结局，使得这一人物的反抗缺少足够的力量和光明的未来指向。那么，如何看待这一问题呢？这还需要从作品的整体艺术追求出发去加以考虑。就作品的整体主旨而言，它所表现和揭示的是穷苦民众走上解放之路，推翻剥削阶级反动统治的历史必然性和合理性。在这一主题的总体要求下，卓嘎并不是作品所着力刻画的人物形象，作品重点关注的对象是加措和巴丹，尤其是巴丹，他的最终结局是作品所要展示的未来指向。在作品中，尽管卓嘎失踪、加措被杀，但巴丹却走上了光明之途。从巴丹的命运结局来看，作品已经实现了所要表现的主题意向。因此，卓嘎个人命运的悲惨结局并不会影响整部作品所要追求的主旨。卓嘎作为一个辅助性人物，作品通过她悲惨的命运历程，揭示了旧制度的不合理和统治阶层的惨无人道，也展现了蕴藏在普通民众身上的反抗力量。从这一角度来看，她的存在达到了作品所追求的艺术目的。换而言之，卓嘎的悲惨经历和最后不知所终的结局，充分发挥了暴露和控诉旧社会野蛮、残暴的本质特征的艺术功能，在一定程度上阐释了底层民众走上解放斗争之路的合理性和必然性。她所蕴含的社会文化内涵与其他受压迫、受剥削的底层民众形象所蕴含的社会文化内涵是完全一致的，那就是作家以现实主义笔法和精神，揭示社会历史发展的必然性。

尽管卓嘎作为一个受难女性表现出了一定的反抗性，但小说对卓嘎反抗意识和动机的表现，还是严格遵循了现实主义笔法，既没有刻意拔高她反抗的动机，以显示她的"革命意识"，也没有以浪漫化的手法赋予卓嘎革命者特有的精神气质，而是尽可能地从客观实际出发，从卓嘎个人的生存环境、生活实际、精神心理状况出发，描述她的反抗意识和内心渴求。具体而言，受制于个人生活环境和人物的现实需求，卓嘎的反抗动机和意识是朦胧的、本能的。卓嘎并没有从根本上意识到，生活的不幸是因为社会制度的不公平、不合理。在她看来，日南本头人是造成他们生活不幸的罪魁祸首，因此她对日南本头人恨之入骨。与此同时，她的反抗意识直接产生于自己家人受到折磨与摧残。换句话说，她的反抗意识其实来自对亲人的爱怜和同情，是亲情引发、激起了她的反抗意识。正因为如此，当丈夫和儿子受到头人的惩罚时，她会暗暗地诅咒头人，哀叹家人命运的艰辛。这种由本能催生的反抗意识导致她的反抗表现出了很大的不彻底性。当然这种不彻底性是相对于她的丈夫和儿子的反抗行为而言的。一方面，卓嘎非常痛恨日南本头人为首的统治阶层；另一方面，卓嘎却非常恐惧自己的这种反抗情绪被头人发现给家里人带来灾祸。因此，她的诅咒和哀叹往往都是一种"自我安慰"，或者说是"自我宣泄"。她几乎不在公众场合表现自己的这种不满情绪，同时还经常劝告丈夫和儿子说话做事要小心谨慎，不要让头人抓住把柄，引火上身。尽管小说中加措被杀害时，卓嘎发疯般地冲向日南本头人的行为在一定程度上表现了她反抗情绪的强烈爆发，展现了蕴藏在她身上的反抗精神和力量，但这种反抗冲动在根本上还是在亲情的促动下爆发出来的。考察卓嘎反抗心理和行动，可以发现，作者还是很好地把握了卓嘎这一人物所生存的社会境遇与其精神世界之间的关系。卓嘎是一位生活在社会最底层的劳动妇女，她的生活渴求、心理意识都来自自己所处的社会环境，她对周围一切事物的观察与反应都是本能化的，都是依照自己直接的生命感受完成的。作为统治阶级的头人剥削压迫他们一家，使得他们生活苦不堪言，所以她痛恨头人，表现出不满情绪，甚至直接地反抗。但在她的反抗意识和行为中，并不包含自觉的阶级意识和立场分明的阶级内容，她的反抗仅仅停留在个人不满的层次上。与那些带有鲜明的革命意识和阶级观念的革命女性相比，卓嘎所表现出的反抗完全来自生命存活的本能。当然，即使卓嘎的反抗源自生命存活的本能，也不会影响她身上所蕴含的社会历史内涵。从现实主义创作理念的角度来看，卓嘎的这种反抗倾向，相当真实地反映了革命历史时期处于社会底层的劳动妇女的精神状况和社会活动能力。因此，尽管卓嘎的反抗结局是灰暗的，但其产生的艺术感染力还是不容忽视的。如果没有像她这样的底层劳动妇女的反抗，就不会有更为浩大的革命反抗力量的最终形成。从这一角度来看，即使作品没有赋予卓嘎革命者的审美内涵，文本叙述也还是达到了揭示革命必然发生，并走向胜利的必然规律。可以说，在一定程度上，作者的创作目的还是比较完满地达到了。

《清晨》中塑造的两个具有"受难—反抗"质素的女性形象，是当代藏族小说中较早出现的具有"革命斗争精神气质"的女性形象。毫无疑问，她们的出现对开拓、丰富当代藏族小说的题材领域，扩展、深化当代藏族小说的表现主题有着开创性的意义。考虑到这部小说的雏形在二十世纪六十年代就已经形成，其筚路蓝缕的艺术开拓意义更是不言而喻。可以说，这部小说中塑造的白玛和卓嘎这两个女性形象，开辟了当代藏族革命历史小说对女性形象关注与刻画的先河。不仅如此，这类具有新的时代质素和品格的女性人物的出现，为当代藏族小说塑造新的女性形象——富有时代特色的女性形象提供了思想资源和艺术启发。二十世纪八十年代之后的藏族小说，无论是长篇还是中短篇，在塑造女性形象时，把关注的焦点大多集中在成长于新时代的女性身上，原因可能是多方面的，但革命历史小说着意刻画的新型女性形象的审美取向大概也是一个不可忽视的原因。

第三节　德吉桑姆：不幸的幸存者

在当代藏族小说所有"受难—反抗"型的女性形象中，《幸存的人》中的德吉桑姆是唯一一位作为主人公而贯穿于整部作品的。由于此，这一人物在作品中的形象特征也显得更为完满，从她身上所折射出的社会历史内涵也就更为丰富广博。尽管这部小说也可归列于革命历史小说范畴，但它与其他革命历史小说却有着很大的差异。首先是题材内容方面，尽管作品像其他革命历史小说那样，揭示了底层民众反抗统治阶层，不断追求平等、自由生活的社会根源和历史必然，但它选择的题材却不是中国共产党领导的新民主主义革命，而是发生在西藏历史上的农奴起义。其次是反抗者们的反抗并没有一个最终的目的，而且缺乏统一的指导思想，表现出了很大的盲目性。严格地说，这部小说是革命发生的前奏曲，但从它所反映的历史内容来看，还是比较深刻地揭示了生活在高原大地上的广大民众走上革命道路的社会历史原因。而这一主题的表达，是通过对女主人公德吉桑姆的不幸经历的描述来完成的。

与其他同类女性形象相比，德吉桑姆是一位典型的"受难—反抗"型女性形象。她的受难根源来自社会的不公平。为了揭示这一社会根源，作品从多个层面入手，描述了德吉桑姆的受难过程和悲惨情状。

首先是家庭、亲情层面。家破人亡、亲人阴阳相隔，原本虽贫苦但完整和美的家庭瞬间支离破碎——亲人被残忍杀害，家园被野蛮焚毁，留下无力承担家庭重任的德吉桑姆和年幼的侄儿流落他乡。小说一开始就以血腥的场面展示了德吉桑姆一家受难过程。野蛮残忍的政府军在心狠手辣的宗本大人的指挥下烧杀抢掠，血洗了位于藏北高原的德吉村，原本平静的德吉村沦陷于一片火海之中。德吉桑姆一家也难逃劫难——嫂子被野兽般的政府兵残忍杀害，哥哥被政府兵偷袭而死，只留下奄奄一息的侄子和惊恐万状的德吉桑姆。世界瞬间在德吉桑姆面前露出了它狰狞的面目，少不更事的她不知如何是好，痛苦与绝望使她有些喘不过气来：

> 黑沉沉的夜终于来了，四处都象挂着妖魔的黑衣袍。一种焦糊味和血腥味散发在空气里，使人感到不安和窒息。这是没有亲人的夜，没有德吉村人的夜，没有安身之处的夜，多么可怕，多么凄凉！次松（德吉桑姆的原名——笔者注）悲愤欲绝，恨不能立刻与哥哥一块死去，一块消失在这个残酷的黑夜之中。如果次松不是意识到还有一个刚刚脱离死亡危险的小侄子，那她是决不愿意再看到这个可憎的世界了。
>
> "咕——！咕——！"一只猫头鹰在杜鹃林里叫着，声音是那样的阴冷，那样的凄惨，仿佛在告诉次松说，四面八方都是威胁你生命的东西，四面八方都是张着血嘴的豺狼虎豹，不能再这样哭下去了……①

为了保护侄子，为了寻找仇人报仇雪恨，失去亲人、无家可归的德吉桑姆开始踏上了漫无边际的流浪之路，也开始了她"受难—反抗"的困苦艰辛之路。在这条漫漫的人生路上，苦难如影随形地追逐着她，直到生命的尽头。

德吉桑姆受难的第二个层面是生活的毫无着落。流落他乡的德吉桑姆和侄子风餐露宿，像秋风中飘零的落叶一样找不到立足的根基。在逃亡路上，除了躲避追查者的追杀之外，最大的威胁来自食物的极度匮乏。羸弱的身体抵抗不

---

① 益希单增：《幸存的人》，人民文学出版社1981年版，第23页。

住病菌的侵袭，德吉桑姆为此险些丧命。挣扎着来到昌都后，却找不到一个亲人的影子，求告无助的姑侄俩开始了乞讨生活。其间遭受的艰辛与屈辱，在德吉桑姆的内心留下了难以抹去的印象。作品对此进行了一番颇具意味的细致描述：

> 每天在昌都市面上讨饭，并不能象头几天那样使人同情，日子久了，人家就讨厌起来。德吉桑姆从第一次红着脸伸手讨饭，到后来的习惯自然，中间经受了别人的白眼、冷遇、嘲笑、讽刺、辱骂，甚至殴打；自己从拘谨、害怕、流泪、含悲、忍辱、发抖、失望到心肠变硬。经历了生活的这种困难波折后，德吉桑姆体会到了人世生活的繁杂、艰辛和不公平，看到了有钱人的欢乐和穷人的悲愁，而自己象是飘落在人世上的一条孤苦的影子。尽管人世间的事情不能使她愉快，但是孩子却能促使她摆脱一种痛苦，孩子的天真、无辜和纯真，支持她顽强地生活下去。因此，她把自己的喜怒哀乐紧紧与孩子连接在一起，孩子便成了她心头的肉，血管里的血，怀抱中不能分离的宝贝了。①

从这一片段中可以得知，如果不是为了小孩，德吉桑姆也许会选择离开身处其中的罪恶世界。由此也就可以看出，在德吉桑姆的精神世界和情感内部，生活的屈辱留给她的创伤是多么的沉重。而这一切都是因为家园被毁之后生活上的毫无着落所造成的。从这一逻辑过程来看，德吉桑姆物质上的受难与惨无人道的统治集团的杀戮行径有着直接的关系。换句话说，正是野蛮凶残的统治阶层的强取豪夺、草菅人命的恶劣行径，才造成了德吉桑姆无家可归、流落他乡的悲惨境地。这正是作品所要揭示的历史真相，并以此来揭示德吉桑姆之所以心怀仇恨、怨愤，且最终踏上复仇之路的社会根源。

德吉桑姆受难的第三个层面是爱情的受阻。在去往拉萨朝佛的路上，德吉桑姆遇到了一个名叫索甲的青年人。索甲也是平民出身，过着流浪生活。当他在去拉萨的路上遇到德吉桑姆姑侄俩后，对德吉桑姆产生了好感，并向德吉桑姆表白了自己的心意。一心要为亲人复仇的德吉桑姆起初没有答应索甲的请

---

① 益希单增：《幸存的人》，第28—29页。

求。但随着两人相处时间的增加，随着彼此之间的了解越来越深，这对"亡命天涯"的沦落人越来越意识到彼此间的相互需要。就在两人朦朦胧胧地开始恋情的时候，一件意外的不幸遭遇给两人的恋情蒙上了一层阴影。

在拉萨朝佛时，她被一个专门为贵族老爷骗诱年轻女性的老太婆哄骗到了所谓的老太婆的"家"中。老太婆自称是德吉桑姆的老乡。几经劝说，德吉桑姆喝下了老太婆专门为她准备的青稞酒。没想到酒里早已掺入了麻药，昏迷不醒的德吉桑姆毫无抵抗地被曾经杀害过她哥哥和嫂子的贵族少爷奸污了。苏醒过来的德吉桑姆顿时觉得天昏地暗，悔恨交加、悲愤不已的她觉得活着已经毫无意义了。原本来到圣地寻求神佛保佑的她对神佛也失去了信心，开始质问起神佛来：

> "菩萨呀，菩萨，您看到我德吉桑姆了吗？"德吉桑姆抖着嘴唇，低声哭泣，两只眼睛被泪水模糊了。她多么希望菩萨在此时此刻伸出慈悲的手，一下子解除她内心的痛苦啊！她的眼前仿佛出现了白天看到的觉仁波大佛，心里不禁喊道："大佛呀，大佛呀，您的法力和神通天下无敌，您的功德恩惠溢满人间呀……"德吉桑姆喊着喊着，胸中积起了无法诉说的滚滚波涛，汹涌地狂呼着，跳跃着，猛烈地撞击着她的心，愤怒地抽打着她的痛苦的灵魂……①

从德吉桑姆对神圣大佛的质问中可以看出，她绝望的情绪已经达到顶点，其内心的痛苦似乎也到了无以复加的地步。生，还是死，对她来说成了一个极为重要的问题。她曾一度想以自杀来了结自己的生命。

这件耻辱的事情发生后，德吉桑姆开始有意疏远索甲，因为她觉得自己已经失去清白的身体，不值得索甲来爱惜。好在索甲并没有嫌弃她，而是疏导劝告她，并郑重地告诉她，无论如何都会信守自己的承诺，一定会与她结为夫妻，与她一起把侄子养大成人，并帮助她复仇。索甲诚挚朴实的言语和行为温暖了德吉桑姆已经降到了冰点的情感，她觉得自己遇到了天底下最好的男子。为了不使索甲伤心失望，她答应了索甲的请求。虽然德吉桑姆与索甲之间的爱

---

① 益希单增：《幸存的人》，第73页。

情最终因为两人的相互信任而有了一个美好的结果，但其中经历的波折却表明，在毫无人身自由和尊严的黑暗社会现实中，即使是这些极为个人化的情感需求，都要为此付出巨大的代价，忍受极大的屈辱。作品通过德吉桑姆在爱情方面蒙难的经历揭示出这样的生活现实：对于一位女性而言，这方面所遭受的灾难有时是毁灭性的；这种灾难不但给她的情感和肉体带来巨大的伤害，也会彻底改变她对周围世界和人生命运的看法。从这一角度来看，德吉桑姆的这一遭遇无疑包含着深刻的社会历史内涵。作品中特意安排这样一个情节，其艺术用意其实就是借助它来揭示造成她人生悲剧命运的社会根源，进而揭示女主人公走上反抗之路的根本原因。

德吉桑姆受难的第四个层面是个人生命被野蛮剥夺。在经历了亲人的惨死之后，德吉桑姆始终没有忘记为亲人报仇雪恨。但在实际的生活中，她压根就没有任何机会来完成这一使命。在被仇人仁青晋美抓获之前，她的报仇欲念仅仅是一种空想。后来由于参加免税请愿，德吉桑姆被仁青晋美带到了庄园里，她想借此机会报仇，但却以失败告终。气急败坏的仁青晋美顿起杀心，借助宗教仪式把德吉桑姆当作"鬼"，活活地葬在了大江里。就这样，德吉桑姆走完了自己屈辱、悲惨的一生。她的生命被野蛮剥夺，是其受难人生中最为惊心动魄的一次经历。借助这次极为惨烈的生命经历，作品为读者展示了德吉桑姆受苦受难的人生，以及在极端黑暗的旧制度下无法改变的命运。至此，作品大体完成了对黑暗社会现实的彻底批判。

尽管遭受了种种令人难以想象的磨难，在磨难来临时也曾在一瞬间产生过放弃生命的念头，但德吉桑姆始终没有对生活失去信心，没有放弃为亲人报仇的念头。从村子遭到血洗，亲人惨遭杀害起，她就开始与不公平的命运展开了坚决的斗争，与造成自己生活悲剧的敌对势力开始了不屈的斗争。尽管她的斗争显得盲目且毫无结果，但在她孱弱而坚定的行动中，依然包蕴着一个坚韧不屈的女子的反抗精神。

德吉桑姆所进行的反抗行动主要体现在以下几个方面。

一是始终不放弃复仇的信念。从自己的亲人惨遭杀害的那一刻起，德吉桑姆就"勇敢"地担负起了为亲人复仇的重大使命。而哥哥的嘱托，更是她日后矢志不移地践行诺言的根本动力。她时时刻刻都无法忘记哥哥的叮嘱和愿望。她清楚地记得满怀悲愤的哥哥把年幼的侄子交给他，并说出自己期望的情景：

"将来长大了首先要让他给阿妈报仇，给我们德吉村的人报仇。""不能报仇，孩子活在世界上就是一把草，一把灰，不算有人的样子！假如有一天我被政府兵杀了的话，一家人的仇就指望你和孩子报了。"① 她无法忘记哥哥的期望与嘱托，无法忘记自己许下的诺言："阿觉，我们一定能够报仇，我长大了首先要去杀打死嫂嫂的仇人。过去我没有练刀练枪，今天真有点后悔。要不，今天我能把嫂子救出来。"② 这一沉重的许诺成了她日后人生的行动指南。当哥哥被政府杀害后，悲痛不已的德吉桑姆捧起哥哥留下的遗物——祖传的腰刀，神情庄重地祈祷、起誓：

> 阿觉，你去吧，妹妹把侄子抚养大后再来。愿您升入天堂，愿您很快转世，妹妹在世上等您，侄子在世上等您；愿菩萨和这把宝刀帮助我和侄子去报仇雪恨！……晴天爷，只要你睁着眼睛，我次松（德吉桑姆的原名——笔者注）今世就要实现阿觉的遗愿！③

就这样，在亲眼目睹了一场血腥灾难之后，十五岁的德吉桑姆带着年幼的侄子，踏上了逃亡与复仇的生命之路。从此之后，复仇成了她生命中最为重要的使命，也成了她存活下去的唯一理由。这个原本天真烂漫的少女被残酷的生活瞬间抛入了一个她连做梦都不可能梦到的生命轨道。从此之后，她的生命之路就是一条复仇之路，她所做的一切都将在复仇意念支配下进行，包括对侄子的培养和教导。为了凸显德吉桑姆复仇意念之坚定和复仇行为之果断，作品用几个比较典型的情节对此作了细致的描述和表现。一个情节是"喇嘛说教"。德吉桑姆带着侄子逃往昌都，希望在那里找到舅舅，在他家躲避灾祸。但到达昌都后，舅舅已经离开。举目无亲的德吉桑姆迫不得已开始了乞讨生活。在一次乞讨中，她无意中碰到了一位喇嘛，仁慈的喇嘛希望德吉桑姆的侄子做自己的徒弟。但德吉桑姆告诉喇嘛，孩子不能给他做徒弟，因为他肩负着报仇的重任，日后他还要去为亲人报仇。得知原委的喇嘛很是吃惊，试图劝阻德吉桑姆，希望她放弃报仇的念头。喇嘛通过看手相告诉德吉桑姆，她这辈子不会有

---

① 益希单增：《幸存的人》，第19页。
② 益希单增：《幸存的人》，第19页。
③ 益希单增：《幸存的人》，第24页。

好日子过，而且有三大生命之坎会危及生命。为了免除这三大危命之坎，就得求神拜佛，求得菩萨的保佑。德吉桑姆听后着实吓了一跳，希望喇嘛能够指明道路。喇嘛劝告她到拉萨去朝拜供奉在大昭寺内的觉仁波大佛。为了让德吉桑姆相信自己所说的佛法，喇嘛耐心地向德吉桑姆讲述了自己去拉萨朝佛的经历，他说："最后我总算是到了拉萨，见到了觉仁波大佛，从此我的苦难就结束了。能朝拜觉仁波大佛，那是一辈子的光荣。凡是拜见过觉仁波大佛的人活在世上，就要比别人少受罪，死去后会免除很多痛苦，还能很快转世。你要去，就得象太阳出来又落下一样每天不断地劳累辛苦才行啦……"①

德吉桑姆接受了喇嘛的劝告，但在复仇欲念的支配下，她并没有领会喇嘛的真实意图，反而向着相反的方向理解喇嘛的说教，以此来为自己的目的服务：

> 老喇嘛的这一套说教，打动了德吉桑姆。她的精神世界进入到神秘莫测的神的领域里。她感到这个领域不仅神圣开阔，而且充满了过去看不到的光明和前途。她感激老喇嘛给她指点三个危命大坎，并告诉了她怎样挽救过渡。实际上老喇嘛看手相卜算和专讲朝拜觉仁波大佛的用心，是想不公开地劝告德吉桑姆放弃杀人报仇这种念头，希望德吉桑姆走忍辱消恨，慈悲为怀的这样一条佛法之路。可是德吉桑姆并不那么想，她并不把朝佛的事与报仇隔开。她的心中升起了另一种希望——只要能免除自己和孩子的危坎，迟早要实现哥嫂的遗愿。在兴奋之中，德吉桑姆想起给孩子取名字的事，她请求老喇嘛赐名……②

受复仇欲念支配的德吉桑姆在老喇嘛的"指引"下，决定去拉萨朝佛。但她的朝佛目的是祈求神佛能够保佑自己和侄子渡过难关，帮助他们实现复仇的愿望。就这样，德吉桑姆开始了自己的复仇之路。

对于德吉桑姆来说，单凭她个人的力量去复仇是一件非常困难的艰巨任务，甚至是不可能完成的使命，对此她有着比较清醒的认识。由于此，她把复

---

① 益希单增：《幸存的人》，第 39 页。
② 益希单增：《幸存的人》，第 39—40 页。

仇的希望寄托在了侄子桑节普珠身上。为此她从小就培养桑节普珠，给他灌输复仇观念，让他训练杀敌的本领，并引导他运用头脑处理事情，希望他以此成为智勇双全的勇士。对此，作品中有过专门的交代：

> 在集乌村八年的时间里，德吉桑姆多次支差到泽当、拉萨和其他地方，了解到指挥屠杀德吉村的人就是仁青晋美。她把这些事编成故事讲给桑节珠普，逐渐树立桑节珠普的复仇观念。
>
> "阿妈，你说报仇要什么本事？"桑节普珠急切地想知道阿妈所说的本事是什么。
>
> "会耍刀子，会打枪，一人能对付十人，这叫硬本事。还有软本事，能动脑筋、想办法治住对方。你现在胆子超过本事，那还不吃亏？软硬两种本事将来你都要学好、学精，才能去报仇，要不然就会象虱子爬背，是爬不出衣领的。"①

接下来，她明确教导桑节普珠，要他拜身怀过人本领的森耿杰布和洛卡达日为师，学习硬本领；拜智者阿古顿巴为师，学习软本领。阿古顿巴是民间传说中的智慧人物，德吉桑姆就给桑节普珠讲述阿古顿巴的故事，希望他从中获取斗争经验。就这样，桑节普珠在德吉桑姆的指引下，逐渐走上了复仇之路，尽管他最终并没有完成父亲留下的复仇遗愿，但却也始终没有放弃过复仇的念头。

二是对宗教的质疑。德吉桑姆的反抗还体现在对宗教教义的质疑上。在逃往昌都的路上，德吉桑姆姑侄俩遇到了一位喇嘛。在喇嘛的"开导"下，她试图通过朝佛来祈求神佛的保佑，以此完成复仇的使命。但当她怀着朝佛的意念来到拉萨完成朝佛仪式后，却遭受了意想不到的屈辱——被贵族少爷奸污了。面对生命中最为沉痛的耻辱，德吉桑姆绝望了，甚至失去了活下去的勇气，一度想了结自己的生命。尽管在忠厚老实的索甲的劝说下她放弃了轻生的念头，但痛苦遭遇使她对现实生活有了更为清醒的认识，尤其是对充满了欺骗性的宗教，她不但不再像过去那样信奉它，而且对它充满了厌恶与痛恨。

---

① 益希单增：《幸存的人》，第191页。

尽管德吉桑姆对宗教的认识和态度存在着很大的局限和偏差，因为她无法分清宗教的精神价值和现实功用的不同之处，更无法意识到统治阶级利用宗教蒙蔽劳苦大众的政治目的；但她对宗教的质疑本身却体现出了她不愿向现实妥协的反抗精神。德吉桑姆对宗教的质疑还体现在她对侄子桑节普珠的引导上。为了激励和促使桑节普珠完成复仇"事业"，德吉桑姆从自己对神佛失去信心的那一天起，就开始教导侄子不要再相信神佛保佑之类的"谎言"。当年幼的普珠为了给她治病从寺庙里"偷来"青稞时，她不由得想起自己的悲惨遭遇。失望悲愤之余，她告诉侄子说："普珠，我的好孩子，以后不要去拜觉仁波了，他好像不管我们穷人的事！"[1] 她还通过给桑节普珠讲阿古顿巴嘲弄活佛的故事，来引导他放弃求神拜佛的念头。这样的教导在日后的生活中从没间断过。在德吉桑姆的心目中，别人信不信佛与她无关，但桑节普珠无论如何都不能信佛，因为他肩负着为亲人报仇的使命。当她与孩子们讨论信还是不信菩萨的相关问题时，她郑重而严肃地对她的两个孩子说："我们不能去管爷爷的事。我只能管你们两个，别的人我管不了。阿妈过去信佛，现在不信，这和别人没有关系。你们两个有一个信我也不反对，但是，普珠不能信，要是信了将来就报不了仇！"[2] 懂事的桑节普珠很快答应了母亲的要求，说："阿妈，我不信，我已经试过了，菩萨一点灵验也没有，是骗人的。"并向母亲表了决心："色格拉穆神山作证，是这样的。"[3]

从德吉桑姆对宗教的态度来看，不管她的认识是否是对宗教本质的正确反映，但从其自身生活遭遇和命运过程来看，都毋庸置疑地表现了她对残暴势力的坚决反抗。尽管这种反抗仅仅停留在精神情感层面，还不可能给反抗对象带来任何损失和冲击，但对于德吉桑姆这样一位弱小女子来说，则是其存活下去的重要理由。

三是参加请愿，拒绝缴纳苛捐杂税。德吉桑姆的反抗行为还体现在她积极参加请愿活动，拒交苛捐杂税，直接与上层阶级进行正面斗争这一方面。尽管请愿活动最终因为统治阶层的分化瓦解而失败了，但德吉桑姆在这次活动中所采取的斗争策略和敢于承担责任的使命感，从一个侧面展示了这位出身低微的

---

① 益希单增：《幸存的人》，第 85 页。

② 益希单增：《幸存的人》，第 194 页。

③ 益希单增：《幸存的人》，第 194 页。

藏族女性的聪慧、沉稳与奉献精神。

德吉桑姆一家逃亡到雅鲁藏布江边的集乌村后,暂时过上了"稳定"的生活。但当地统治阶层鱼肉百姓的暴戾行为使得老百姓无法过上安宁的生活,德吉桑姆一家也不得不忍受这种艰难困苦的生活。老百姓们的忍耐顺从并没有使贪婪的统治者产生同情,对穷苦百姓的剥削与压榨反而变得更为严苛。他们罗列出各种名目的苛捐杂税,强行摊派给原本就在生死线上挣扎的穷苦百姓。忍无可忍的民众议论纷纷,一些人试图号召民众进行"武力反抗",以此来表达对贵族阶级贪婪行径的不满。听到义愤填膺的民众们愤愤不平的议论后,德吉桑姆心里很是不安,想起了十几年前德吉村的血腥遭遇:

> ……德吉桑姆一个人慢慢转着,听着人们的谈论,不由想起十三年前德吉村人反对尺牍宗政府摊派牛羊不生不死税的事,顿时预感到一场可怕的后果。"这可怎么办呢?"德吉桑姆在心里说。她为众人的后果担忧,苦苦思考着如何摆脱危险,但是想出来的办法没有一条是切实可行的。……忽然德吉桑姆想起德吉村人出事前,几个老人提出的请愿一事,也许这是个避免众人危险的安全办法。当时哥哥束获不赞同请愿,把请愿骂作是"低声下气地乞求"。但又有什么办法呢?难道还象德吉村人那样流血吗?……①

当她听有人建议直接对抗时,忧虑地劝告他们:

> "要对抗,事情并不难,会有人来参加的。"她把手一指,说:"看,谁能挡住他们?急了的兔子会咬人,重压的牛马会翻驮,闹起来是不得了的。可是,为什么要跟老爷来硬的呢?难道换个方法就不行?我想还是请愿好,这能争取民心,因为仁青晋美刚管这个地方,他起码要考虑一下安稳民心。"②
>
> "先请愿有它的好处。"德吉桑姆说,"凡事先让三分,做到仁义,这

---

① 益希单增:《幸存的人》,第 223—224 页。
② 益希单增:《幸存的人》,第 224 页。

是争取人心的好办法。当然，差民百姓不应该是老踩在脚底下的地毯，而应该是房顶上的经幡！先请愿讲讲理，正气能动民心，到时候对抗的人就会多起来。"①

德吉桑姆不但建议号召民众参加请愿，自己也亲自参加了请愿活动，而且被推选为请愿代表。在请愿过程中，德吉桑姆始终从维护广大差民的利益出发，与以仁青晋美为代表的统治阶层展开了有理有节、针锋相对的斗争。在此过程中，德吉桑姆表现出了不畏权势、敢于牺牲自我的斗争勇气和奉献精神。最典型的是当五个去请愿的代表因中计而被捕后，她冒着生命危险去面见仁青晋美。面见仁青晋美，就意味着暴露自己的身份，就意味着落入虎口。德吉桑姆的露面，果然令仁青晋美很是兴奋，一股淫邪之气升上了他的心头，他开始打德吉桑姆的主意。在大庭广众之下，他并没有对德吉桑姆采取任何行动，但却对德吉桑姆提出了一个苛刻的条件——要想救出五个请愿的代表，那就随时听候他的召唤：我让你什么时候来，你就什么时候来。贪婪淫邪的仁青晋美想借机占有德吉桑姆，并打压她"为民请愿"的念头和信心。

德吉桑姆对自己的未来非常清楚。她明白，这次无论如何也逃脱不了仁青晋美的魔掌。她决定铤而走险，答应仁青晋美的要求去他的庄园，借此寻找机会刺杀仁青晋美，为自己的哥哥嫂子报仇，为德吉村的村民们报仇。来到绕登庄园后的德吉桑姆佯装接受仁青晋美娶她为小老婆的要求，在其得意忘形之际把他灌醉，并乘机拿出自己早已藏好的小刀，准备结果杀害自己亲人的仇人。这一刻，德吉桑姆表现出了勇敢、坚定、拼死一搏的英勇气概。她面无惧色、满腔怒火地对满脸狰狞的仁青晋美说："老爷，我要杀你，我要报仇，十三年前，你杀害了我的哥嫂和德吉村人，你的双手沾满了亲人们的鲜血！后来你又糟蹋我，迫害我，今天，你的气数已尽，必须死在我的仇恨里！"②虽然德吉桑姆最终没有能手刃仇敌，实现自己的诺言，但她临危不惧的斗争气魄和不怕死亡的牺牲精神，却在这一过程中得到了比较完满的表现。她的反抗就此也达到了最高点。受伤之后的仁青晋美恼羞成怒，决定以最严厉的酷刑来惩罚德吉

---

① 益希单增：《幸存的人》，第 225 页。
② 益希单增：《幸存的人》，第 301 页

桑姆。但经受过生死别离苦难的德吉桑姆早已磨炼成了一位坚毅沉着的成熟女性。面对仁青晋美的种种淫威，她没有显露出丝毫的畏惧与妥协。看到无法"驯服"德吉桑姆，丧心病狂的仁青晋美决定利用宗教"送鬼"仪式来惩罚这个不听话的"妖魂"。就这样，德吉桑姆被活活地投向了滚滚奔流的大河。

德吉桑姆这一女性形象是《幸存的人》中一个贯穿始终的主要人物。作者刻意突出她的"复仇"心理和行为，借此表现"官逼民反"的社会现实，揭示了穷苦百姓在黑暗的旧制度下无路可走，只能选择反抗求生的艰险之路这一历史必然。从这一意义上说，德吉桑姆是当代藏族革命历史小说中最为典型的"受难—反抗"型女性人物，她的生活经历和斗争过程，比较完整地呈现了特殊的历史时期，藏族女性所面临的历史境遇和人生选择，在她的身上，包含着深刻的社会历史内涵。其深刻性在于虽然德吉桑姆的反抗一开始是自发的、盲目的，但却源自生命的本能。这意味着她的反抗有着最为根本的动力源泉。毫无疑问，这是德吉桑姆后来走上自觉反抗之路的根本性基础。从革命发展的逻辑顺序看，像德吉桑姆这类女性形象的不断涌现，是革命斗争发生、发展的历史源头。从文学审美的角度看，这一形象的出现，更进一步追溯了"受难—反抗"型女性形象的历史渊源，它是此类女性形象的"原型"。之后当代藏族小说中出现的同种类型的女性形象，都可视为其繁杂根系中的一个支系。

第四节　娜真：从受难走向革命

降边嘉措的《格桑梅朵》是一部反映西藏解放的长篇小说。由于这部小说无论在题材选择，还是在主题表达和叙述模式上，都与中国当代革命历史小说极为相似，因此可以说，它是当代藏族文坛上出现的反映边疆少数民族革命斗争的真正意义上的"革命历史小说"。这部小说的内容包含了中国当代"革命历史小说"所具有的一些基本要素：主导革命进程的是正规的革命队伍；作品塑造了英雄人物，展现了敌我之间的艰苦斗争；人民群众拥护革命斗争；革命队伍付出了巨大牺牲，但革命的进展还是取得了预期的目的。这部比较典型的革命历史小说所取得的成就是多方面的。就人物形象而言，它塑造了一些具有典型意义的人物，如翻身奴隶边巴，指导员李刚、郭志诚，还有积极追求、响应、支持革命斗争，并最终走上革命道路的娜真等。由于论题的限制，本节将不讨论其他人物形象，仅就娜真这一独具特色的女性形象做一些论题范畴之内的论述分析。

尽管小说中的英雄人物或主要人物并不是女性，娜真在小说中也仅仅是一个陪衬性的人物；但从她的生活、革命经历中依然能够体现出革命历史小说中"受难—反抗"女性形象身上所具有的社会历史内涵和革命潜力。就女性形象而言，娜真是《格桑梅朵》中作者着墨最多的女性人物，而作品也似乎着力宣扬她身上所蕴藏的"革命精神和品质"，并把她塑造成了一个不断成长的革命战士。当然，娜真的"革命精神和品格"不是与生俱来的。从社会根源上看，她走向革命的动机来自脱离苦海，反抗罪恶的农奴制度的生存欲望。换而言之，娜真与众多具有反抗意识的底层妇女一样，首先也是一个受难者；她的"革命精神和品质"，也是从"受难—反抗"的过程中催生积累起来的。正是"受难"的现实境遇和追求幸福生活的生存欲望，使得娜真选择了革命道路，并自觉肩负起了推翻反动统治，解放自我、解放劳苦大众的神圣使命。

由于娜真不是小说中的主要人物，因此对她的受难经历，作品并没有直接描写。但有关娜真的受难境遇，还是可以从与她有着密切关系的其他人物那里获知。娜真与边巴是一对恋人，两人有着相同的社会地位和身份——都是邦锦庄园益西家的奴隶。两人之所以能够相互爱慕，是因为他们彼此了解、同病相怜，过着大致相同的生活。因此，从边巴的生活境遇，就可以推知娜真的生活遭遇。边巴被农奴主视为会说话的工具，几乎没有人身自由。他被当作带来灾祸的"鬼"赶出庄园，像一个幽灵一样游荡在虎狼出没的森林里。悲愤不已的边巴对自己的生活进行了总结性的回顾和判断：

> 边巴想起了自己短短的一生中，所经历的艰难而曲折的道路，他的眼睛里，没有泪水，只有愤怒。他感到憋气，伸手拉了拉衣领，忽然摸到挂在脖子上的护身符。他想到，佛爷说：戴上这种护身符，只要诚心信佛，

就能消灾避难。我戴了十几年了，虽然没有天天磕头，也是诚心信佛，经常在念经祈祷。可我为什么还这么多灾难？他又想到，人家说菩萨是全知全能的，世间的一切是非曲直、真假善恶，都逃不出菩萨的眼睛，我这样多灾多难，难道也是命中注定？佛爷说，额头上的皱纹擦不掉，命中注定的事逃不脱，既然我是一个苦命的人，命里注定只能受苦受罪，那活着还有什么意思?!①

边巴与娜真是相依为命的"一家人"。边巴的人生遭遇就是娜真的人生遭遇，从边巴的受难中能够感受到娜真的受难。

娜真受难的生活境遇还可以从与她有着血缘关系的姐姐那里获知。娜真曾经有个姐姐，但年纪轻轻就含恨而死了，原因是残暴的庄园主的迫害与摧残。对此，小说有过细致的交代。娜真的姐姐娜措是一个聪明能干的姑娘。尽管家里生活贫困，但娜措性格活泼开朗，爱唱爱跳的她始终以灿烂的笑脸面对生活。但不幸很快就降临到了这个天性善良的女孩身上。贪婪的农奴主益西眼见娜措漂亮可爱，就心生邪念试图占有娜措。凭借自己的地位权势，益西强迫娜真的父亲送娜措到了益西家当佣人：

> 明知益西不存好心，但又有什么办法？他有权有势力，只得忍着悲痛，含着眼泪，把孩子送进火坑。娜措到了益西家，打柴、背水、做饭、挤牛奶，样样都得干。不久，这个手拿佛珠、口念"慈悲"、身披袈裟、满口"普渡众生"的豺狼，乘机奸污了她。说是帮几天，可是，几个月过去了，也没有让娜措回来。不久，她怀孕了，又染上了重病。益西怕在他家里生孩子，有损于他这个大喇嘛的"声誉"，这才放她回家。去时象草原上刚开放的帮锦花，水灵灵的；回来时却象被严霜打了的秋草，枯黄憔悴。过了两三个月，娜措生了一个死婴。这个既勤劳懂事，又聪明能干，象花一样美丽的姑娘，就这样被益西这个衣冠禽兽摧残而凋谢了。②

---

① 降边嘉措：《格桑梅朵》，人民文学出版社1980年版，第41页。
② 降边嘉措：《格桑梅朵》，第139页。

尽管娜措受辱致死的悲惨命运没有发生在娜真身上，但从娜措的命运境遇中不难推知到娜真所经受的生活苦难。事实上，如果不是连年的兵荒马乱和解放军的到来，娜真将会变成第二个娜措。

娜真不但与她的家人一起从小就遭受苦难生活的折磨与统治阶层的摧残，而且耳闻目睹了自己的亲人朋友受苦受难，惨遭迫害的种种不幸遭遇。正因为这样，娜真从小就对不公平的社会现实和蛮横残暴的上层阶层深感不满且充满仇恨。正因为此，她才从小就抱有一个美好的愿望，渴望能够脱离苦海，和家人一起过上幸福自由的美好生活。这也正是她日后能够坚定不移地走上革命道路的现实根据和心理动因。

亲人的痛苦不幸、恋人的悲惨遭遇、个人的苦难境遇，使得娜真对现实有了清醒的认识。尽管她朦朦胧胧地意识到穷人的日子再苦总有熬到头的一天，但又不相信残暴的统治阶层会让民众过上好日子，因此她盼望着曾经帮助过父辈们的红军能够来西藏，帮助穷苦人们过上幸福生活。从小就听说过红军故事的娜真渴望能够见到红军，"红军是救星"的种子很早就埋在了她的心理意识之中，因此当解放军来到西藏时，她很快就接近他们，想了解他们到底是些什么样的人，他们到底能否帮助穷苦百姓脱离苦海。在耳闻目睹中，她认识到了解放军来西藏的真正意图，认识到了解放军所肩负的解放西藏的神圣使命，认识到了解放军帮助穷苦百姓脱离苦海，创造幸福生活的革命意图。于是她积极靠近解放军，帮助解放军开展各种工作，之后又加入解放军，开始走上了"正规"的反抗之路。在此过程中，娜真表现出了比较自觉清醒的反抗意识，比如说她很早就清醒地意识到，贪婪残暴的统治阶层不可能让出自己手中的权势和财富，让穷苦百姓过上幸福生活。虽然此时由于自身地位和力量的限制，她无法依靠个人力量去作任何反抗，也无法借助外界力量进行反抗，以此来摆脱受苦受难的生活现实，但对统治阶层本质的清醒认识却使得她蕴积了巨大的反抗能量，只要条件具备，这些能量就会不断释放出来。加入解放军后的娜真，很快变成了一位热情积极的革命战士，展现出了藏族妇女聪慧、机灵的斗争智慧和顽强坚定的革命意志。此时的娜真俨然就是一个经验丰富的革命战士。对此，作品做了比较细致的描述。比如，积极协助解放军做群众工作，利用自己的身份向群众宣传解放军的各项政策，及时向解放军汇报群众的内心想法和生活需求，同时还敢于与敌对势力作坚决的斗争。作品中几个典型事件很好地展示了娜真的革命热情与斗争智慧，也显现了娜真这一女性人物所具有的革命素质。

第一件事是部队发放救济粮。为了帮助群众渡过难关，解放军先头部队决定执行上级的决定，向穷苦百姓发放救济粮。当然这也是部队赢取民心、粉碎敌对势力阴谋诡计的一个策略。但发放救济粮的工作进展得并不顺利，原因在于，一方面，广大群众对解放军发放救济粮的目的不了解；另一方面，以益西为首的反动势力暗中破坏。尤其后者是根本性的原因。益西为首的上层阶级，为了维护自己的既得利益，阻止、破坏解放军进入西藏，一方面散布谣言，说解放军的到来会给西藏社会带来巨大的灾难，他们把解放军描绘成凶残暴戾的妖魔，利用举行各种宗教仪式的方式，向群众散布各种损害解放军形象的谣言，让不明真相的群众对解放军心存恐惧；另一方面组织力量暗中破坏。在救济粮事件上，反动势力就显露出了这种险恶用心。他们利用群众对宗教的虔诚信仰，威逼利诱，试图阻止广大群众与解放军和平相处，妄图把解放军孤立起来，从而破坏解放军进军西藏，完成解放整个西藏的革命事业。对此，解放军并没有采取任何过激行动，而是坚决执行政治宣传为主的战略决策。在指导员李刚的带领下，解放军组织那些已经觉醒或已加入解放军的藏族群众，深入群众开展细致周到的调查宣传工作。其中娜真就是一个积极热情的中坚分子。在李刚的带领下，娜真、边巴来到白玛娜姆老人家，进行了一次细致入微的"家访"。在这次"家访"中，娜真发挥了重要的作用。她利用自己既是女性又是农奴的身份，通过现身说法的劝说，一方面有效地向不明真相的白玛娜姆老人宣讲了解放军的群众政策，以具体的事例说明了解放军对群众的态度，以此消除老人因为听信谣言而对解放军产生的恐惧；另一方面，她和边巴一道，劝告老人不要听信外面散布的谣言，要认清益西这类农奴主的真实面目，敢于和他们作斗争，并相信解放军一定会保护穷苦大众。在娜真和边巴的努力下，白玛娜姆老人终于向娜真等人诉说了自己内心的不安和拒绝接受救济粮的原因。真相大白后，解放军开始采取应对措施，逐步地完成了救济粮发放工作，又一次赢得了广大民众的信任，得到了越来越多民众的支持和拥护。在这次工作中，娜真虽然不是骨干力量，但其发挥的作用却帮助工作队扫除了障碍，使发放救济粮的工作有了顺利的进展。娜真革命者的形象特征在这次工作中得到了进一步强化。

　　能够表现娜真追求进步且具有自觉的革命思想意识的第二件事是娜真作为观礼团的成员去北京参观学习，在北京受到国家领导人的接见。虽然这件事在作品中只是一带而过地做了一些简略的交代，但对于娜真这一原本就并不是作品主要人物的女性形象来说，却起到一个"瞬间"提升的作用。这一在叙述间隙中插入的小片段在一定程度上表现了娜真思想上的巨大进步。因为如果不是一个思想上追求进步且有所表现的人，在极为政治化的时代背景下，是不可能作为代表去接受国家领导人的接见的。娜真能够获得这一代表资格，充分说明在革命队伍里不断成长的她，已经在思想上取得了不小的进步，而她的进步也得到了同志们的认可与肯定。对于娜真而言，作为代表去北京参观学习既是政治思想上进步的表现，也是一次自我提高的绝好机会。从北京回来的娜真果然在思想境界上有了显著的提高，成了其他同志学习效仿的楷模，而她自己也引以为豪，时时刻刻以此来鼓励促进自己，并在工作中严格要求别人，比如她对弟弟小刀结的批评性劝告。由于进军途中环境恶劣，后勤补给不能及时补充。为了解决部队的饮食问题，部队出钱买了一些牛羊，然后分给每一个小分队，让他们自己放牧保护牛羊，以保证部队的伙食供应。小刀结所在分队的羊只由小刀结负责看管放牧。有一天放牧时，小刀结看到草地上有人参，就撒开羊群去挖人参。此时，娜真从羊群边上经过，不见放羊的人，很是纳闷，开始四处寻找。她发现原来是小刀结只顾挖人参而忘记了羊群的存在。得知缘由的娜真很是生气，以一个"革命前辈"的态度教导起小刀结来，告诫他对工作不要马虎大意，以免给部队本来就匮乏的财产造成损失。与此同时，为了让弟弟明白革命的艰辛和道理，她还拿革命老前辈的革命事迹和精神来勉励他，这充分说明娜真在思想意识上对革命有了高度的认识：

　　　　我们一定要向革命老前辈学习。还要向志愿军同志学习，听说他们在冰天雪地里，一把炒面一把雪，每天都在流血牺牲，比我们艰苦得多。我们越往前走，困难越大，一定要受得住，可不能怕苦怕难，给领导和同志们添麻烦。①

――――――――――

　　① 降边嘉措：《格桑梅朵》，第418页。

娜真积极向上的革命精神不但体现在思想意识方面，也体现在实际的革命行动中。与其他革命战士相比，娜真对革命的理解要比他们深刻得多。这既体现在她冷静沉着的处世态度和方式上，也体现在她对革命认识的大局观上。关于这一点，作品通过她与边巴的对比表现得相当明显。边巴遇事急躁，容易冲动，动不动就想通过武力解决问题；同时，为父母报仇的心思，使得他总是把革命看作是完成这一心愿的手段和捷径，这使其对革命的社会历史意义缺乏正确的认识。娜真对革命的认识则更具历史大局观，她没有把革命斗争局限于家庭的恩怨私仇，而是把它看作是民族解放、人民获得幸福生活的神圣事业。同时，娜真还富有革命牺牲精神。作品中有一个片段很好地展现了她在革命队伍中锻炼而成的这种高贵精神。

为了阻止解放军顺利行军，敌对势力勾结土匪放火烧山，结果造成了森林大火。为了减少损失，解放军奔赴山林前去救火，娜真也随着部队投入了救火行动中。在救火的过程中，解放军战士田大勇被跌倒的大树砸个正着，不幸受伤。正在救火的娜真不顾个人安危，冲向火海之中去解救受伤的田大勇：

> 娜真一个箭步冲上前，推开树枝，背起田大勇就往外跑。田大勇个头比她高，身体又壮实，娜真背着她，脚拖在地，挂在一根树枝上，跌倒了。她咬咬牙，爬起来，背着田大勇又往外走。刚走几十步，她眼发黑，腿发软，绊在一个小石头上，又摔倒了。她身上燃着火，头上豆大的汗珠直往下掉，她顾不得这些，背起田大勇赶紧往外跑。走了几步，又摔倒了，爬起来又走。也不知摔了多少跤，到后来，她自己也晕倒了。[①]

从娜真的英勇行为中不难看出，她已经从一个不知何时能够摆脱悲苦命运的奴隶，成长为了一位既有着坚定明确的革命志向，也具有牺牲精神的解放军战士。从受苦受难的农奴到英姿勃发、心怀革命理想的革命战士，作品塑造了一个藏族女性在革命年代里不断成长的形象。毫无疑问，在她的身上，寄托了作者对当代藏族女性新的生命品质的期盼，也蕴藏着作者对藏族女性现实命运的深切关注之情。当然，坚定的革命品质和敢于反抗斗争的革命精神并不是作

---

① 降边嘉措：《格桑梅朵》，第443—444页。

者对当代藏族女性生命品格的唯一定位。在作者的笔下，当代藏族女性的生命中还包含着其他一些动人的情愫。在作品中，这种动人的情愫就是从娜真身上勃发出来的对美好真挚爱情的渴望与追求。

在中国革命历史小说中，爱情始终是革命活动的陪衬，始终处在革命斗争的荫蔽之下。爱情之于革命斗争，永远都是从属关系。爱情可以促进革命，但不能妨碍革命；革命需要爱情，但爱情不能占据主导地位；革命不成功，爱情就没有着落，爱情也就失去了意义。此种叙述模式在中国革命历史小说中具有绝对的权威性，因此影响也非常深远。《格桑梅朵》在讲述男女爱情故事时，也严格遵循了这一模式，始终让爱情随附在革命活动的边缘，让爱情给革命以助力，让爱情在革命中成熟，让男女主人公在革命斗争中收获爱情、享受爱情，从而完成对革命斗争与幸福生活辩证关系的充分认识与理解。在作品中，娜真与边巴的爱情基本上是按照这一思路进行的，这似乎并没有多少值得探讨的特别之处。但就娜真个人形象的成长过程看，尽管爱情并不在她的生活事务中占据核心位置，也没有影响其性格、思想的最终形成，但娜真在爱情上所表现出来的些许主动性和积极态度，却也在某种程度上丰富了这一女性人物的形象内涵。

由于生活上的同病相怜和相互协助，娜真与边巴之间产生了恋情。尽管两人都没有过任何表白，但彼此都对对方充满爱意。边巴由于自身经历和身份的"限制"，始终对爱情抱着若即若离的态度和矛盾的心情。他总觉得自己不配做娜真的恋人，不配成为娜真家里的成员，因此在爱情的实际行动中表现得非常犹豫，不敢直面娜真的真情爱慕。无论是参军之前因为被视为"鬼"而担心给娜真一家带来灾祸，还是参军后从事革命斗争的日子里，他都有意无意地回避娜真。与边巴在爱情上表现出的消极被动相比，娜真的态度是主动的、积极的。她喜欢边巴，因此时时刻刻为他着想，并把这种关心付诸实际行动：为边巴缝补衣服，力所能及地帮助边巴过好日子；当边巴被当作"鬼"送到深山密林中不知去向时，她心急如焚，和解放军一道进山寻找，最后通过唱歌的方式救出边巴；当边巴认为自己命不好，不能给娜真带来幸福生活，委婉地拒绝娜真的热情期盼时，为了能够与边巴在一起，娜真提出自己也要加入解放军；当边巴因为革命斗争的需要而对爱情若即若离的时候，她对两人之间的爱情依然充满期待，同时也表现出了善解人意的美好情怀：

娜真也非常了解边巴，了解他的心情和处境。有时娜真也真生边巴的气，觉得这个人固执得有点古怪。但冷静一想，边巴对自己是一片忠心，满腔热情，是真心实意地爱自己，关心自己。她认为边巴是一个很纯朴、很诚实的人，更觉得他可亲可爱。边巴决心为阿爸阿妈报仇雪恨，一定要把阿妈的下落弄明白，这种心情娜真很清楚，她感到有责任去帮助边巴早一点实现他的心愿，而不应以个人的感情去打搅他。这么一想，她觉得自己的心同边巴贴得更紧，他们的命运早已密不可分地联系在一起，就象洁白哈达的经线和纬线，交织在一起，永远也不分离。她也就不再埋怨责怪边巴……①

尽管娜真对爱情抱有的这种积极态度并不是作品所要表现的重点，也不是娜真成长历程中的关键因素，但这种带有个人化因素的情怀和行为，却在无意中从另一个侧面丰富了娜真的形象特征，使得这一女性形象不那么单一，而是更富有生活情调和气息。当然，对娜真的爱情描述，在作品中始终是为革命叙事服务的，爱情是革命的一个部分，革命的成功才能保证爱情的完满。由于此，无论是边巴，还是娜真，都自觉地把革命事业放在第一位，爱情放在第二位。两人对爱情的探讨和憧憬，都出现在革命活动之余。这与整个中国革命历史小说的叙事模式是大体一致的。

相比其他"受难—反抗"型女性形象，娜真这一形象所蕴含的艺术内涵已经超出了单一的社会历史范畴。她不仅仅为读者展示了革命年代处于社会底层的藏族女性渴望翻身解放的人生诉求，也在一定程度上呈现了她们的情感需求和精神渴望。由于此，与其他一些"受难—反抗"型女性形象相比，娜真的艺术内涵就显得更为丰赡。与前面论及的同类女性形象相比，这一艺术形象在以下两个方面显示出了新的艺术质素。

首先是在人生道路的选择上，她更具方向的明确性和行动的积极性。这一特征意味着她的主体意识相比之下更为突出、明晰。这对于身处底层且深受传统文化规范影响支配的藏族女性来说，是一个前所未有的巨大进步，其文化建

---

① 降边嘉措：《格桑梅朵》，第401页。

构意义是不言而喻的。同是"受难—反抗"型女性形象，《清晨》里的白玛与卓嘎，《幸存的人》中的德吉桑姆更倾向"受难"。在"反抗"方面，虽然她们心怀反抗动机，且在能力和环境允许的范围内付诸行动，但从反抗的目标与发展前景上看，她们的反抗是盲目的，未来前景是暗淡的，甚至是注定失败的。比如她们不讲究反抗策略，仅仅凭借个人的微弱力量与强大的敌对势力做生死肉搏，结果只能是飞蛾扑火；她们很多时候还把自己的反抗寄托于神佛的护佑，祈求宗教善恶报应的因果轮回使作恶者受到惩罚；她们的反抗也仅仅把目标对准给自己带来伤害的某个个人，而无法认清个人背后庞杂纷繁的制度体系和文化规范等。就白玛、卓嘎和德吉桑姆所处的生存处境而言，她们做出这样的选择当然是符合人物的现实境遇的，其形象特质具有相当的真实性与可靠性。但从人物形象所蕴含的先进的文化意识和人性品质而言，娜真无疑是此类形象序列中归属于更高层次的人物形象，更能代表人性发展、社会进步的方向。娜真在"受难"这一层面与前述人物并无二致，但在"反抗"层面，她的形象特征凸显出了相对鲜明的主体意识。在遭受磨难的初始阶段，她也在苦海中看不到美好生活的未来前景，只好在愤恨与悲怆中忍受不公平的社会施加在自己与亲人身上的种种磨难。但随着解放军的到来，原本就对作威作福、凶残暴烈的统治阶层无比仇恨的娜真开始逐渐认清了他们罪恶的嘴脸和丑陋本质。在解放军的教育指导下，她不但坚定了反抗的信念，而且明确了反抗的方向。她在新的环境里积极学习文化知识，接受先进的思想观念，并逐渐掌握了与敌对势力展开斗争的方法与策略，懂得了革命斗争的艰苦性与长期性。如此一来，娜真的反抗行动就有了切实可行的实际效果，有了可预见的胜利成果。在此意义上，完全可以说娜真通过自己的切实行动把握住了自己命运。毫无疑问，娜真的这种蜕变是社会历史转变催生的历史性结果，是创作者在革命历史逻辑进程的规范下对人物形象所做的审美设计，其既定的审美诉求是显而易见的。但无论从何种角度说，这一人物形象较之其他同类形象都是一个巨大的提升，尤其在对女性主体意识的表现方面，其建设性意义是不容忽视的，尽管这种女性主体意识带有浓厚的革命浪漫主义色彩，且处处受到革命伦理规范的约束与牵制。

其次，娜真这一形象还在一定程度上彰显了具有进步意义的女性意识（性别意识）。这主要体现在作品中对娜真恋爱态度的描写上。尽管关于娜真的爱情描写并不是小说的主要内容，且娜真的爱情在整个叙事中始终是为革命斗争服务的，是解放事业的附加物，但即使是这样的定位，娜真的爱情在给定的范围内还是凸显出了娜真这位出身低微的藏族女性在新的社会环境中逐渐觉醒的性别意识。当然，她的逐渐觉醒的性别意识，是相对于前面提及的几位"受难—反抗"型女性人物而言的。《清晨》《幸存的人》中的女性人物也有自己的恋爱婚姻经历，但她们的恋爱婚姻态度要矜持含蓄得多。白玛和卓嘎是以家庭妇女的身份出场的，在恋爱婚姻关系纽带中，她们表现出来的只是对丈夫的牵挂与爱护。德吉桑姆对爱情充满了渴望与憧憬，但却畏首畏尾，不敢接受男方的爱恋。相较而言，娜真对爱情的态度是热烈积极的。她不但主动向边巴表白自己的爱恋之情，而且始终不渝地守护她与边巴的爱情。在边巴因担心自己的悲惨遭遇给娜真家带来灾祸而对爱情犹豫不决时，娜真主动地接近边巴，向他表达了自己不会舍弃边巴的纯真之情。娜真在爱情上表现出的这种主动积极态度和敢于担当的决心，不仅仅是她对爱情忠贞不贰的表现，也是她忠实于自己内心情感，敢于对自己内心情感负责的表现。这种忠于自我，敢于自我负责的决心与信心，正是娜真性别意识觉醒的重要表征。当然，对于娜真通过热烈真挚的爱情追求所表现出来的性别意识，必须放置在革命斗争的具体语境中加以考量。在个人情感无条件地服从革命斗争的总体原则下，娜真的爱情追求所表现出来的性别意识是非常有限的，绝不能估量过高。有关这方面的问题，我们将会在下一节中做进一步的阐述。

第五节 "受难—反抗"形象的社会文化内涵

"受难—反抗"型女性形象是当代藏族小说中出现较早的、最能够代表近现代以来藏族女性觉醒开放精神风貌特征的一类女性形象。她们的出现包含着重大的社会历史内涵和现实社会文化内涵。

第一，它以现实主义手法呈现了藏族女性的历史遭遇，并指明了女性摆脱悲惨历史遭遇的具体途径。作为一种艺术元素，"受难—反抗"型女性形象在藏族传统文学中也出现过。比如前面有关章节列举、论述过的《囊萨雯波》中的女主人公囊萨雯波。但传统文学作品中的"受难—反抗"型女性的"受难"和"反抗"，缺少鲜明的个人意识和历史革新内容，尤其是"反抗"行为，缺乏现代意义上的"社会革命"内涵。具体而言，传统文学中的"受难"，在一定程度上也包含着阶级压迫和阶级剥削的成分，这是其具有社会历史内涵的表征，但作品在主题旨归上，却把"受难"归结为所谓的"不可抗拒的命运"。这种受佛教因果报应观念影响的文化心理意识，决定了受难者的"反抗"不可避免地以皈依佛教为最终的美好结局。这种受因果报应观念支配的"受难—反抗"的逻辑安排，根本目的是为了宣扬宗教的法力，从而引导人们皈依宗教，以此来永久性地摆脱世俗生活里的种种苦难。很显然，这种反抗逻辑缺乏"历史革新"的意识和力量，无法从根本上改变不合理的社会等级体制，从而也就不可能在根本上改变女性"受难"的社会地位和现实处境，而"反抗"也只能陷入无限失败的循环之中。与之相比，当代藏族小说中的"受难—反抗"型女性形象，已经不同程度地受时代精神风气的影响，在许多方面超越了传统宗教文化的制约，带有鲜明的现代解放意识。最显著的特征是，她们都在一定程度上意识到，造成自己苦难境遇的根源是不合理的社会制度，而不仅仅是由因果报应决定的不可改变的人生宿命。她们不一定从根本上怀疑宗教信仰，但却不再相信单纯的敬仰宗教能够给她们带来幸福生活。她们把自身解放的希望寄托在了不断地抗争，进而追随革命队伍，从事革命斗争的历史实践之中。很显然，当代藏族小说中的此类女性形象身上所展现出来的这种新的精神意识和心理趋向，是传统文学作品中的反抗型女性形象所没有过的新的时代特征，这是一种朦胧的现代意识、理性意识。这种理性意识的出现，无疑表明藏族女性正逐步走出传统生活的浓厚阴影，逐渐转变为符合历史进步要求的时代"先锋"。当然，作为一种艺术产品，这类女性形象身上无疑寄托了创作者对民族未来的期盼与描绘，因此，她们在一定程度上带有历史启蒙的艺术意图。换句话说，已经具备了现代理性意识的创作者，把崭新的"女性期待"，通过塑造具有新的精神风貌和心理意识的女性形象呈现出来，借此重塑或建构一种新的女性观，一种"女性也有能力参与社会事务"和"女性的觉醒与解放是社会解放的一个重要标志"的女性观和性别观。这是这类女性形象所具有的首要的历史文化内涵。

第二,"受难—反抗"型女性形象的出现,还意味着一种新的性别评价观念的萌生,意味着社会文化领域对女性生存价值和意义的重视,对女性社会历史作用的认可。在前面的有关论述中已经指出,"受难—反抗"型女性形象包含着深厚的社会历史内涵和文化意蕴。这种社会历史内涵和文化意蕴简而言之就是,它以现实主义的笔法,展示了女性参与社会历史发展进程,从社会的边缘人和旁观者跻身为历史主人翁的社会景象。当代藏族作家在革命历史小说中,第一次把藏族女性置于民族历史发展的洪流之中,让她们以主人翁的身份登上历史舞台,展现、发挥她们改变历史方向、推动历史进步的潜在力量。尽管她们许多时候以配角的身份出现,但她们参与历史进程的能动性还是在一定程度上得到前所未有的展现。在这一艺术展现中,我们能够感觉到,在当代藏族作家的思想观念里,对女性的社会历史作用的认识,已经与传统观念有了根本性的区别。女性不能或没有能力参与社会历史活动的陈旧观念,已经在他们的思想意识里发生了扭转。在他们的具有现代品格的思想意识中,女性与男性一样是历史的主人,是社会历史的建设者。她们不但有权利参与社会历史活动,而且有能力参与到社会活动中去,为社会历史的发展进步发挥与男性一样重要的作用,做出与男性一样的巨大贡献。鉴于此,她们就不应该被历史所忽略。历史书写者应该让她们现身于历史舞台之上,展现她们独特的风姿,尊重她们的人格尊严,还原她们的本真面目。由此观之,创作者在作品中塑造这类女性形象已经充分表明,一种较之过去更为合理的性别意识和女性意识已经逐渐形成。这种性别意识用最为普遍的说法来概括就是"男女平等"。尽管这种男女平等的观念依然带有很大的遮蔽性,比如受"宏大叙事"体系中集体目标至上原则的制约,它对女性带有个人色彩的性别意识和主体意识仍然实施着无形的压制。但抛开这方面的缺憾暂且不论,其意义仍然是显而易见的:把女性视为社会历史活动的主体,把妇女的解放与民族、社会的解放相提并论,这在藏族文学与文化历史上具有突破性的意义。

这批作家之所以有这样的形象审美观念,显然与他们自身的经历和所接受的新的性别文化观念有关。这批作家经历曲折丰富,都是新中国成立后成长起来的革命型创作者。一方面,他们切身的革命经历与耳闻目睹的革命景象,为他们提供了许多活灵活现的社会素材和历史资源。他们真切地感受到，在革命战争年代，越来越多的女性由于种种原因走上抗争之路，加入到革命的洪流之中，成为了改造社会的重要力量。这种在特殊的历史环境中产生的独特的社会现象，在展现妇女自身的社会参与力量的同时，也使得社会开始接纳女性，把她们视为社会解放所必须依靠的一股有效力量，并使得越来越多的人就此深刻地意识到，妇女解放是社会解放和民族解放必不可少的先决条件。置身革命的作家们（不管是男性作家还是女性作家），都亲眼目睹了女性像男性一样参与革命斗争的历史事实，看到了蕴藏在她们身上的卓越智慧和坚韧斗志。崭新的历史景象改变了他们对女性的固有看法，由此对她们产生新的认识和理解，并在创作中赋予她们崭新的精神风貌。这种通过艺术生产方式塑造的崭新的女性精神风貌，作为一种文化行为，必然意味着一种新的女性文化意识的萌芽与成长。

　　尽管"受难—反抗"型女性形象的出现，是对藏族女性主体意识的一次"张扬"，是对藏族女性历史价值的一次前所未有的高度肯定，但受历史条件和认识水平的限制，这类女性形象身上依然存在着历史铸刻下的深深烙印。这些烙印在标记出藏族女性的时代风貌的同时，也遮蔽或抑制了她们的另外一些重要的存在价值。因此，对于这类女性形象所表现出来的女性意识，不能估量过高。应该指出的是，这类形象所承载的首先是民族解放的宏大目标和历史诉求。受限于这一至高无上的艺术目的，这类女性形象除了因为参与革命而表现出了一直被压抑的参与社会变革和历史规划的能力外，女性自身所具有的一些独特的生命体验和性别意识，并没有得到很好的表现，甚至被作品宏大叙事的至高目标所掩饰、遏制了。从这一层面上加以考量，这类女性形象身上所包蕴的女性意识是非常有限的。尽管从藏族女性发展的历史进程看，她们的行为和思想观念确实是一种巨大的进步，的确前所未有地展现了女性自身的智慧和力量，表明她们有能力像男性一样参与社会历史发展的进程，为社会历史的进步做出巨大的贡献，但从女性个人化的生命体验和生存境遇加以考察就会发现，她们的行为和观念并没有表现出属于她们的独特体验，在历史洪流中，她们与男性一样从事着没有"性别差异"的社会活动。历史为她们提供了展现自我的机遇，但同时也限定了她们的活动范围。当然，这种局限的出现也是历史的必然，是作品题材所规定了的历史内容，在既定的历史语境下是无法超越的，对此必须要用历史的眼光加以认识与体察。

"受难—反抗"型女性形象是中国藏族地区革命历史的产物，是革命历史小说对藏族地区革命历史进行艺术重述的产物。因此，她们的审美品格必须符合时代意识形态的艺术期望。这就意味着这类女性形象的生命历程，不可避免地归属于社会历史进程，她们是属于集体的生命存在。只有这样她们的价值才能得到体现，她们的生命活动才有意义。正是在这样的历史秩序和审美逻辑中，我们才看到，这类女性无一例外地走上了集体抗争的道路，或者说，把自我解放或自我获救的希望，寄托在了集体抗争的胜利之上。这种叙事模式有足够的历史合理性，也很符合历史发展的实际状况，但这种合理之中却也存在着一些缺憾，那就是对女性个人化的自我意识和生命体验的忽视与抑制。综观这类女性形象，可以发现，她们具有很鲜明的社会性特征，她们的行为和意志都是集体行为和集体意志的具体体现，私人化的内心感触和心理意识几乎很少得到展露和表现。关于这一倾向，可以从"革命叙事中的爱情婚姻"这一话题中获得一些佐证。

出现在革命历史小说中的"受难—反抗"型女性形象都有自己所钟爱的男人，她们的生命之流中也荡漾着浓浓爱意。但爱情这一私人化的情感问题，对她们来说并不是独立的，而是依附于革命斗争的。爱情依附于革命的亲密程度，在不同作品的不同人物那里体现的轻重程度可能会有所不同，但都遵循大致相同的艺术模式，即爱情必须让位于革命，或者说爱情必须为革命服务，抑或是爱情不能对革命形成阻碍，它才有存在的合理性和延续性。由于此，作品中往往会出现这样的爱情安排：一切为革命服务，为了革命，恋爱双方需要经受情感的煎熬，需要把爱情之火削弱到最微小的程度。在爱情与革命的相互关系中，爱情因革命而充满活力，并得到有力的保障；革命为爱情开辟幸福之路，并建立美好而坚固的基础。这几乎是革命历史小说中爱情故事的唯一合理的发展趋势。在《格桑梅朵》这部长篇小说中，对这一问题有过比较细致的艺术演绎。主人公边巴和娜真恋爱关系的进展就是围绕革命斗争展开的。如果说恋爱伊始，两人之间的爱恋还表现得比较"情深意切"，尤其是娜真对边巴的关心、爱护和挂念、担忧，给人以"爱情似火"的感觉；那么，随着革命的深入，两人之间的爱情关系与两人对爱情的认识就变得越来越理性。两颗心彼此相爱，但却绝不轻易向对方倾诉，更不卿卿我我，缠绵悱恻，而是节制有度，时时以革命为先，并把革命的胜利看作爱情的最终归宿与保障。不能简单地否定这种"革命规范中的爱情模式"，因为它的存在不是创作者臆想之中的虚幻"现实"，而是社会历史生活中的现实，其合理性无可置疑。但这种"爱情模式"所展现的爱情关系——女性往往成了被动者，或者说女性往往会主动放弃爱情而奔向革命的情节安排，的确潜藏着一些根深蒂固的性别不平等意识。

指出当代藏族革命历史小说中关于民族解放、社会解放的"宏大叙事"对女性形象性别意识的压抑，并不是企图以女性主义的观念，来否定此类小说所奉行的主题追求，而是要在更为全面的视野中辩证地认识这种叙事模式的合理性和局限性。毫无疑问，宏大叙事的主题追求确实在一定程度上压制了女性人物的性别意识和自我意识，但在特定的历史时期，这又是历史对个人追求的合理要求。事实上，女性性别意识的觉醒和彰显与革命斗争在一定程度上也是相互促进的关系。因为"受难—反抗"型女性人物所从事的解放事业，不仅仅是具有宏大意味的社会实践，也是为女性自身解放创造条件的历史实践。

在评述"受难—反抗"型女性形象时，本书选择的小说文本，主要集中于二十世纪八十年代初期所创作的几部带有革命历史色彩的作品。之所以如此，一个重要的原因在于，这类作品是新时期初期当代藏族文坛上最具有代表性的艺术文本，而其中的"受难—反抗"型女性形象，也是当代藏族小说中出现得最早的、最具艺术典型意义和社会历史文化内涵的藏族女性形象。鉴于此，考察这类女性形象的艺术特征，阐释此类女性形象的艺术内涵和文化意蕴，就具有了相当的普遍性意义。它能够在一定程度上揭示出，在特定的历史时期，在特定的社会文化语境中，藏族女性所遭受的历史境遇和面临的社会选择，以及在这种历史境遇和社会选择影响下，她们所具有的心理取向和精神意识。

以革命历史小说为研究对象，集中探讨带有普遍意义的"受难—反抗"型女性形象，并不意味着这类小说中没有其他类型的女性形象。事实上，在革命历史小说中，也有一些其他类型的女性形象，且塑造得相当成功，有些形象在艺术审美内蕴方面甚至比占主导地位的"受难—反抗"型女性形象更为饱满圆润，也更具有艺术内涵和社会文化内涵。如益希单增的《迷茫的大地》中开麦庄园的贵妇人。与"受难—反抗"型女性人物相比，这是一个反面人物，她的种种努力和最后的结局，也符合当时"宏大叙事"的主题需要，其存在的目的在于揭示反动阶级和旧的社会制度必然失败和消亡的历史必然。在这一点上，开麦庄园里的贵妇人所具有的艺术内涵与"受难—反抗"型女性人物所蕴含的艺术内涵是完全一致的,是同一个主题的不同侧面而已。但换个角度来看,贵妇人的出现,无论是在艺术审美范畴,还是在社会认识范畴,都具有不可忽视的价值。首先,它打破了此类小说中主要女性形象都是正面人物的狭隘格局,使得本来就比较单一的叙述模式多少有了变化,从而丰富和扩展了作品的艺术表现领域。其次,以反面女性形象为作品的主角,尽管在主题指向上与旨在揭示革命发生和胜利的必然性的作品没有根本性的不同,但它选择的表现方式,却具有截然相反的认识价值。贵妇人这一反面形象的出现,至少可以引导读者对藏族女性这一群体有一个比较全面的认识,而不至于仅仅停留在地位低下、受苦受难这一单向度的层面上。毫无疑问,对贵妇人这一统治阶级女性的细致刻画,为藏族女性这一形象群体增添了巨大的社会历史内蕴,展现了藏族女性存在的多样性,揭示了不同阶层的女性各自相异的历史诉求。这种艺术表现显然更贴近历史现实,从而也就更具艺术说服力。更值得一提的是,与那些把反动人物塑造成清一色的"丑陋、奸诈、愚蠢、凶残"和"毫无人情、人性"等标签式人物的作品不同,小说在刻画贵妇人时作出了很大的突破。她优雅、高贵、矜持,富有涵养。她很少在众人面前发怒撒泼,更不在大庭广众之下做出凶残暴戾的恶事。相反,她总是以"度母"自居,并竭力要求言语行事都能符合"度母"的高贵身份和品行,从而赢得民众的好感和崇敬。与此同时,贵妇人也表现出了很高超的斗争手腕。她没有其他反面人物一贯的蛮横粗野、色厉内荏、外强中干的做派,相反,她是一位善于审时度势,能够利用身边各种力量为自己服务的"智者"。任何事情,她都会考虑再三后,委派给最有把握的人去完成,而自己则在幕后掌控着事情发展的种种趋势。贵妇人的这些形象特征展现了藏族女性"丰富多姿"的精神面貌,尤其是让人们认识到了作为反面人物的女性形象的另一面。这对读者全面认识藏族女性这一群体,无疑有着补充性的作用,也有助于人们了解近代藏族社会多面复杂的发展情势。

综上所述,虽然革命历史小说中出现的女性形象,大多由于受革命历史小说既定的审美模式的限制而表现出大致相同的审美取向,但这类小说中也出现了一些别样的女性形象。这些别样的女性形象的出现,对人们的审美思维有一定的纠偏作用,不至于使读者形成单向度的审美视野;同时也纠正人们认识上的狭隘、偏执,不至于让人们把社会历史的发展轨迹视为一条直线。

第三章

天使形象

在当代藏族歌坛，有一首深受民众喜爱，歌唱、赞美藏族女性的歌曲，这首歌就是在高原上家喻户晓、广为传唱的《卓玛》。卓玛在藏语中的含义是度母，是一种深受藏族民众崇敬与敬畏的高贵女神。《卓玛》这首歌曲就像其他一些流行歌曲一样，无论是旋律还是歌词都并不复杂，但其强烈的民族特色和鲜明的主题旨意却非常突出——对女性的无限赞美与讴歌，甚至带有崇拜的意味。在这首歌词简短、旋律舒缓优美的曲子中，作为女性的卓玛无疑是最为核心的意象或形象。创作者极尽夸张之能事，对一位名叫卓玛的姑娘进行了毫无保留的赞美与讴歌。从容貌到内在品质，再到情感、精神，最后到由她而衍生出的周围世界的美好景观，歌曲塑造了一个貌若天仙、情似花蜜、质如秋月、品比美玉的"人间天使"。

毫无疑问，作为艺术创作的产物，这位纯洁靓丽、品高貌美的卓玛，是一个理想化的艺术想象的"虚构之物"。创作者利用艺术整合的强大功能，把藏族女性身上所能体现出来的所有优秀品质，都移植在了一个叫卓玛的女性身上，一个可以被视为"度母"的女性身上。由此可见，这个卓玛其实是一个艺术集合体。她不是哪一个个体女性，而是一个群体的代表。或者说，她是创作者根据艺术典型原则制造出来的一个表达人们美好的精神渴望和情感诉求的艺术形象。歌曲中的卓玛随着优美的旋律进入听众的脑海心间，成了听众喜爱不已、交口称赞的艺术形象。像卓玛这样充分理想化的女性艺术形象，并不仅仅出现在藏族歌曲之中，她在藏族文学作品中就早已存在。就当代藏族文学来说，像卓玛这样的女性形象也并不少见，每一个时期都会在不同作家的笔下出现。如果做一些细致入微的梳理归纳的话，就会发现，这样的女性形象在当代藏族小说中可以构成一个形象系列。尽管她们在形象特征上远没有歌曲中所描绘的那么完美高洁，但在某一个侧面，却有着卓玛姑娘的一些形象气质和精神神韵。当然，与歌曲中的卓玛相比，由于她们都来自鲜活的日常生活（她们有着更为丰富复杂的生命活动），于是也就少了一些抽象模糊，多了些许生活气息，因此也就更加具体可感、亲切可爱，从而也就更容易引发读者的共鸣，更容易催生激发人们对美好品质的向往之情和无限渴念。也正是由于这些女性无一例外地活动于丰富复杂的现实生活中，因此又可以从她们的行为方式和精神世界里体味、感悟到复杂生活的种种情味世相，体察、管窥到人性的诸种表现，以及这些形象身上所蕴藏的驳杂丰蕴的社会文化内涵。

第一节　天使形象产生的文化渊源

当代藏族小说中能够出现天使型女性形象，既有历史文化渊源方面的根由，也是人们心理期待和审美满足的必然，同时还是根深蒂固的男权中心意识"虚假"构想的产物。

在藏族传统文化中，始终存在着对女性美好形象的理想化构想与塑造。在前面的有关章节中，我们讨论过藏族传统文化与文学中大量出现"圣女""仙女"形象的文化根由和具体表现形式，并指出在藏族传统文化和文学中，尽管没有像有些论者判定的那样，存在女性崇拜的情形，相反，女性长久以来因为男性中心意识的广泛存在而深受蔑视、压抑；但这并不影响掌握文化生产权和话语权的男性依照自己的需要和意愿，以理想化的方式虚构出完美无缺的女性形象，在满足男性的心理需求的同时，制造一种有利于男性文化规范的女性观。这种现象在其他民族的文化系统中也同样存在，似乎是人类文化史上一个共有的现象。相较之下，深受带有神话品性的藏传佛教浸淫熏染的藏族传统文化和文学，在塑造完美女性形象方面，比其他文化和文学系统对完美女性形象的塑造有过之而无不及。比如藏族传统文化中每一座湖泊都有自己的主神，这些主神往往都是女性，一些山峰也有自己的女性主神。除此之外，其他领域也存在大量的带有神性的女性，比如前面提及的度母。据说光度母类型就有二十多种，分管各种不同的事物。由是观之，藏族传统文化系统中不断出现"神女"或"仙女"，是一种相当普遍的文化审美现象。尽管并不是所有的"神女"或"仙女"都是善良完美型的可人形象，但其中的不少此类女性形象被赋予了理想化的完美秉性，她们几乎就可以被视为令人崇敬动心的"天使"。此类纯洁无瑕、善良完美的女性形象的长久存在，经过历时积淀，自然会形成一种难以更改的文化惯性，持久恒定地影响、支配民族的文化心理和审美取向，就此也会在文学创作领域产生广泛深刻的影响。这种影响最直接最显著的表现，就体现在当代作家对具有同类性格特征和美好品性的女性形象的塑造上。因此，从纵向继承的角度考察，当代藏族小说中出现天使型的理想化女性形象，是传统文化惯性和心理定式在当代延续的一种深刻表现。当然，这种延续不是对传统文化审美因素原汁原味的重现，而是一种选择性的艺术征用。

当代藏族小说中不断出现天使型的女性形象，也与创作者主动迎合社会心理对善良美好人性期待的审美追求有关。就像古代社会的文化体系不断想象虚构完美无缺的女性形象，在某种程度上体现的是人们对追求真善美的心理期待的一种艺术满足一样，当代作家在创作中塑造天使型的女性形象，也包含着对社会倡扬真善美的心理期待给予满足的艺术目的。任何社会都存在着对一些具有普世价值的人性品质的期待与渴望，并会在社会实践中锲而不舍地弘扬与追求。文学创作就是一种非常便利且实用的方式，因为文学作品是以情感因素来激发和感染大众的心灵世界，从而影响他们的观念认识和伦理道德观，进而启发和引导人们建立一种适合社会和谐稳定的人际交往关系。这种和谐稳定的人际交往关系，在本质上就是真善美的具体外化。尽管有一些作品在描写社会的丑陋之外，也揭示人性的阴暗面，但这类作品在某种程度上是通过暴露社会的负面现象引起人们的警觉，并在此基础上激励人们修正错误，提升境界，最终达到人性的完满与社会的和谐。因此，从根本上说，这类着力描写人类社会负面世相的作品，在最终意旨上，与那些正面倡扬真善美的作品是一致的。受佛教文化影响的当代藏族文学在审美精神上与佛教求善向美的精神是相通的，而更为广泛的社会精神期待也带有浓厚的求善向美的取向，在此社会文化环境下，作家在创作中通过塑造一些具有高洁品质、完美秉性的女性形象，以此来迎合整个社会的审美心理期待，也就是非常自然的艺术行为了。

从女性主义的角度考察，当代藏族小说中出现天使型的女性形象，还有更为复杂的文化原因。那就是：男性中心意识按照自己的审美期待与社会需求，对所谓的理想型女性进行文学虚构。换言之，天使型女性形象在一定程度上是作家依照占据着支配地位的男性中心意识，对女性进行"肆意"想象而塑造出来的。女性主义认为，在整个人类社会发展的漫长过程中，女性长期处于被书写、被塑造的被动地位，而掌握话语权的男性为了满足自己的欲望和维护自己的利益需求，总是会按照符合自己意愿的方式来塑造女性。古希腊神话中关于"象牙女郎"的典故，一直以来被视为对此种男性中心意识进行佐证的绝好例子。在古希腊的神话传说中，有一位名叫皮格马利翁的出色雕塑家，因为不满女性身上有各种各样的恶习，以象牙为原料，精心雕刻了一个纯洁无瑕、漂亮无比的女郎。完工后，皮格马利翁被自己塑造的女郎深深折服，情不自禁地爱上了她。他向爱神阿芙洛狄忒祈求，希望爱神将这个美丽绝伦的象牙女郎赐给他做妻子。爱神满足了他的心愿，于是这个被雕刻的象牙女郎获得了生命，与皮格马利翁结婚并为他生儿育女。这个典故往往被视为男人自恋的表现，其实这仅仅是其内涵的一个方面。女性主义理论认为，这个故事中隐藏着男性霸权意识，隐藏着男性对他们心目中所构想的理想女性的期待与占有的心理欲望。因此，尽管这是一个神话故事，但其衍生的社会文化心理却是不容忽视的。一方面，这个神话故事本身非常敏锐且真实地揭示了男性隐秘的心理现实，即男性对理想女性的期待与占有的本能欲望，当然这种本能欲望本身并不一定是邪恶的；另一方面，由这一神话故事产生的文化意识积淀成了一种无形的力量，它深刻而广泛地影响着人们的伦理道德观念和对女性的评价标准。在男性的心目中，象牙女郎成了完美优秀女人的光辉典范，是男人们爱慕、追求的对象。在女性心目中，象牙女郎也是完美形象的模范样板，是女人梦寐以求、希望能够达到的形象目标。这种由男人依照自己意愿所塑造的形象，最终成了整个社会看取评价女性的公共标准，其霸道与偏见是显而易见的。

藏族传统文化有自己独特的文化内涵与文化精神，但在对女性形象的期待与塑造方面，与其他民族的文化有着大致相同的审美取向。掌握了文化支配权和言说权的男性，总是会依照他们的心理期待来打造心目中的理想女性，并把这种心理期待规定为普遍的社会标准，通过文化生产和言说的方式推广到整个社会，使之成为整个社会的心理期待和审美取向。藏族传统文学中能够出现那么多仙女、圣女，以及类似仙女、圣女的女性形象，其文化根由就包含着男性中心意识所形成的心理期待。延伸至当代，这种由男性中心意识所培育的心理期待，对作家们塑造完美无瑕的天使型女性形象依然发挥着潜在的作用。

第二节　天使形象的审美特征和文化内涵

在当代藏族小说中，"天使"型女性形象的出现并不是孤立的。换句话说，作家塑造这类女性形象并不仅仅是为了生产一个艺术形象而已，而是有着自己或潜在或明确的创作意图的。这就意味着，在这类女性形象身上，蕴含着一定的社会历史内涵和作家的情感寄托与诉求。也就是说，产生于不同时代和不同的历史时期的小说中的"天使"形象，尽管在一些根本性的品质上有着相同、相似的地方，但在具体的社会文化内涵上，可能会存在着鲜明的不同之处。由此一来，当我们把这类女性人物归入同一形象序列时，有必要对她们不同的审美特征进行区别。只有这样才能发掘这类女性形象所包含的性质各异的社会历史内涵，并比较妥帖地理解作者塑造此类人物的审美目的。

一、高原上的格桑花

歌唱爱情是藏族艺术里极为重要的一个主题。在当代藏族小说中，这样的主题始终占据着重要的位置。即使是那些反映"左倾"时期人们生活状况的作品，也会把爱情放置在一个显著的位置加以描写、歌颂。当然，作品选择爱情为叙述的切入点，不仅仅是为了描写、展示爱情，爱情主题之外还包含着其他一些重要的艺术指向。在这类作品中，爱情的主角往往是一位有着冰壶秋月般美好品质的年轻女性。她美丽可爱、善解人意、善良多情、执着忠贞、坚韧不屈，就像高原上的格桑花一样，在生活的风雨中从不放弃对美好生活的渴望与追求。她也会忧伤哀愁，但从不失去信心；她也会叹息流泪，但从不向生活低头。这样的女性形象，往往会使人想起藏族民间文学和宗教典籍中不断传颂的"天使"。当然，她们与民间传说和宗教典籍中的"天使"是有着鲜明的区别的。用"圣女"一词来指称她们，是一种带有敬意或颂扬之情的借用。她们与传说中的"圣女"之间的相异之处，将会在后面的相关章节中加以说明。

《月圆》是俞国贤创作的一篇短篇小说。这篇小说的时代背景是二十世纪五六十年代"左倾"思潮泛滥的特殊时期，主人公是两个相互爱慕的青年男女。从主题上看，作品通过描写特殊社会环境里男女爱情的美好动人和人与人之间感情上的相互依赖，来赞美人性的良善；并通过普通民众对所谓的"批斗运动"的理解与实践，讽刺、批判了"左倾"思潮的不得人心与荒谬可笑。汉族青年扎西培初（插队到草原后同事们给起的藏族名字）在父亲被打成"右派"被捕入狱，母亲也因受牵连而被下放到高原兽医站后，不得不在中学毕业后就来到牧区生活工作。初来乍到的扎西在各方面都不能适应牧区的生活。热心的牧民们对这位异族青年非常关心，虽然偶尔也拿他开开玩笑，让他面红耳赤，感到气愤，但爽快耿直的他们还是处处照顾这位不爱言谈的小伙子。尤其是牧区姑娘格桑梅朵，对扎西可谓是关爱有加，似乎她就是为扎西的到来而存在的。

像草原上的绝大多数姑娘一样，从小就生活在广袤草原上的格桑梅朵，有着像草原一样广阔的胸怀和开朗爽直的性格。与扎西初次见面，她的大方与率直就令扎西有些难以接受。先是大大咧咧地称呼扎西"知识分子"，接着催促他吃糌粑。当扎西因为不会捏糌粑团而把糌粑撒了一地后，她忍不住哈哈大笑，还毫不忌讳地说扎西是"笨牛"。格桑梅朵银铃般响亮的笑声，在扎西听来就像炸雷一样，让他感到无比尴尬与难受。就这样，格桑梅朵出现在了扎西面前，给扎西留下了并不良好的印象——不懂得尊重别人。但很快他的这种认识就改变了，开朗活泼的格桑梅朵用属于她自己的待人接物的方式，打开了扎西的"心结"。看到扎西有些不好意思，甚至略带恼怒，毫无愧意的格桑梅朵依然大大方方地面对他，并用实际行动向扎西传递自己的善意。她热心地教扎西捏糌粑，使得原本生气恼怒的扎西瞬间改变了自己的情绪，并对格桑梅朵产生了好感。

　　格桑梅朵的大方开朗、热情好客深深地打动了扎西，他逐渐对格桑梅朵有了新的认识。他们开始了新的生活，开始了情感上的相互靠近。接下来小说从三个方面，或者说主要紧扣格桑梅朵身上所表现出来的三种可贵的品质来表现她、刻画她，从而凸显她"天使"般的性格特征。

　　首先是她的勤劳和乐于助人。生活在草原上的格桑梅朵不但有着开朗大方的性格，而且有着勤劳能干的品质。从小失去母亲的格桑梅朵跟随姐姐操持着家务，早已练就了吃苦耐劳的坚韧品质，劳动对她来说似乎是一件很轻松愉悦的事情。她不但能很好地完成家务活，还主动地去帮助扎西。为了突出格桑梅朵勤劳能干、乐于助人的性格特征，小说选择了她教扎西打酥油茶这一情节，比较细致地描写了两人劳动的场景。在这一场景中，格桑梅朵以一个熟练的劳动者的身份，仔细耐心地向知识分子扎西教授着打酥油茶的技能。从话语指导，到手把手地指导，格桑梅朵把作为草原主人的那种热情、乐于助人的美好品质充分地展现了出来。从下面的情节中，我们也许能够进一步加深对这位牧区姑娘的认识，进一步感受到她身上所散发出来的那种令人迷醉的生活气息：

　　　　扎西鼓足勇气把抽动的杆往下压，奶水像银柱一样喷到他的脸上。丹增立刻蹲下去用手把泼在地上的牛奶捧到猪食盆里。梅朵看着扎西的大花脸，又象银铃般地笑开了。扎西窘迫地正准备用袖筒揩脸，被梅朵止住。她解下自己粉红色的围巾，左手扶住扎西的后脑，右手象母亲为孩子洗脸一样为扎西擦去脸上的牛奶。这是扎西生平第一次同少女这样接触，他感到触了电一样，一股暖流从脖颈热到脚板心。

　　　　"笨牛，谁叫你用力往下压。"梅朵示范着，"不要把抽动杆提出奶水面，往下压要轻些，在底层用力抽动。"经过梅朵的指导，扎西终于会杆奶了，他的打奶歌也融进了牧场劳动的交响乐里。[①]

　　格桑梅朵的性格与行为几乎是合二为一的。她是那样的率真爽朗，那样的毫无顾忌，就像一个不受任何外界因素影响或刺激的纯粹的自然之物。对她来说，一切都是那么的自然本真，毫无刻意之求和做作之态。

[①]　俞国贤：《月圆》，《当代藏族短篇小说选》，民族出版社1985年版，第205页。

　　格桑梅朵身上所体现出的"天使"般的美德，还表现在她对扎西的无私爱恋上。限于篇幅，作品虽然没有细致描写、渲染这对青年男女爱情的浪漫缠绵，但却利用几个具有典型特征的细节突出了两人之间难以割舍的深情，尤其是着力表现了格桑梅朵关心、疼爱扎西的深沉爱意。

　　在与扎西确立恋爱关系后，格桑梅朵对扎西的关心更进了一步，这不但表现在生活上无微不至的关心爱护，更体现在对他人身安全的担忧上。当她得知扎西因为给牧民们讲述革命故事被视为反革命，可能会面临被批斗的遭遇时，她表现出了极大的担忧和恐惧。小说对格桑梅朵的言行和心理活动进行了一番比较细致的描写，借此充分展示了这个天使般善良纯洁的高原女性冰壶秋月般的品质：

　　　　梅朵见扎西无忧无虑的样子，心里象刀割一样地疼痛。她在心里默念着：可怜的扎西，你可曾料到灾难又象影子一样跟着你来了。她恨不得马上扑向扎西痛哭一场，把所发生的事情告诉他，可是不行呀，这样对他刺激太大了。这时，丹增象是交代特殊任务，提高了嗓音对梅朵说："你先做点好东西给他吃。"说完就到附近牧工组安排批判会的事去了。

　　　　梅朵默默地炼了一饼酥油要扎西吃。

　　　　"怎么了？"扎西愕然了。

　　　　"吃吧，吃得饱饱的好上路。"

　　　　"上哪儿？"

　　　　"吃饱了再告诉你。"梅朵的声音有些颤抖。

　　　　扎西急于想知道其中的奥妙，狼吞虎咽地喝了一碗酥油汤后，又问"上哪儿？"

　　　　"请汪堆把你的头剃光了再说给你。"梅朵依然颤抖着声音说，但口气是坚决的。

　　　　扎西感到莫名其妙，有点生气了："你这是什么意思？我不剃！"

　　　　"我向你磕头，求求你把头剃掉，"梅朵哭了，"不然他们会拔你的头发！"①

---

① 俞国贤：《月圆》，《当代藏族短篇小说选》，第207页。

从上面的描述可以看出，这位在高原风雨中生活长大的牧区姑娘虽然在平日里大大咧咧、有说有笑，似乎不知忧伤、哀愁为何物，其实却是一位内心情感极为丰富饱满的多情女子。她的善良，她的富于同情心，她的像格桑花一样高洁美好的品质，就包蕴在她那充满了力量的笑声里。她不但有花一样的名字，也有花一样的笑容，更有花一样的品质。她把自己纯洁的爱无私地奉献给了所爱的人，一切以自己的爱人为中心：因为他的欢乐而欢乐，因为他的痛苦而痛苦，因为他的不幸而忧伤。在生活中，人们常常以纯洁无瑕、无私奉献来形容一个人的高贵品质，但这些语言对格桑梅朵而言似乎是不够的。她的品质就像歌词中说的那样，"你像一杯美酒，醉了太阳，醉了月亮，你像一首悠扬的牧歌，美了雪山，美了草原"。格桑梅朵身上所闪耀着的高贵品质既是美酒，让生活在高原上的儿女们甜美心醉；也是牧歌，让高原上的生活充满了欢乐吉祥的气息。

毫无疑问，格桑梅朵身上所表现出的天使般的高贵品质，很好地展现了当代藏族女性的精神风貌和性格特征。但正如前面所提及的那样，由于作家所塑造的这类女性形象往往产生于特定的历史语境中，因此在此类女性形象身上，就会蕴藏着一些或隐或现的社会历史内涵，寄托着作者对当时社会状况和精神气候的某种认识与判断。《月圆》中格桑梅朵善良纯洁的品质也隐含着一定的社会历史内涵，或者说折射出了作者对当时社会精神状况的委婉评判。格桑梅朵对扎西培初情有独钟，对他的衣食住行和工作都非常关心，把自己少女的纯情毫不保留地给予了这位来自他乡的男子，让他感觉到了生活的暖意和家庭的温馨。与之相反的是，扎西培初的社会遭遇使得他感觉到的却是生活的困苦与人生的不测。他之所以来到草原牧区成为一个牧民，是因为父亲被打成"右派"，整个家庭因此受到牵连。母亲为了使其免受批斗之苦，就嘱咐他一定要去草原牧区。就这样，扎西培初才有机会与格桑梅朵相遇、相识，才从她的身上感到了生活的温馨与爱情的甜美。扎西培初与格桑梅朵的相遇相知相爱，从根本上看其实是社会生活情势所迫的结果，而不是生活正常发展的必然。毫无疑问，两人的相爱是真挚的、真诚的，格桑梅朵对扎西培初的关心爱护也完全是出于对这个老实巴交的小伙子的真心，没有丝毫的杂念。但两人的爱越是真挚真诚，毫无瑕疵，格桑梅朵对扎西培初的关心爱护越是纯洁无瑕，就越是能够与他们所处的不正常的社会生活形成鲜明而强烈的对比——一种存在着矛盾情势的对比。格桑梅朵对扎西培初的爱与不正常的社会力量对扎西培初的排挤，就是这一矛盾情势。毫无疑问，在这一矛盾情势中，包含着一定的社会历史内涵。格桑梅朵对扎西培初的关心爱护，反映了人间纯朴真情的存在，而混乱荒诞的社会生活对扎西培初的排挤，则意味着作者对当时"左倾"思潮的批判。因此我们可以这样认为，对格桑梅朵纯洁无瑕的爱情的描写，对格桑梅朵善良淳朴的品质的赞扬，就是对扭曲人性的社会思潮的不满与批判。顺着这一思考逻辑，就能够领悟到小说刻意强调牧民们准备开批斗会时，格桑梅朵内心的忐忑不安和对扎西培初生命前途的担忧这一精神意识所包含的社会意蕴。格桑梅朵的担忧和不安，其实是对不正常社会生活的一种不满与反抗，是对混乱荒诞的社会现实的无声控诉。

与格桑梅朵有着相同的审美内涵的"天使"型女性形象还有很多，比较典型的有土登吉美的《亚曲》中的亚曲，尕藏才旦的《哦，我的阿爸》中的德木措等。亚曲是一个生活在牧区的女性，她原本有机会成为政府干部，但由于竞争对手是老革命留下的孤儿，孤儿受到了特殊照顾，亚曲因此失去了离开草原的机会。但亚曲没有因为留在草原而消沉下去。她对生活充满了乐观向上的美好憧憬。在生活中她乐于助人，是一位热情好客的乐天派。在"我"前往草原视察时，遇到河水泛滥而无法渡河前进，正好碰上了赶着驮牛渡河的亚曲。看到遇到困难的"我"，亚曲热情大方地帮助"我"渡河，并邀请"我"到家住宿。没想到亚曲的哥哥在看到"我"后却怒气冲冲、大发雷霆。经过一番询问后"我"才知道，原来当年那个被"刷下来"的女孩子，就是帮自己渡河的亚曲。她的哥哥之所以对"我"怀恨在心，就是因为当初是"我"一手操办了这件事。看到哥哥"失礼"，亚曲很是生气，她极力劝阻哥哥不要莽撞行事，并向"我"赔礼道歉。亚曲的通情达理使"我"深受感动，也使我内心感到不安愧疚，觉得真有些对不起亚曲，并向她表达了歉意。随后，"我"告诉她如果愿意，还可以招工去当干部。但亚曲却向"我"表达了自己的心声：

"说心里话，过去我想过要当干部，还想当官呢。你是去过奔达的，知道那里的气候有多坏，生活有多苦，可上面偏偏要我们去种那些连草都长不好的地。养头自留牛都算犯了王法。当时我想，要是有朝一日当上了官，就叫乡亲们全都搬到柯戈草原来，养牛，养羊，吃牛肉，喝奶茶。再把公路修到柯戈草原，把多余的肉、毛、牛羊皮卖给国家，把钱拿来盖房子、学校、医院，还有电影院，这有多好。"

亚曲眼里放射着光芒，越说越激动："蓉芳和我的想法一样，她要离开奔达之前，我们俩骑上马，偷偷地跑到这里来过。啊，多美啊！当时我们俩高兴得像小孩子似的，在草场上打滚，发誓要实现到这里放牧的目的。现在，我们的愿望不是实现了吗？我为什么一定要去当干部、工人呢？"①

从亚曲的真情告白中可以知道，这是一位有着广阔心胸的牧区女性。她富有奉献精神——希望通过自己的努力来改变家乡人民穷苦的生活处境；她具有乐观积极的生活态度——不认为生活在草原就意味着生活没有意义；她宽容豁达，珍惜友谊——对当年失去当干部机会的往事并没有耿耿于怀，与自己的竞争对手情同姐妹。一个普通的牧区女性身上所具有的高贵品格同样闪耀着天使般的熠熠光辉。

《哦，我的阿爸》中的德木措同样是一位善良贤达、善解人意、忍辱负重的女性。她与"我"青梅竹马，在大学里建立了爱情关系。但由于她母亲被打成"右派"，"我"父亲怕家里人受到牵连而百般阻止这门婚事。尽管后来因两人的坚持而走到了一起，但"我们"与父亲之间却从此形成了巨大隔阂。"我"因为记恨父亲，二十年没有回家看父亲。突然收到父亲的来电，说他病危，希望"我"能够回家父子团聚。这是一个艰难的时刻，"我"不知道德木措会如何决定。正在"我"不知如何是好时，善解人意、宽容豁达的德木措主动劝"我"带着孩子去看望父亲，还准备了四百元钱让"我"带上补贴家用。更让"我"意想不到的是，第二天早上出发时，德木措竟然已经穿戴整齐，准备一同回家看父亲，这使"我"感动不已。回到家里后，面对愧疚不已的父亲，德木措表现出了极大的宽容，她不但没有抱怨父亲，反而安慰父亲，并就这么多年没能回家看父亲而向他道歉，还跪在地上向父亲行了大礼。德木措虽然不是该小说里的核心人物，小说讲述这个故事的目的也不是表现德木措的贤惠忍耐

---

① 土登吉美：《亚曲》，《当代藏族短篇小说选》，民族出版社1985年版，第26页。

和善解人意、宽容大度，但这并没有影响德木措形象留给人们的深刻印象。小说中，父亲的恐惧、蛮横和内疚，都是通过他对德木措工作、婚恋的横加干涉表现出来的，他的这些行为在某种程度上反衬出了德木措的善良坚韧、善解人意和宽容大度。两相对比，德木措高贵的品格也就越发辉煌闪耀。值得一提的是，德木措这一形象与《月圆》中的格桑梅朵一样，也包含着深刻的社会历史内涵。德木措婚恋不幸的直接制造者虽然是父亲，但"左倾"风潮却是幕后的罪魁祸首。父亲因为害怕受被打成"右派"的德木措的母亲牵连，决定断绝原本同意的婚事。德木措虽然伤心欲绝，却没有彻底放弃。在他们的坚持下，两人最终结为夫妻，但却与父亲之间形成了巨大的亲情裂隙。从德木措婚恋关系的曲折过程来看，她所经受的挫折显然是不正常的社会风潮所强加的。由此不难体悟到，作为"受害者"的德木措这一形象，其实包含着对混乱社会现实深刻反思与严峻批判的审美内涵。

二、被爱情遗忘的天使

借助爱情来塑造女性的性格特征和表现女性的命运遭际，是小说常用的一个重要操作方法，因为在大众的思想意识里，女性往往"天然"地与"爱情、婚姻、家庭"联系在一起。即使是在现代社会里能够凭借自己的智慧与能力，毫不逊色于男性而奔走于各类职场之中的女性，也似乎难以逃避这样的命运。从古到今，女性似乎宿命般地被附着在了"爱情、婚姻、家庭"之上，无法成为独立的"自我"。正因为这种历史积淀的沉重深厚，"女性只能是爱的付出者"成了一种具有普遍性认知的社会观念，甚至成了一种生活信念。不但男人心安理得地认可了它，女性也顺其自然地接受了它。

女性在爱情中被定性为了"被动者"，因此也就无法像男性那样得到爱情的青睐和眷顾。这也就是为什么在众多的文学作品中，男性往往是索取者、占有者，而女性常常是付出者和被抛弃者。而在这种关系中，女性往往会表现出一些令人敬仰的高贵的品质——任劳任怨地承担家务，忠贞不渝地侍候心爱的男人，心甘情愿接受命运的安排，即使遭遇悲惨的人生结局，也丝毫没有怨恨的欲念。这样的女性形象在古今中外文学史并不少见，她们的艺术知名度相当高，往往是女性形象领域的光辉典范，常常受到人们的高度颂扬。如莎士比亚剧作《奥赛罗》中的苔丝德梦娜，雨果《巴黎圣母院》中的艾丝梅拉达，美国剧作家奥尼尔《诗人的气质》中的诺拉等。在当代藏族小说中，也有这样的女性形象。在她们身上，人们看到的是那些被视为"天使"的女性形象所具有的普遍特征。她们富有牺牲精神，给予别人的是那样的多，从别人那里得到的却是那样的少；她们真心地爱着别人，把忠贞爱情无私地交付给别人，但自己却被爱情遗忘了，成了爱情的失意者。格央的《小镇故事》就塑造了这样一位被爱情遗忘的女性形象。

年轻漂亮的央金从小生活在草原上，贫寒穷苦的家境养成了她沉默寡言的性格，也培育了她善解人意、体贴周到的处事方式。由于家里父兄偷窃寺庙的货物，担惊受怕的母亲向负责的僧人道歉，希望能得到宽恕。心怀慈悲的僧人原谅了他们，但要求兄弟五人护送自己和货物前往拉萨。僧人的弟弟门巴没有随哥哥离开，独自一个人留在小镇，打算实现自己的宏伟抱负。为了感激僧人和他的弟弟，央金的母亲把央金送到门巴家里，让央金侍候门巴。勤劳善良的央金遵照母亲的嘱咐，精细小心地侍候形只影单的门巴。从未如此近距离接触过女性的门巴被柔顺温和、勤劳朴实的央金所打动。他开始从生理和精神方面都"倾心"于央金，很快就完成了对央金的占有。善良内敛的央金接受了门巴种种要求，并一如既往地精心侍候着门巴。她天真地认为，门巴是个好人，总有一天会娶自己为妻。

但头脑清醒的门巴并没有被情感与冲动所左右，他选择了小镇上最有势力的商人东噶的大女儿为结婚对象，并很快就举行了婚礼。央金对此并没有表现出多么失望的情绪，而是平静地接受了这个令人伤感的结局。她甚至也没有因为此事而记恨门巴。当后来门巴因为家庭生活不顺而再次让她到家里来帮忙时，她依然像往常一样尽心尽力，不但侍候门巴，而且侍候她的怀孕的妻子。在央金的世界里，尽自己的能力做好自己应该做的事，就是人生的最高使命；因此她对做任何事情都没有丝毫的推辞之意和抱怨之心。面对并不如意的穷苦生活，她表现得是那样的平静、沉稳，简直令人不敢相信，那是一位不出二十岁的少女的心态。在央金的身上，人们看到的是被社会传统观念所赞赏的那种闪耀着耀眼光辉的高贵品质：勤劳朴实、忍耐顺从、以德报怨、忍辱负重。似乎她的出现就是用来诠释"天使"这个带有浪漫色彩的称谓的。她并不是小说的主角，但却是小说中令人印象最为深刻的形象。她最后跟随别人剃发为尼的人生选择，也许是对她"天使"品质的最好注脚。

三、无言的天使

人类文明不断发展的历史已经不可争辩地表明，妇女的解放程度是人类社会解放程度高低的一个重要指标。这一带有普遍意义的认识观念意味着男性与女性在社会中的地位是不平等的。相对于男性而言，女性始终处于劣势地位。女性往往是男性的附属物，因此她们必须作为男性的陪衬而存在。在文学修辞中被比作红花的女性，在现实生活中却是不折不扣的绿叶，烘托着作为红花的男性。身为女性，天生就得站在男性的身后，即使在今天男女平等成为一种普遍共识的现代社会里，很多时候，女性依然是作为男性的陪衬而存在的。尤其是在公共领域里，女性作为陪衬的地位似乎是难以更改的社会铁律。女性在男性面前，不得不放弃自己的梦想，不得不钝化自己的锐气，不得不藏匿自己的才华，把出人头地、光彩华耀的机会让渡给男人，心甘情愿做一个默默无闻的人生过客。对于女性的这种生存状态，文学世界有过形象记录。在古往今来的无数文学作品中，我们常常能够不期而遇地看到这样的女性形象。她们或心甘情愿作为男性成功的幕后者，或压抑自我做烘托红花的绿叶，总而言之，她们似乎"不在意"自己在男人身边是否是一个独立的存在者，"愿意"在男人的"呵护""关爱"与"漠视"中度过自己的一生，给世界留下一个"任劳任怨""富有牺牲精神"的天使般的形象特征，在得到自己心爱的男人的认可、接受的同时，也得到整个男性世界的褒扬，甚至会领受到她的同性姐妹们的羡慕和敬仰。这样的女性的确像天使一样，浑身放射着令人敬慕的光芒；其牺牲自我、成全他人的忘我精神会使人感动，但其"隐忍"背后的失落与无奈也会令人感到哀怜。梅卓在其小说《秘密花蔓》中，就塑造了这样一位包含太多文化意蕴的颇具典型意义的天使型女性形象。

卓玛的父亲是当地小有名气的画家，他画的唐卡深受当地人的喜爱。因此，一些喜欢画唐卡的年轻人从四面八方慕名而来，都希望能从卓玛父亲那里得到"真传"，以图日后能够凭借此种手艺谋求生活。由于母亲去世，卓玛从小跟父亲一起长大。还在很小的时候，她就看着父亲画画，并从心底里喜欢上了画唐卡。随着年龄的增长，她越来越希望父亲能够像接受那些慕名而来的年轻人一样，接收她为徒弟，向她传授画唐卡的技艺。但深受传统观念左右的父亲却拒绝满足这个在她看来微不足道的愿望。她不知道，在父亲的思想意识中，传男不传女的传统规矩是不能打破的。由于此，每次那些怀揣梦想的年轻人簇拥在父亲周围，神情专注地聆听他耳提面命的教授时，她只能站在冷清的角落里远远地听着，在不被理解中满足着自己的梦想。尽管父亲后来意识到她十分喜欢画唐卡，且颇具天分，勉强收她为"徒弟"，但在包括父亲在内的那些自以为是的男性眼里，她仅仅是一个女性而已，一个漂亮聪慧但只能照顾男人的女孩：

> 父亲的学生越来越多，以至于小院中常常人满为患，人人拿着画笔，抬着自信的脸庞，慕名而来，并准备满载而去。父亲授课时，学生们都簇簇拥拥想挤到前面去，只有女儿守在冷清的角落，远远地听着，随后还得为大家做饭。男孩子们的眼里她只是一位正值豆蔻年华的少女，有几个学生时不时地献献殷勤。但他们从未想过她是位出色的唐卡艺人，是他们中平等的一员。他们倾倒于师傅如日中天的名声，骄傲地以他的学生自居，盼望着出师后实现自己远大的理想。①

在父亲和那些踌躇满志的年轻人的漠视中，卓玛很坦然地接受了自己无法成为"唐卡艺术家"的命运。她没有怀疑和驳斥父亲"传男不传女"的观念，而是遵照父亲的愿望，嫁给了一个在父亲眼里具有绘画天赋的男人，尽管她并不了解这个比她大十二岁的男人。在她心目中，父亲的安排总是合理的，父亲考虑好的事情，一定不会有什么问题；因为自己就是跟随着父亲长大的。就这样，卓玛没有任何怨言地接受了命运的安排，嫁给了那位在父亲心目中可以继承他绘画技艺的男人，心甘情愿地支持他的工作。就这样，卓玛不但压抑了自己的艺术才华，也放弃了自己的爱情选择。她完全成了一个甘于做他人绿叶的付出者。这种形象特征在她的家庭生活中得到了延续。小说以详细的叙述，不断强化着卓玛的牺牲精神和隐忍品格：一切都以丈夫和家庭为中心。在感受到她高贵的隐忍品格的同时，人们也会体味到了"失去自我"的悲哀。

父亲去世之后，在卓玛的帮助下，事业上越来越兴旺的丈夫有了新的想法。"海阔凭鱼跃，天高任鸟飞"，身怀高超技艺的艺术家就应该到更大的舞台上去实现自己的人生价值。在卓玛的抽泣声中，自信的丈夫不顾妻子的感受，

---

① 梅卓：《秘密花蔓》，《麝香之爱》（中短篇小说集），西藏人民出版社 2007 年版，第 115 页。

带着她来到了大城市，他们的生活也就此有了新的变化，而隐忍顺从的卓玛却没有什么变化，反而把"与生俱来"的牺牲精神发挥到了极致。一切以丈夫的行为和感受为中心，她就像一个围绕着圆心转动的球体，在繁乱嘈杂的生活中不知方向地旋转着。为了维护丈夫作为男人的尊严，她有意回避在丈夫面前画唐卡，甚至掩饰自己对唐卡的热情，也刻意装作自己绘画技能不如丈夫。其实早在两人还没有结婚之前，她就显示出了高人一筹的绘画天赋，只是由于父亲和师兄们的漠视、忽略和自己的"自卑"而没有被发现而已。她把自己的才华隐藏在生活的黑暗角落里，把侍候丈夫、支持丈夫当作生活的正业而不断地付出着。虽然生活艰辛，但她始终顽强地扛着，不影响丈夫的"事业"。在家里，她尽力为丈夫创造最为舒适的绘画空间——在本来就拥挤的房间内专门为丈夫设置了一间画室，而她自己的"画室"安排在卧室；画唐卡也只能在空闲时仅仅"为了排遣寂寞"而画画。为了照顾丈夫的面子，她从来不把自己画的唐卡以自己的名义拿出去卖，只是保存在家里，把它当作一种爱好而已。就这样，无心插柳的她却画出了连她自己也感到不可思议的巨幅唐卡，成了城市里闻名的画家。报纸上、电视上开始不断报道关于她和她的唐卡的消息。这是她始料不及的结果，她有些不安，因为她不知道如何向自尊心极强的丈夫解释，只好不知所措地面对丈夫的冷言冷语：

> 他是吃惊的。手执报纸冲进家门质问她，她不好意思地从床下呼哧呼哧拖出画幅。她看到他惊慌的样子，心里充满了歉意，本想解释说这完全是在他夜不归宿的时候为了打发漫长黑夜而完成的，可又怕他自尊心受不了，只好沉默着。他把她的沉默当作了傲慢，他挂在脸上的惊慌表情也立刻换成了傲慢，他揶揄了几句，就拂袖而去。[①]

面对丈夫的不理解和由此而产生的愤怒，她无言以对，更没有据理力争，而是选择了妥协忍让，试图通过更多的付出来挽回丈夫失落的尊严：

> 她伤感了。她满怀歉意地一次次妥协着，一次次试图用真情打动他。

---

① 梅卓：《秘密花蔓》，《麝香之爱》（中短篇小说集），第113页。

她交房租和电话费，生活用品一应承担，给他买时髦的服装，她成了这个家庭的男人。但他把这一切都看作她的施舍，指责她太小看自己的男人，她委屈地自认并没有小看他呀。他已经越走越远。①

她的付出成了丈夫远离她的"根源"。错在哪儿呢？表面上看是丈夫的自尊心受到了伤害和打击，根本上则是男权中心意识所滋生的大男子主义作祟。小说中人们为卓玛的付出而感到不解和怨恨，但这并不能损伤我们对她美好形象的感受。从作品的叙述中，我们还能感觉到叙事者对丈夫态度、行为、思想的不满，而更多地感受到的是叙事者对卓玛的高贵品格的赞美。在这篇篇幅并不算长的小说中，卓玛留给人们的是一个"完美无缺"的天使形象，而这一形象特征主要体现在她的毫无索求的牺牲精神之上。而这种牺牲精神又表现在她的人生的三个极为重要的方面。

一是爱情选择。她是一个听话的女儿，也是一个对爱情忠贞不渝的女人，从被父亲许配给比自己大十二岁的师兄起，她始终没有对自己的爱情产生过任何的怀疑。她接受父亲的决定，那是因为她相信父亲的决定是有道理的；当然，接受父亲的安排，也是对父爱的一种回报。除此之外，对于爱情的顺从，也隐藏着对师兄的感激之情，因为在父亲阻断她画唐卡的愿望的时候，是师兄给她提供了她画唐卡的机会，尽管师兄并不是有意培养她或发现了她画唐卡的天赋，但她却把这些铭记在心，并为师兄坦诚地向父亲交代她画唐卡的事实而感动。不管出于何种原因，她对爱情的选择都表现出了极大的牺牲精神——为了父亲放心，为了完成父亲传承唐卡艺术的愿望，为了帮助师兄实现传承父亲唐卡艺术的理想，她没有考虑自身的情感需求。当然，也可以说这些选择都是她的主动需求，因为并没有人强迫她去做这些事情，她是在一种极为自然的生活情势中选择了这样的爱情生活的。但父亲拒绝把"绘画绝技"传授给她的决定，其实在一开始就注定了她没有别的选择。"女孩将来找个好丈夫，安心持家就行了"，父亲的婚姻家庭观念和男女观容不得她有其他选择，而这也影响了她日后的婚姻观念、家庭观念和生活行为。

二是牺牲自我。父亲的婚姻家庭观念在女儿心目中似乎成了不可更改的金

---

① 梅卓：《秘密花蔓》，《麝香之爱》（中短篇小说集），第113—114页。

科玉律，"安心持家"成了卓玛结婚后遵循的生活条律。她把操持家务、照顾丈夫视为自己天然的义务，愿意为此而付出一切。在她的心目中，丈夫就是生活的全部，丈夫就是她的"神"；每天能看到丈夫，她才能够感觉到生活是安全的；如果离开了丈夫，她的生活似乎就不能继续下去。于是，她竭尽全力满足丈夫的各种要求，甚至不惜牺牲自己仅有的爱好：

> 卓玛叹息着，拨了丈夫的手机。手机是两个月前买的，她卖掉一幅比较得意的唐卡，想筹措资金为已画了大半的巨幅唐卡买些画具，可是丈夫说他在外应酬，应该拥有一部手机，他说城市的男人没有一部像样的手机，等于没有身份，而他作为略有名气的艺术家，没有身份哪有立锥之地？她认为他说得有理，暗地里也希望他有了手机后会精神振作，会重拾画笔。从前美好的理想重现眼前，他们夫妻同心同德，既为家庭建设作着贡献，日臻完美的画艺也将名垂历史……她精心挑选了一部机形大方、色彩朴素、价格合适的手机送给他。他抱怨没有摄像功能是这部手机的美中不足之处，然后把自己的小灵通换给她，并告诫她在他出门后没有重要的事情不能随便给他打电话。①

卓玛的付出并不能换来丈夫的"怜惜珍爱"之情，反而刺激了他的由大男子主义滋养出来的脆弱不堪的自尊。但问题的关键并不在这里，痴情的卓玛并没有因为丈夫的"无赖"行为而对其产生任何的不满与憎恨，而是不断地在自己身上寻找原因，时时事事都察其言观其色，生怕一不小心伤害了他。其实，卓玛并不是不知道丈夫的种种"劣迹"——常常夜不归宿，不是喝酒就是打纸牌，丝毫没有家庭观念和"怜香惜玉"疼爱妻子的情分。但卓玛却对此视而不见，把它看作是男人的"本分"，从不在丈夫面前流露不满的情绪。从卓玛对丈夫的态度中可以看出，在她的心目中，丈夫就是生活的一切，而她自己只不过是丈夫生活或生命中的一个附属品或点缀物而已。在以丈夫为中心的生活中，她的价值是以丈夫的生活行为和需求为标准进行衡量的，她所能做的就是不断地付出，毫无索求地付出，以求得丈夫的欢心和满足。就这样，卓玛在作

---

① 梅卓：《秘密花蔓》，《麝香之爱》（中短篇小说集），第 113 页。

者笔下完全成了一个一味地付出，不懂得维护自我的利他主义者。不断地牺牲自我，从而设身处地地为丈夫活着，或者说心甘情愿地做他的影子，就是她信奉的生活信条。为了丈夫她甚至可以牺牲掉自己唯一的人生乐趣——画唐卡，哪怕是偷偷摸摸地画。无条件地牺牲自我，就是牺牲掉自己的一切，包括不可多得的绘画才华。

三是埋没才华。在个人爱好与侍候丈夫之间，卓玛小心地寻找着平衡点，她控制不住发自内心的绘画冲动，但又担心画唐卡给丈夫带来伤害，于是，她想方设法抑制、掩饰着自己画唐卡的欲望，希望不要引起丈夫的不满——那种男人必须强于女人的观念所引发的不满。自从与丈夫独立生活开始，她就不再显露自己高于丈夫的绘画才能，以保证丈夫觉得自己强于妻子，以求得心理上的安慰与满足。就这样，她的才华埋没在了照顾丈夫自尊的"掩饰"之中。从爱情上的无法选择，到婚姻家庭生活中的牺牲自我，再到最后的放弃内心唯一的欲望冲动，卓玛被塑造成了一个彻底的富有牺牲精神的高贵女性。

卓玛似乎具备了传统社会观念所期待的一切优良高贵的品质。温柔贤惠、善解人意、吃苦耐劳、忠贞不贰……作为女儿、妻子、家庭主妇，堪称女性中的典范。毫无疑问，卓玛是作者着意塑造的一位天使般的女性形象。就像天使来到人间，是为了带给人世幸福自由一样，卓玛生活在尘俗之中，也是为了别人生活的自由与幸福。卓玛的高贵品质具有一般的"天使"型女性形象的普遍特征，她使我们不由得想到中外文学作品中的一些带有"理想化色彩"的女性形象。这类女性虽然各有自己不同于其他女性的一些性格倾向，但却有一个共同的性格特征，那就是忘我的牺牲精神。卓玛和奥尼尔《诗人的气质》中的诺拉有着几乎相同的性格品质，卓玛堪称藏族女性中的诺拉。诺拉出身卑微，却被一位有钱人家的公子哥儿看中，并最终嫁给了他。婚后的诺拉把所有的精力都花费在了照料丈夫和家庭上。她从不对丈夫的种种劣迹表示不满，总是以超乎想象的隐忍态度接受丈夫的一切行为。忠于丈夫、恪守妇道、任劳任怨似乎是她的天性。在传统西方文学史中，包括作家本人的写作意图中，都把诺拉视为一个人格完美、品质优秀的高贵女性，把她看作是人间天使，给予了她毫无保留的赞美。卓玛身上所呈露出来的高贵品质与诺拉有着根本的一致性，她的忍耐、忠贞、任劳任怨、以德报怨与诺拉如出一辙。虽然两个女性来自两种不同的文化背景，但二者完全可以合二为一。如果说诺拉是西方文化世界里标准

的天使，那么，卓玛就是藏族文化世界中标准的天使。

前面集中论述、分析了几个比较典型的"天使"型女性形象，从具体的阐述中可以发现，这几个被视为"天使"型形象的女性人物，在某些方面是有一定的差异的。具体来说，这几位女性形象是属于不同类别的"天使"型形象。细而察之，可以分为两类。一类是对美好人性的赞美，它不涉及男女性别观念，具有"人"的普遍特性。这类"天使"型女性形象展现的是作为类别的"人"所共有的某种美好品质或高贵人格，因此她们的审美内涵具有很强的超越性。在这类女性形象身上，人们体味到的是人性的良善和美好，体察到的是人与人之间的真心关爱，感受到的是生活的温馨与幸福。相比而言，这类形象的审美内涵是明确的、单一的。另一类则包含着更为复杂的社会文化内涵，这类"天使"型女性人物最大的特征是隐忍、顺从、奉献。她们恪守妇道，自觉不自觉地以男性的意志为中心，把自己的一切都依附于以男性为核心的家庭之上。从传统"男尊女卑"的伦理道德来看，她们是典型的贤妻良母。她们丝毫不怀疑既定的家庭伦理道德和等级鲜明的男女性别关系，只是一味地付出与给予，并认为只有那样，才是自己作为女人应该践行的人生正道。由于此，面对男性，不管他们有着什么样的生活态度、精神理念、行为方式，不管他们对自己采取什么样的态度——是疏远还是亲近，是冷漠还是热情，是蔑视还是爱怜，她们都会表现出现令人感佩的忠贞、体贴、宽容。虽然有时内心也会泛起阵阵的不快与苦楚，但她们依然认定，这是自己不可更改的命运，因此她们不但不作出任何反抗，反而以德报怨，竭力付出更大的牺牲。如果说第一类"天使"型女性人物所面对的是一种还算平等的男女性别关系的话，那么第二类"天使"型女性人物面对的则是"男尊女卑"的等级关系。因为她们的无私付出，很少得到应有的回报；即便有时获得一些回报，与其付出的相比也是极为不对等的。由此看来，这类女性形象所展示给外界的"天使"般的高贵品质，渗透着值得我们反思的文化内涵。对于这类女性形象，人们还需要以更为开阔尖锐的眼光去检视。

第三节　天使形象的女性意识

　　毫无疑问，当代藏族小说中的天使型女性形象，以理想化的审美方式展现了藏族女性性格品质中最为光亮动人的一面。从她们身上，能够体味和领略到藏族女性冰壶秋月般的高洁品格和善良美好的人生信条，以及充满力量的积极乐观的生活态度。她们身上所放射出来的生活能量和生命体温，会让人们感觉到包含着艰辛苦涩的困苦生活同样充满了灿烂的阳光，曲折短暂的人生同样洒满了香气迷人的鲜花。体味她们一生所经历的一切，感悟她们所表现出的阳光亮丽的生活信念和乐观向上的生活态度，我们的内心不能不为之感动。看着她们柔弱却坚韧的身影，人们内心升腾而起的是敬佩之情和仰慕之意。她们的出现既是人们对人性中美好品质的期盼与肯定，也是对美好生活的期盼与赞扬；既是创作者对美好生活的渴望与赞颂，也是作家对女性伟大人格和高尚品行的讴歌、敬仰。无论是《月圆》中的格桑梅朵，还是《亚曲》中的亚曲；不管是《哦，我的阿爸》中的德木措，还是《秘密花蔓》中的卓玛，以及《小镇故事》中的央金，她们都毋庸置疑地是藏族文化孕育出的优秀女性，她们身上所表现出来的高贵品质、高尚人格和善良仁慈，充分展示了藏族女性身上的耀眼光辉。她们的存在，为民族文化中优秀成分的培植与弘扬发挥了举足轻重的作用。就作家的创作意图而言，这些理想化的女性形象寄托着创作者们对女性生存境遇和生命品质的体察与思考，也包蕴着他们对女性美好品质和善良品行的充分肯定与热情讴歌，还可能包含着他们对现实生活中丑陋世相的不满与蔑视。

　　总而言之，这类女性形象是当代藏族作家呈现给读者的一份独特的艺术礼物，她们在带给人们独特的审美享受的同时，也激发了我们对善良人性的无限渴望，对美好生活的无比憧憬。当然，这仅仅是这类女性形象带给我们的多种审美启迪中的一种。如果换个角度对这类女性形象进行另外一番考察、辨析，就会发现，在她们冰清玉洁般高贵的品质背后，蕴含着深刻的社会文化内涵，隐藏着深刻的社会文化心理意识，也潜藏着创作者或明晰或模糊的女性观和性别观——一种矮化、蔑视女性的女性观和性别观，或者说一种带有鲜明的男性中心意识的女性观。尤其是《秘密花蔓》和《小镇故事》中的这两位人物所代表的女性形象，从她们的生活行为和婚姻家庭观念中，能够感受到的不仅仅是"天使"带给我们的愉悦、敬仰，还有难以担负的压抑与沉重。

从女性主义角度看，"天使"型的女性形象可以被视为男性中心意识的产物，是男性意识占统治地位的社会对理想女性期待的必然产物。由此一来，她们的形象特征中就包含浓厚的"男尊女卑""女性是男性的附属"等此类典型的男权意识。在男权中心意识中，女性被视为男性的附属物，她们天生就低男人一等，因此她们的理想人格就是：以男人为中心，以男性的喜好为自己的喜好，以男人的事业为自己的事业，以男人的一切需要为自己的需要。总而言之，她们是一群没有"自我"的他者，也就是法国女权主义者西蒙·波伏娃所说的附属于男性的"第二性"。在本章中所列举论述的几位女性形象，在一定程度上的确是一群男性的"他者"，是男性的附属物。她们存在的价值和意义，是通过男性对她们的接纳与认可而确立和获得的。尽管她们对自己心爱的男人的付出和牺牲，并不是因为受到了不可抗拒的外界压力的缘故，而是多出自个人的意愿；但她们的付出与牺牲从男女人格平等的角度来看，则是完全不对等的，尤其是《小镇故事》中央金与门巴，《秘密花蔓》中卓玛与洛桑之间的情爱关系。如果说《月圆》中的格桑梅朵与扎西培初两人在爱情关系上两情相悦、彼此关爱体现出来的是人格上的平等和物质生活与精神世界里的和谐，那么，央金与门巴、卓玛与洛桑之间则是一种"仆人与主人"的等级关系，他们之间没有任何平等可言。他们之间的不平等既体现在生活的方方面面，也体现在精神意识方面。央金感激门巴，因为门巴是她一家人的"救命恩人"。因此，知恩图报的央金不但像佣人侍候老爷一样服侍门巴，还把自己的人生未来都交付给了门巴。但门巴对央金的使唤和占有，就像使唤和占有一件无生命情感的物品那样随意轻松。他渴望得到央金，也认为央金是一个勤劳善良的好女孩，并为此而动过一些真感情。但在面对生活现实时，他却表现得非常理智，经济物质原则才是他选择配偶的最高标准。因此，尽管他从央金身上体味到了女性特有的温柔体贴，但对富有舒适生活的渴望，却在理智上使他根本不愿把央金视为自己结婚生子的对象，而是仅仅把她看作自己生命中的一个过客而已。央金只是他为了满足自己一时的欢愉，让孤寂失落的心灵获得些许慰藉的工具而已。理智告诉他，家境贫寒的央金不会给他带来任何物质上的利益，甚至会成为自己过上富裕生活的累赘。于是，当小镇上最有名气的商人东噶愿意把自己的大女儿嫁给他时，他毫不犹豫地就答应了这门亲事，然后略带"歉意"地打发央金回家，把自己冲动时表白过的承诺毫不吝惜地抛在了脑后。对此小说有如下的描述：

> 打定主意，东噶便亲自向这位人见人夸的同乡庄严谨慎地提出。这使得门巴在受宠若惊的同时又不免心慌意乱。他是个骨子里软弱的人，不忍心就这样甩开央金。其实，门巴根本就没有打算娶她。门巴是个聪明人，他知道，央金除了无限柔情和一片好心肠外，什么也不会带给他。而另一方面，姆娣的小嘴，嫩白的皮肤，多少受到一些教育的气质，却是央金怎么也比不上的，也是他自己梦寐以求的。尤为重要的是东噶在镇上也还算是个有威望的人，做了他的女婿自然会沾不少光。这一切都使得天平很自然地倒在了姆娣一边。[①]

现实利益、身份地位，还有美色带来的肉体欲望，直接影响了门巴对"爱情"的定位与选择。央金因为贫困的出身和"卑贱"的地位而无法达到门巴的标准，因此也就根本就不在他的考虑范围之内。

与之形成鲜明对比的是，当门巴与妻子情感出现问题，生活乱成一团糟时，他又想到了央金，让央金来到家里照顾他们的饮食起居，打理他们的生活：

> 正如许多男人一样，由于对虚荣莫名其妙的偏爱，门巴娶了一个乖戾不可及的女人，好在理智一直都很好地占据着他的大脑。门巴觉得自己已经没有什么好说的，人总是能将就过下去。这时候，他总是想起央金，有

---

① 格央：《小镇故事》，《西藏的女儿》（散文小说集），第 255 页。

央金在屋里，隐隐中就会有一种生机，令人感到舒适。这个家现在的情形就如同最偏僻、最廉价的小客栈：脏、乱、差，缺少人情味。而这个婚姻只不过是一种不可思议的冷漠关系的继续。

他开始慎重考虑应该找个人帮忙。他需要每天劳累之后可以吃上热的饭菜，有人为他收拾工具和药品。同时，他更需要有人在他出远门看病时，能够真心叮咛几句，用亲切爱护的目光关心他。从央金的双眼中，他看到的就是这种关爱。①

央金终于来了，还是那身裙袍，只是略瘦了一点，十分平和的双眼让门巴感到亲切。

第一天，她就将屋里重新拾掇了一遍，擦净器皿，把脏的窗帘、被褥、衣物全洗干净，各种东西也都摆放整齐，屋里顿时有了一种说不出的温馨。门巴原本是一个容易感动的人，因为姆娣的原因，他就更容易动情。任何一个比较讨人喜欢的女人，只要能听他的倾诉，对他表示关心，真心地呵护几声，就会获得好感。事实上，他必须爱上某个人。②

对于这位来自圣城拉萨，并被人们看作是有修养有学识的高贵者来说，出身贫苦、身份低微但纯洁如雪、温柔如水的央金似乎就是一个招之即来挥之即去的玩偶。两人之间虽然也产生过些许的发自内心的真情实感，彼此也渴望能够生活在一起，但现实的种种障碍，比如门第、经济利益、身份等，却以更为强大的作用，阻碍了他们之间的进一步发展。对于央金来说，她的出身决定了她只能以一个侍女、仆人的身份出现在出身高贵的门巴面前，而她自己也似乎完全接受了这种"天然"的关系。她与门巴之间"命中注定"是一种不平等的关系，由于此，两人都非常自然地接受了这种"主仆"关系。如果说门巴因为自身的高贵血统而从这种关系中获得的是优越感，并且从内心深处希望保持这种不平等的关系来满足自己的内心需求；那么，央金对此不作任何反抗地"欣

---

① 格央：《小镇故事》，《西藏的女儿》（散文小说集），第 265 页。
② 格央：《小镇故事》，《西藏的女儿》（散文小说集），第 265—266 页。

然接受"，甚至未婚先孕后也没有表现出任何的不满与怨恨，则完全是"男尊女卑"性别观念作祟的结果。这种建立在传统性别观念上的不平等关系对央金来说显然是极不公平的，是对其人格尊严的一种蔑视和侮辱，尽管她自身并不觉得这就是不公平。不能否认央金的善良温顺、善解人意、甘于承担是一种高贵的优秀品质；但同样不能否认，这种高贵的品质背后潜藏的是对女性肉体和精神的贬损与戕害。有必要严正地揭示出来，这种高贵品质是用央金尊严的沦落和人格的降格换来的，它的代价是相当沉重的。毫无疑问，这份沉重的代价使她美好善良的"天使"形象浸染上浓厚的悲情色彩。由此来考察，央金最后离家出走、剃发为尼的行为就意味深长。它既是央金对自己人生命运失望的表现，也是对自己生命不幸的一种无奈反抗。考虑到这一点，我们对她所表现出的"天使"般的美好品行也就会多一份认识与领悟。进一步深入辨认这位"天使"般的女性，我们能够体味到她内心的苦楚与无奈。她的确是"天使"，但是一位受伤的"天使"，折断了翅膀的"天使"。她的受伤，她的折断的翅膀告诉我们，在男权社会里，女性自我意识的缺失和男性中心意识的强大，严重制约了女性对个人权利的主张和维护，破坏了整个社会男女性别关系的和谐构建。女性成为"天使"是以被男性当作附属品为前提的，这是我们从央金和门巴不平等关系中获得的有关性别文化的重要信息。同样的情形也存在于《秘密花蔓》中的卓玛与洛桑之间。

卓玛与洛桑之间的爱情关系从一开始起就是一种不平等的"交换"。卓玛在父亲的决意安排下，嫁给了父亲的得意门生。在父亲看来，把绘画技术传给洛桑，然后让女儿跟着洛桑，那么女儿也就会有个不错的未来，至少在生活上不会太过操劳。但是，就像父亲是一个男尊女卑观念极为严重的男人一样，洛桑也是一个大男子主义者。在他的意识里，女性天生就是男人的附属物，妻子天生就是为丈夫而活着的。他根本没有把卓玛视为与自己有着平等人格和尊严的生命个体，从来不关心她的生活苦乐，从来不在意她的内心感受，从来不尊重她的内心需求，理所当然地把卓玛所做的一切视为她应该尽到的天经地义的义务。如果说洛桑的大男子主义使得他无法以平等的眼光看待他与卓玛的爱情婚姻关系，是可以接受的一种事实，因为洛桑是男性，在一个男权占统治地位的社会里，男人自觉不自觉地怀有这种带有偏见的性别观念也是非常正常的；那么，卓玛所表现出来的无视自我尊严和放弃自我人格的做法，就让人感到难以接受。顺从忍耐是卓玛表现出来的最为鲜明稳定的性格特征。从渴望学画被父亲拒绝，到接受父亲为自己设计安排好的爱情婚姻；从经不住丈夫的劝告随他离开熟悉的家乡来到陌生的大城市画唐卡谋生，到尽心尽力侍候丈夫；从压抑自己的绘画欲望，到放纵丈夫的种种劣迹；从忍受丈夫的冷言冷语，到无奈接受被丈夫欺骗的结局；卓玛表现出了一个"贤妻良母"所具有的最为高贵的优秀品质。但她的这种高贵的优秀品质从强调男女平等、彼此尊重的女性主义观念来看，却是大有问题的，是一种彻头彻尾的个人自我意识的泯灭和女性意识的沦落。因为她的持续不断的付出和顺从忍耐的承受，在他丈夫那里根本得不到丝毫的回报。她的付出和承受是单方面的，更为重要的是丈夫丝毫没有为她的这种付出而感动过，也没有表现出任何的感激之情，相反却表现出了持续的不满和怨恨，似乎卓玛所做的一切不但是应该的，还远远不够。

对于卓玛的付出和承受，丈夫洛桑不懂得珍惜和尊重，这还不是最主要的，更为糟糕的是他压根就不去体谅和尊重卓玛的生活需求和兴趣爱好。他明明知道卓玛的绘画技艺非常出众，甚至超过了自己，也知道卓玛喜欢画唐卡；但他却无视卓玛的内心需求和生活感受，从来没有发自内心地支持过卓玛。他夜不归宿，卓玛利用"独守空房"的时间无意中画出了一幅可以载入吉尼斯世界纪录的巨幅唐卡后，他恼羞成怒，气冲冲地质问卓玛为什么不告诉他。妻子背着他画出这样的唐卡对他来说就是一种耻辱。他的逻辑是：丈夫怎么能不如妻子呢？靠妻子生活的男人是没有尊严的。洛桑的大男子主义和男性中心意识是赤裸裸的，毫无掩饰的。他心安理得地认为，作为妻子的卓玛就应该站在自己的身后，做一个女人应该做的事情——操持家务，而不是想着怎么画唐卡，更不应该表现自己的才华，让丈夫丢脸。洛桑的所想所为根本无视卓玛存在的个体价值，令人愤怒，但卓玛顺从隐忍的态度也让人困惑。毫无原则地忍让承受，没有丝毫的反抗意识，就连对丈夫的一丝微弱的不满都会克制、压抑。她的整个生活的全部内容和目的，就是尽自己最大的努力满足丈夫的所有需要，且不求任何回报。自结婚以后，她始终无怨无悔地操持着家务，尽心尽力地侍候丈夫，一切行动都以丈夫为中心，不管丈夫给予她的是热情还是冷漠，高兴还是生气，不管丈夫是在家画画，还是因酗酒、玩牌而夜不归宿，她都一如既往地践行着自己的职责，守候着所谓的爱情、婚姻。在高尚的灵魂的驱使下，卓玛所做的一切既辉耀出了她的牺牲精神，又强化了她的奉献信念，也锻造了她"天使"般的高尚品质，并由此而陷入无原则的隐忍循环内无法自拔。

在被卓玛温柔贤惠、无私忘我的奉献牺牲精神深深感动的同时，我们也为她漠视自我、作践自我的自我迷失感到惋惜。也许作为个人，她有选择自己生活方式的自由，在这种自由中她的内心也许是满足的、愉悦的。于是，侍候丈夫、照料家庭，把爱情的最高境界视为无私奉献和忘我地承受，成了她心目中的理想生活。这看起来的确无可厚非。但从社会进步、妇女解放的宏观视野加以审视，就不得不指出，卓玛所信奉的社会性别观念和践行的生活方式，是有着很大的局限性的。她和央金一样，把自己的人生追求绑定在对男性极度谦让隐忍的生活轨迹上，所做的一切完全符合男性中心社会文化体系对女性的评判标准。她们之所以被视为"天使"，除了人性之中求善向美的本能驱使外，还因为她们对自己所爱的男人的无条件的奉献、不对等的牺牲。她们以牺牲女性自我价值为代价，获得了一个美好的称谓，但也构建了一种没有平等、尊严、自由的男女关系。显然，这种缺乏女性自我意识和性别意识的女性观、生活观、婚姻家庭观，与提倡男女平等、相互尊重的社会进步观是背道而驰的。鉴于此，在对卓玛的牺牲精神和高贵品质表达我们崇高的敬意的同时，也要清醒地意识到，卓玛身上所表现出的这种陈旧意识不利于社会和谐平等发展。由此也必须意识到，对于受传统男女性别观念和婚姻家庭观念的影响与制约的卓玛、央金这类女性，绝对不能一味地赞同和讴歌，而应该对她们的那种漠视自我，带有男权色彩的性别意识进行理性的辨析与批判。

第四章

尼姑形象

　　佛教文化是藏族文化中占主导地位的文化。受此影响，藏族民众对佛教的信仰，就成了一种在思想意识领域内最为普遍的现象。在诸多信仰方式中，跳出红尘、皈依佛门是比较常见的一种。在高原上散落的寺庙中，总有许多善男信女以自己短暂的生命守候着心中永恒的信念，把最为诚挚的情感奉献给心目中的神佛。清心寡欲伴着青灯黄卷，喃喃经声中，他们为自己，也为芸芸众生祈祷。这是生活在高原上的藏族民众中常见的一种文化景象和生活方式。这其中，女性出家人的生活处境和精神心态，以及她们隐秘的情感世界，往往带给人们无限的遐想。对于这类女性的生活状态和情感活动、精神意念，藏族传统文学有过描述和反映。当代藏族小说中虽然以尼姑为主人公或主角的作品并不多见，但作品中穿插出现女性出家人形象的现象却并不鲜见。这些作品虽然不能全面透彻地反映整个女性出家人群体的生活状况和精神、情感世界的细微波澜，但却也能够在某些层面上反映这类人群的心路历程和生活情状，并揭示某些社会文化内涵。

第一节　个人生命踪迹背后的社会变迁

　　相对于整个社会的发展过程来说，个人的生命踪迹似乎是微不足道的。但历史面容的构成与显现，往往是通过一个又一个个体的"生活面容"交叠、融合来完成的。由于此，当艺术家们试图借助艺术创作来探索社会历史变迁的轨迹，展现社会历史中的某些特殊场景的时候，往往会依靠艺术概括的方式来达成这一艺术目的。而读者在试图借助艺术作品了解、认识某一特定时段的社会历史变迁的时候，往往也会以聚焦式的阅读分析策略，通过作品中出现的某些特定的艺术要素或艺术场景来达成这一目的。在以叙事为主要艺术手段的小说中，不论是作为创作主体的作家，还是作为阅读主体的读者，似乎更倾向于采取这一策略完成对社会历史的艺术展现和理性评判。而在众多的小说艺术因素中，人物形象似乎是一个能够最为有效地引起人们关注的因素。艺术家和读者大都会借助人物形象的种种精神踪迹和生活踪迹，来反映和揭示社会历史的精神风貌和变迁踪迹。这个时候的人物形象往往就会担负起呈现社会历史面容的艺术重任。循着此种艺术思维路径，考察长青的小说《唵嘛呢叭咪吽》中的尼姑形象，就会从她的身上发现一些重要的社会文化信息和特别的审美内涵。

　　《唵嘛呢叭咪吽》的故事背景涉及两个时代，一是"文革"，另一个是"文革"之后的新时期初期。故事的主人公娜吉是一位受人尊敬的老尼姑。她年轻时就入寺为尼，成了红尘之外的修行者。尽管如此，寺庙并没有为她提供平静的安全保障，把她与外界社会隔离开来。整个社会的动荡变化对她的出家生活产生了巨大影响。小说通过尼姑在转经路上断断续续的回忆，借助她对宗教信仰的认识不断转变的过程，形象生动地揭示了社会发展的曲折轨迹和种种宗教文化现象。

　　尼姑娜吉有着虔诚的宗教信仰，由于其身份地位的特殊，得到了周围群众的敬仰与爱戴。转经是她生活中唯一不可忽视的重要功课，从来没有间断过，除了"左倾"思潮泛滥的"文革"时期。小说就是从"文革"结束后，老尼姑娜吉拿定主意要去重新转经开始的。走在熟悉而陌生的转经路上，娜吉的思绪难以平静，看到转经路上熟悉的景象，她回想起了种种往事。这些往事在把她带入了过去的时光之中的同时，也借助她的种种经历与心理感受，向人们展示了社会历史变迁的一些蛛丝马迹和社会思想意识、精神风气转变的踪迹。

首先，在尼姑娜吉的思想意识转变中能够窥视到"左倾"思潮对宗教活动的消极影响。作为一个虔诚的佛教徒，娜吉渴望恢复转经活动，但在"阶级斗争"统领一切的混乱年代，被视为封建迷信的宗教活动受到了巨大的冲击。大量的寺庙被查封，僧尼开始还俗。娜吉在惊恐困惑中开始远离她坚持了多年的宗教活动——转经。过去令她感到不解与惊恐的许多场景，深深地刻印在脑海深处，始终难以抹去。在过去的年月里，世道好像都乱了，连神都没人敬仰了，那不是造孽吗？时代终于变了，她看到身边发生了许多令人感到欣慰的事情。寺庙里活跃了起来，路上转经的人越来越多，喇嘛开始念经超度亡灵，一些佛教人士还成了政府里的大官要员……这一切使娜吉感到轻松愉悦，她终于可以放心地去转经了。从尼姑娜吉的思想转变过程可以发现社会整体思想文化潮流对一个个体生命生活行为的深刻影响。反而观之，则可以发现，作品让这一尼姑形象也承载了适当的社会历史内涵，那就是借助她来揭示社会风气的转变。事实上，我们的确能够从她的回忆中看到历史的影子，探查到"文革"时期"左倾"思潮是如何深广地影响着普通大众的日常生活。从这个意义上来说，尼姑娜吉可以被看作是一个展示社会变迁的活的"标本"。

其次，尼姑娜吉精神深处的潜意识，深刻地表露了民族宗教心理的稳固与深厚。在转经路上，娜吉睹物思人，回想起了一幕幕熟悉的场景，其中有几个片段与民众的宗教观念和心理意识有直接的关系。通过对这些心理意识的分析，可以发现在普通民众的精神世界里宗教观念的根深蒂固和绝对支配作用。在尼姑娜吉的观念意识里，一切都是有因果报应的。那些在活着时怀有恶念和做过坏事的人，在死后都会遭到应有的报应。在转经的过程中，当她看到路边的一块石头想坐下来休息时，她突然想到了年轻时经历过的一段往事。那时候她还年轻，经常到寺庙周围转经，乐善好施的她总会向路上遇到的为寺庙挑水的小扎巴施舍一些钱物。和她同样年纪的小扎巴江央总是红着脸害羞地接过她手中的钱物，等她稍微走远一点的时候偷偷地看她几眼。江央的这一举动，撩拨起了娜吉情感的波澜，使她有些想入非非。笃信佛教的她为此而感到惊慌不已，因为一个皈依佛门的尼姑在转经的过程中产生这种"邪念"，是会得到报应的。她为此严厉谴责自己，希望神佛能够原谅自己。之后不久，年轻的江央就生病去世了。娜吉把这一事情的原因归结为他"向佛之心不诚实""受戒之心不真"。对于娜吉的这种认识，作品中有过比较详细的描述：

> 江央死后，就曾在这块方石上停放，那天转经经过这里亲眼看到了，样子还是象他的名字那样清秀、憨厚，只是痛苦地紧闭双眼。后来被驮上天葬场，专吃人肉的、贪馋的秃鹫就象有千里眼，一见熏烟就赶来了……想到这里，安妮娜吉恶心地啐了一口唾沫。江央的肉，秃鹫不肯吃，这使得他家里的人感到难堪和不吉祥，据说这样他的灵魂就不能上天，是他生前的罪孽造成的。他有什么罪？会不会是背水时向我投来僧人不应有的目光……后来听肢解人尸的老扎巴讲，江央身上有很多伤痕，肉失去了血气，所以不合秃鹫口味……佛爷真的在惩罚他心不诚么？我修行的心可是虔诚的啊！无论如何让我转完这圈。①

从娜吉精神世界里存在的这种深厚的宗教观念，可以看出宗教意识在藏族民众精神世界里所占据的重要地位，以及它对藏族民众日常生活和行为方式所产生的巨大影响。

第三，展现了社会进步对传统宗教文化心理转变的推动作用。从小说中人物的心理活动可以得知，"文革"时期"左倾"思潮对群众宗教信仰和活动产生了巨大的冲击，一些信教群众在严酷的阶级斗争下被迫放弃宗教信仰。这种借助社会政治力量进行的社会文化改造，并没有从精神内部对群众的思想意识完成重塑。他们对宗教的认识与信仰，从公开的形式转变成了暗中活动，一切都在他们的精神内部运转着，似乎并没有改变些什么。这一点，还可以从尼姑娜吉的一些人生经历中得到证实。娜吉在阶级斗争异常激烈的年代里迫于形势的严峻而放弃了自己坚持了多年的宗教活动，但她在内心深处却从未对自己信

---

① 长青：《唵嘛呢叭咪吽》，《当代藏族短篇小说选》，民族出版社 1985 年版，第 81 页。

仰的神佛有过怀疑。她只觉得，那些到处破坏寺庙、批斗宗教人士的年轻人是在作孽，将来一定会受到神佛的惩罚。

新时期开始后，随着思想的解放，社会情势也发生了巨大的转变，宗教信仰得到了国家政策的保护，人们的思想观念开始有了新的动向。已经好久没有到寺院去转经的娜吉决定去转经了，她觉得自己的好日子又回来了。娜吉对神佛的信仰似乎难以改变，因为经历了那么多挫折之后，她居然还对神佛忠贞不渝、敬仰有加。但事情似乎又没有那么绝对。虔诚的娜吉无法相信别人对自己的劝告，但却不能拒绝自己的切身经验。当残酷的现实告诉她神佛其实是虚无缥缈的幻影时，她对神佛的信仰就此而发生了戏剧性的转变。

很显然，作品试图通过娜吉这一形象来阐释某些社会历史内涵和宗教发展规律。从娜吉的精神和心理的变化过程看，作品试图展示这样一种宗教文化逻辑：对于宗教信仰和宗教文化心理来说，借助强迫性的外在力量是无法使其发生变化的，最好的办法是通过社会科学水平和整体思想认识水平的提高来促进人们思想意识的变化，这样才能达到预期的效果。尽管小说通过塑造娜吉这一尼姑形象来揭示这样的文化逻辑显得有些生硬，有概念化、公式化的缺陷，但娜吉这一形象在一定程度上还是达到了作者的创作目的。对于一篇短篇小说来说，能达到这样的艺术效果也是难能可贵的。

第二节　难以忘却的红尘

对于一个青春貌美、心地善良的女孩子来说，获得一份甜美的爱情似乎并不是一种过分的渴求，似乎也不是一件难事。但对于《铁匠的女儿》中的姆娣来说，这却是一件难以达成的人生追求，她唯一能做的就是"斩断情丝，剃发为尼"。一个美丽的女孩，空怀甜蜜的爱情期盼，只能把内心的渴望埋藏在寂寞的心底，在静默的黑夜里慢慢体味。

姆娣生长在藏东一个很小的镇子上。就像美丽清秀的镇子那样，姆娣天生拥有一副令其他女孩子羡慕、嫉妒的姣好面容——清秀、可爱、标致、迷人：

> 很小很小的时候，她就已经出落得非常标致了，大家都叫她"小美人"，她因此成了我嫉妒的对象。那时候的我，时常幻想突然有一天她会变得非常丑陋，而我自己则长得和笔记本夹页里的时髦女郎一模一样。①

在一般人的意识中，这样一位美丽迷人的女孩子往往为爱情所青睐，获得满意的爱情的可能性要比其他青年男女大得多。但姆娣的爱情之路却并不顺利，原因在于她有一个"不光彩的出身背景"。她出生于铁匠家，在信仰佛教的藏族文化意识里，出生于此类家庭里的人都是天生的"贱骨头"，是罪孽深重的人，因为他们的祖先制造出了杀害生灵的器具。在提倡不杀生的佛教世界里，这是不可饶恕的罪孽，不知要经过多少个轮回才能洗清。于是，人们认为这类人的家庭成员身上流淌的血液是黑色的，他们的骨头也是黑色的。如果与此类家庭里的成员接触，尤其是与他们共用一个吃饭器皿，或者是结婚，就会给自己带来不吉利。在这样的宗教文化心理的促使下，那些出身铁匠家庭的成员就成了人们避之唯恐不及的对象，至于跟他们谈情说爱，结婚生子，那是绝对不可能的。在此种根深蒂固的宗教文化观念的制约下，美丽可爱的姆娣只能接受原本与她个人品性没有关系的人生冷遇。作品中多次写到这方面的情形，其中有一次给人印象颇为深刻。那是姆娣作为"我"的朋友到"我"表姐家做客的场景：

> 大家围坐在一起，喝上了酥油藏白酒，按照习惯大家是共用一个杯子的，可是我却看到表姐在姆娣面前多放了一个杯子，当时我并没有对此特别在意，所以当那个被不断斟满并依此传递到每一个客人手里的杯子到了我的手里之后，我一饮而尽，随后斟满酒杯递向了姆娣，姆娣似乎伸手要接杯子，却又犹豫了一下，这时候我的表姐伸出手把杯子接了过去，马上另一个斟满了酒的杯子被递到了姆娣手中，她喝了一半，将杯子放在了自

---

① 格央：《铁匠的女儿》，《西藏的女儿》（散文小说集），人民文学出版社 2003 年版，第 142 页。

己的前面，没有再传下去。大家又开始有说有笑起来，仿佛什么都没有发生。我感到有些尴尬，毕竟这是在我的表姐家里，况且这种不平等对待的行为做得实在太明显了。在座的各位都穿着居家的衣服，看上去根本没有姆娣干净，那么表姐她们为什么会这么做？我感到很奇怪。回头看看姆娣，她好像并不在意，我便想也许是自己过分的敏感了。①

家庭出身影响了姆娣与他人的交往，别人不愿意与她亲密交往，而她自己也觉得在别人面前是"有罪"的、"低贱"的。因此，面对别人毫不避讳的"羞辱"，她显得很是平静坦然。她所面临的这种社会人际处境，以及她自己所怀有的"本能"的"有罪"心理，直接决定了她的恋爱婚姻的失败。正因为她是铁匠的女儿，被认为血管里流着"黑色的血液"，骨头是"黑色"的，如果与他人结婚就会把厄运带给他人，于是，当纯洁的恋爱受到阻碍时，尽管内心感到很是伤心，但她还是毫无反抗地接受了被"遗弃"的现实。在她看来，是自己命不好，怨不得别人。就这样，在生活中无法获得正常交往的姆娣在又一次遭受打击——失去恋爱的权利之后，选择了剃发出家。

姆娣出家为尼，自然有宗教文化心理的原因，因为在广袤的青藏高原上，宗教在普通民众的心目中往往有着不可替代的重要位置。对于那些世世代代生活在宗教氛围之中的广大民众来说，出家修炼，以此表达对神佛的敬仰与虔诚本是一种很正常的现象。自古以来，青年男女，甚至是年幼的男女儿童剃发出家，变身为僧尼的现象比比皆是。这似乎也没有什么值得大惊小怪的。但对于姆娣而言，选择削发为尼这一信佛之路，显然有着其他更为直接的原因，那就是陈旧落后的生活习俗。是宗教文化观念支配下的陈旧的生活习俗，影响了姆娣的人生道路，使得她从一位对生活充满世俗渴求的美丽女孩，变成了一位脱离红尘的尼姑。从姆娣的成长过程来看，这位美丽可爱的女孩其实对世俗生活充满了美好的憧憬。她羡慕自己的朋友有机会到家乡之外的大地方去长见识；她渴望能得到自由真挚的爱情；当她与自己喜爱的男孩子分手时，她忍不住流下了伤心的泪水，还趴到自己要好的朋友肩上放声大哭，以此来宣泄内心的委屈。所有这些都意味着她并不是一位有心主动出家的人，而是乐意享受世俗日

---

① 格央：《铁匠的女儿》，《西藏的女儿》（散文小说集），第 144 页。

常生活的普通女孩。她最终选择出家为尼，显然是不得已而为之的结果。换句话说，姆娣选择出家为尼，是因为在正常的世俗环境中，她找不到自己生活的位置，无法获得别人的认同，甚至都无法获得自己的认同。在世俗生活中，她活着的价值是负数，因为她只能给别人带来不安与"凶险"。为了自己，为了他人，姆娣只能选择出家为尼，通过潜心的修行来为自己的"罪孽"赎罪。姆娣的出家为尼是旧有的生活习俗逼迫的，是陈旧的传统文化习俗作用的结果：

> 那些从事屠宰、鞣革、打铁、制金等工作的人以及他们直接的亲戚都被认为是血统不洁净的人，如果和他们进行广泛接触，就会有被玷污的可能。在所有接触中最危险的就是一起就餐和结婚，特别是结婚，不论是谁，只要你和产生不洁的人生活在了一起，那么你本人也会受到同样严厉的社会排斥，而你原来所在的家庭会对这种事的发生感到持久的难堪，社会习俗的要求将使你几乎不可能再在这个家里生活。你选择血统不净的人做你的生活伴侣的结果就是你将被自己的社会集团除名。①

由此看来，姆娣恋爱失败，并最终出家为尼其实是一种被逼无奈但又必然的选择，其深刻的社会文化内涵也正体现在这里。作品讲述姆娣由美丽可爱的世俗姑娘变为清秀稳重的尼姑的"不幸"过程，其实是在展示某种文化心理和宗教观念对人们日常行为的决定性影响。透过姆娣的命运遭际，能够清楚地看到产生这种"失意"情景的文化心理基础和人们对这种文化规范的态度与反应。正如前面所提及的那样，对宗教的笃信和虔诚的膜拜，使得藏族民众对一整套的宗教文化观念和规范深信不疑。这些扎根于人们精神深处的文化观念随着时日也自然而然地成了约束他们生活行为的规范，在无形之中决定着他们的日常行为和生活抉择。当这种规范成为一种普遍的共识后，它的力量也就会波及每一个人的生活，生活于其中的任何一个个体都不会轻易对其产生怀疑，于是个人的命运也就会按既定的方向发展下去。《铁匠的女儿》里的姆娣一开始以美丽可爱的女孩形象亮相，最终以尼姑身份结束自己的世俗生活，其间的变化似乎显得有些令人不可思议、难以接受——从其爱情失意的角度来看，她剃

---

① 格央：《铁匠的女儿》，《西藏的女儿》（散文小说集），第149—150页。

发为尼似乎是一个"悲剧"，因为正当的合理的情感需要，被莫名其妙的风俗习惯剥夺了，而且毫无反抗的机会；但从作品的整个叙述过程看，没有人，包括故事的叙述者，对姆娣的命运结局感到悲哀，即使是姆娣本人，也没有对此表现出过分的悲伤，尽管她也曾经为失去爱情而流过伤心的泪水，因为他们把这种现象视为是天经地义的。

熟悉姆娣家庭出身的每一个人对她的"低贱血统"都有着清醒的认识，都心照不宣地对她怀有戒心，并有意识地与她拉开距离。这其中就包括她的初恋男友，那个到大都市上过学，在小镇上颇有名气的知识分子。尽管他很喜欢这个漂亮的女孩子，但考虑到姆娣家庭出身导致的"血液不干净"可能会影响自己家庭，他还是与她分手了，且没有对造成他们恋爱失败的原因产生任何怀疑，也没有做出任何反抗举动。姆娣本人虽然内心伤感，但对此也采取了默认的态度。在她的思想意识中，自己的家庭出身的确是"低贱"的，如果与他人交往将会给对方带来厄运，因此她始终不愿主动与他人深入交往，并常常因为自己的言行和举动而向他人主动解释，说明自己没有伤害他们的意图。比如她邀请朋友到家里吃饭，朋友的家人知道后坚决反对，朋友只好找借口没有赴约。几天后两人相遇，朋友觉得不好意思，明白事理的姆娣没有责怪朋友的爽约，而是主动向朋友道歉说："这事不能怪你，是我不好，我怎么能叫你到我家里吃饭呢？我父亲也为此骂了我。""我知道自己的血不干净，不过我没有想要玷污你，我只是很简单地想要和你吃吃饭聊聊天，我们没有别的意思，我真的没有别的意思。"① 对于恋爱婚姻，她也是主动接受命运的安排，并不停地安抚那个自己喜欢，也喜欢自己的男孩子，说自己没事，不会责怪任何人，一切都是因为自己命不好。从周围的人们对姆娣"家庭出身"的态度，以及姆娣个人对自己"血液不干净"的问题的认识来看，宗教观念规范下的铁匠家庭出身的人"血液不干净""骨头是黑的"这一认识已经成了一种普遍的共识。那些因家庭出身而导致"血液不干净"和"黑骨头"的人无法过上正常人所过的生活，无法与其他人形成良好自然的人际关系，总是受到他人的排斥，并不是人们对他们进行有意伤害，而是他们命不好，或者说前世作孽太多，今生遭到报应的必然结果。这种因果关系在深信生命轮回思想伦理的藏族民众那里，是

---

① 格央：《铁匠的女儿》，《西藏的女儿》（散文小说集），第 146 页。

生命流变所遵循的唯一方式，是不容置疑，也难以更改的方式。因此，姆娣所遭遇的这一切不会引起人们的悲伤，只能引起人们对生命的忏悔。相应地，姆娣的命运也算不上悲剧，她的生命轨迹只是因果报应关系的现实演绎而已。这是我们从作品所提供的内容那里所获得的文化信息，是遵循作品人物所处的文化背景和所提供的生存逻辑进行的认识与判断。很显然，这样的逻辑在符合传统文化规范的同时，却暴露出了扼杀人性自由、剥夺无辜者权利的严重缺陷。

毫无疑问，从传统宗教文化的角度来审视姆娣的命运遭际，她遭受的一切是因果报应的必然。由于家庭成员直接或间接杀生所造成的罪孽，以及由此所形成的家族的"血统不净"的事实是不容否定的，他们必须为此而付出承担"报应"的代价。但是，这种在传统文化规范下看似合理的因果报应关系，在现代理性意识的检视下，却是极为不合理的。勘察这些不合理的因素，也许姆娣这一女性形象能够给予我们积极的审美启迪。

首先，把宗教信仰与传统文化中落后、蒙昧的思想观念等而视之，显然具有以偏概全的缺陷。很显然，佛教不杀生的教义教规是合乎其以善为本的宗旨的，它倡导和希望人心向善的目的也是符合人类社会发展要求的。但以此把从事制造刀具这类能够用来杀生的器物的那群人钉死在因果报应的生命轮回的轨道内不得翻身，并把这种罪责延续到他们的后代身上的"因果逻辑"，却是没有任何道理的。且不说制造杀生"凶器"的匠人们是否就是罪孽深重者，简单地按照"血统论"的荒谬逻辑把这种本身子虚乌有的罪孽推及他们后人的身上，无论如何也是极不合理的。作品中姆娣的先辈中的确有人是铁匠，他制造过刀具，但这并不能说明他身上的"血液是不干净的"，更不能说明他把这种"不干净的血液"传递给了后代。以一个人所从事的职业来推断其是否罪孽深重本身就是不可靠的，而依据这种不可靠推断又断定其后代也是罪孽深重者，显然是站不住脚的。在姆娣形象的最终完成过程中，把宗教信仰所导致的不合理的文化习俗和心理意识与宗教信仰混为一谈、彼此不分的思想意识发挥了重要的作用。这是需要我们警惕的，因为它才是造成姆娣不幸遭遇的罪魁祸首。

其次，姆娣恋爱失败，最终剃发为尼的遭遇也与传统男尊女卑的不平等的性别意识有关。作为一个女性，姆娣因家族"血液不干净"而无法得到自己向往的爱情生活，但从作品的描述中我们似乎可以获知，具有类似血统的男性要比女性幸运一些。他们尽管也受人歧视，但可以娶妻生子，组建家庭，过上正常人需要的世俗生活。因此，从姆娣的命运遭际中，我们还可以看出传统文化中男女有别的性别意识。这也可以说是姆娣这一女性出家人形象给予我们的审美启示。

总而言之，虽然作为出家人的姆娣形象在作品中刻画塑造得并不丰满，但如果我们不作苛刻的审美要求，而是从社会文化的角度对其加以深入考察，就会发现，这个艺术形象其实包含着深厚的社会文化内涵。

第三节 被红尘缠绕的修行者

对于许多斩断青丝，削发为尼的出家女性来说，她们出家修行是想摆脱世俗尘扰，尽心竭力地培育个人德行，既为自己的来世修得善果，也为大众的来世祈福，从而完成神佛赋予自己的神圣使命。这似乎是宗教修行中最为理想的境界。但许多时候，理想的境界往往只存在于人们的美好憧憬之中，现实境遇并不总是符合人们的心理设想。世俗世界自不待言，宗教精神领域也不例外。那些进入清静幽深的寺庙而远离世俗的出家人，往往并不能像世俗红尘中的芸芸众生想象的那样，完全把生命交给自己信仰的神佛，成为超凡脱俗、不食人间烟火的世外高人。事实上，来自红尘世俗之中的出家人常常很难摆脱凡胎肉体赋予她们的与生俱来的世俗欲望，也无法斩断潜藏在体内的红尘情丝。因为她们的命运许多时候并不掌握在自己手里。换句话说，她们之所以寄身幽深清静的寺庙，成为红尘之外的脱俗之人，许多时候并不是她们自己的选择，而是外力，尤其是来自家庭力量作用的结果；她们的修行之路承载着生活在红尘之中的亲人们的现实渴望与期盼。这很大程度上决定了她们无法抛却红尘的干扰，而成为了无牵挂的世外之人。说到底，她们不是在为自己出家修行，她们是在为整个家族"修行积德"，是在为他人的人生目的"修行积德"。这种难以摆脱的世俗使命，决定了她们在红尘之外的世界里不由自主地演绎着充满了红尘色彩的人生故事。格央的小说《灵魂穿洞》，就讲述了这样一个身在寺庙但心系红尘的故事。

一个是贵族小姐，一个是仆人的女儿，两个生活在同一空间的女孩子，却因为同一件事情上演了不同的命运交响曲。妮是朗多老爷庄园里的仆人娣的女儿，她与朗多老爷的女儿央的年龄一样大，因此从小就与贵族小姐央生活在一起，成了央最好的伙伴，两人因此还结伴被送进了附近的尼姑庵学习。妮能够获得去尼姑庵学习的机会，是因为她是贵族小姐央最好的陪侍伙伴，可以侍候离开父母的贵族小姐。这两个看似没有多大差别的女孩子，在她们即将成年的时候，生命的轨迹却发生了令人意想不到的变化。这一出人意料的变化，直接将她们推入了与她们心性志趣相背离的生命轨道上，也使得她们的父母的意愿就此落空，并为日后的不幸生活埋下了痛苦的种子。

作为贵族小姐的央拥有天然的优越条件，未来美好的生活道路不用自己操心，父母就可以为她安排妥当。事实上，央的母亲就是这样去做的。在得不到丈夫贴心的关爱之后，她把所有的心思都花费在了女儿未来幸福生活的设计规划上。她先是送女儿去尼姑庵学习文化知识，希望能够把女儿培养成一位有涵养的且懂得处世的高贵女性。所以她让女儿在尼姑庵里待了八年。等女儿长大后，她开始着手为女儿安排婚姻大事，希望女儿能够找一个体面的男人，既能够获得他的爱，又能过上一种体面的生活。她相中了聪明能干，在外经商多年的梅侬。以感谢梅侬多年以来对儿子的照顾为借口，她把梅侬请到了朗多庄园，并刻意安排他与央一起游玩。自以为是的朗多太太开始憧憬女儿和梅侬结婚后一家人的美好生活。为了实现自己的美好意愿，朗多太太不惜以蒙骗的方式，把女儿的伙伴妮推上了一条不属于她的人生之路。

就在朗多太太为女儿的婚姻大事做精心安排的时候，尼姑庵寻找转世活佛的神圣活动开始了。经过多方寻找，根据神佛的指引，转世活佛的人选被限定在了朗多庄园里年龄相符的女孩子中间。在这样的人选中，年龄相符的只有贵族小姐央和她的玩伴妮。尼姑庵的住持决定依照神佛的指引，在这两个女孩中选出前世活佛的转世。得知消息的朗多太太心急如焚，因为种种迹象表明，自己的女儿央就是转世活佛。她清楚地记得，她生病时，前世活佛为她占卜、治疗，临行前留下了一个密宗鼓，说是送给她女儿的。尽管当时她还没有女儿，但三年后她确实生下了一个女儿。同时，女儿还常常表现出许多令人惊异的举动，比如很小就会像大人一样走路，喜欢一个人到家里的经堂里煞有介事地念经。女儿五岁那年到尼姑庵朝拜，哭哭啼啼不肯回家；八岁那年被送入寺里时，显得异常高兴，一点也没有流露出离开母亲的悲伤。所有这些，使得朗多太太坐立不安，她决不允许自己的女儿到寂寞清冷的尼姑庵里去做一个远离红尘的尼姑，哪怕她是受人敬仰的活佛。在对女儿的"爱"的驱使下，朗多太太铤而走险，决定通过偷梁换柱的方式让女儿的伙伴妮来做替身，去充当转世活佛。主意一定，朗多太太迫不及待地从外地赶回小镇，来不及在家里停留，急匆匆地赶到妮的母亲那里，编造出了一个看上去天衣无缝的故事。她拿出圆寂的女活佛留给央的密宗鼓，煞有介事且非常动情地对妮的母亲娣说，这个鼓是女活佛留给妮的，由于自己一时的贪念，才把鼓留在了自己家里。如今依照寻找活佛转世的仪轨，密宗鼓应该交给前世活佛的接替者：

> "娣，我昨天想了一夜，思考了许多问题，我想女活佛将鼓留给妮是有道理的，妮从小就很聪明，浑身充满灵气，虽然她只是陪着央读书，可是她总是比央学得快，那年我们准备送央去寺里，尼正生着病，你舍不得她走，我们也很犹豫，可是她硬要同去，到了寺里，她的病也就奇迹般地好了，你说这一切不都是很好的迹象吗？"

> "娣，我之所以今天在你的面前坦白这所有的一切，是因为活佛转世是一件关系很大的事，与此相比我的脸面又算得了什么？我已经彻底想通了，可悲的是这么明白不过的道理，我却执迷不悟了二十年。"

> "娣，"太太哽咽着，"你能不能答应我，明天在住持的面前说这面鼓是活佛亲手交给你的。"

> "你不用担心，明天，我照您的意思办。"①

就这样，自以为是的朗多太太完成了"挽救"自己女儿的重任。妮不出意外地被认定为转世活佛，带到了幽静深远的尼姑庵。这是妮所没有想到的，也是其母亲没有想到的。然而，让朗多太太想不到的是，她的女儿央居然完全不顾她的劝告，也选择了出家为尼，成为了一个远离世俗的修行者。接下来的故

---

① 格央：《灵魂穿洞》，《西藏的女儿》（散文小说集），第187—188页。

事更是离奇古怪、令人诧异。原本是活佛的央皈依佛门，潜心修行，但只能是一位普通的尼姑。被稀里糊涂选为活佛的妮因禁不住外界的诱惑，跟随年轻的医生次仁远走高飞，希望过一种逍遥自由的幸福生活。但事与愿违，年轻的医生很快抛弃了这位曾经令他神魂颠倒的女活佛而独自远去了。孤身无助的妮为了生存只好嫁给已有两个妻子，但家境地位却非常显赫殷实的松。从此她的命运走向了不可挽救的灾难之途。原来松是朗多太太的儿子，他之所以能够如此富有显赫，完全是依仗自己的家庭，松本人只不过是个浪子一样的是非之徒而已。因此，尽管妮为松生下了一个儿子，但秉性难改的松却始终没有珍惜自己美好的眼前生活。在毫无节制的吃喝玩乐中，他很快就声名狼藉，变成了一个无用之人。不堪忍受的妮决心离开松，但气急败坏的松却像不散的阴魂一样找到了她，并用极为暴戾的方式蹂躏妮。气愤不过的娣看到女儿非人的境遇后失手杀死了松，而后自尽身亡。最后只留下因受惊吓而神经错乱的妮，孤零零地游荡在无亲无故的世界上。

从作品的主题来看，《灵魂穿洞》这篇小说的所表达的意蕴是多层次的，而这些彼此关联的主题就包含在妮和央这两个女性出家人的命运遭际之中。这两个女性出家人形象包蕴的艺术文化内涵和社会内蕴体现在以下几个方面。

首先，从两人的命运遭际中可以发现，红尘之外的佛门净地与凡夫俗子的世俗欲望，有着难以割断的利益关系，而妮和央各自走过的道路就直接呈现了这种难以割断的利益关系，并进而表现出神圣宗教信仰也会在世俗利益和欲望的支配下遭受扭曲和玷污的现实。对于信徒来说，宗教信仰是神圣的，是需要用全身心的投入去完成的毕生使命。它似乎与现实利益和世俗欲求是断然分开的。但这只是一种理想化的精神境界，因为在现实生活中，宗教行为、宗教欲求往往与现实欲求有着千丝万缕的联系，这就决定了人们的许多宗教行为必然会与世俗需求发生直接的关系，并因此而影响到宗教信仰"纯粹性"。这种情况不但发生在一般宗教信徒的宗教行为中，也会发生在一些重要的宗教活动和重要的宗教人物身上，比如一些地方性的转世活佛的遴选、认定上。审视《灵魂穿洞》两位女性出家人的命运轨迹，这种认识就会得到进一步的确定。从八岁起，央就被送进了尼姑庵，但父母送她到尼姑庵当尼姑的目的并不是让她成为一个虔诚的宗教信徒，也不是为了让她将来成为宗教界的知名人物，而是为将来过上一种体面富足的世俗生活做准备。央被送进尼姑庵是为了学习文化知识和为人处世的礼节，为将来进入上流社会做必要的"功课"。从央的早年经历来看，她的出家为尼完全是父母依照他们自己的世俗要求而安排的一次"求学经历"，与宗教修炼、朝佛祈福关系不大，甚至有些抵触与背离。如果说央从小离开父母，进入清静幽深的寺庙包含着父母"望女成凤"的殷切希望，是一种极为正常的亲情的自然流露，是完全可以理解的、接受的，尽管这对宗教信仰来说似乎有些不太敬重；那么央的小伙伴妮作为"陪读者"也被送进寺庙，则直接"暴露"了信仰与世俗欲求间直接的利益关系。妮作为朗多庄园里仆人的女儿，她的家庭出身和地位身份决定了她的命运只能由他人来安排。由此，她在毫无选择的情形下，以陪侍伙伴的身份被送到寺庙做了尼姑，在此过程中，她完全是被视为一个可以利用的工具而使用的。尽管客观上她在寺庙里陪护大小姐央时，能够过上一种相对轻松、自由的生活，还能够免费学到一些文化知识，但她不自主的出家行为，却表明远离世俗的出家人，其实是无法远离世俗生活的。在她们身上，寄寓着很多世俗欲求，因此她们也就不可能像那些心中只有佛祖的出家人那样潜心修炼，成为救苦救难、名扬一方的世外高人。相反，不是出自本人内心真实需求而成为出家的人的事实，却使她们对宗教并不抱有持久真挚的敬仰态度，她们往往经受不住世俗乱象的诱惑，一有时机，就会采取一些有伤大雅的惊人举动，给原本神圣的宗教蒙上阴影。这一点在妮的身上体现得非常鲜明。

妮从一个普普通通的女孩瞬间转变为女活佛，完全是因为一场人为的精心算计。这种李代桃僵、偷梁换柱的做法本身就是对神圣的宗教仪轨的背离与玷污。而妮后来因爱情而逃离寺庙的做法，则更是对神圣宗教的一次背叛与玷污。妮似乎无法适应从侍候他人的仆人瞬间成为被众人敬仰膜拜的活佛的角色转变。她更喜欢让自己的生活随意化、感性化。于是她总是带着侍从们到寺庙外的山林里、河流边去玩耍嬉戏，释放青春期女孩子所具有的生命气息与活力。在她的内心深处，滚动翻腾着青春少女骚动的情感漩涡，而不愿整天"心如死灰"般地端坐在佛像面前诵经祈祷，潜心修炼。由于此，她敢于大胆放肆地带着随从赤身裸体到河里游玩，在遇到偷窥的男人时并不惊慌，反而充满了种种非分之想，并进而利用自己活佛的身份地位，要求那个偷看自己肉体的男人带着她远走高飞，去享受一种充满了人间烟火气息的世俗生活。妮对自己人生道路的选择，对自己爱欲的大胆释放和满足，从人性的角度来看是完全合理的，但从宗教信仰的角度来看，则是不可原谅的。当然，不管从哪个角度加以考察，都会发现，在宗教信仰与世俗欲望之间，其实一直存在着情与理、感性欲望与精神需求的巨大矛盾。妮在出世与入世之间来回转变的经历，就是对这种矛盾的直接表现。它形象地昭示了现实世界与以宗教信仰为中心的精神世界之间的矛盾冲突。

其次，这两个女性出家人形象，还体现出了佛教所提倡的因果报应的伦理思想。按照正常的程序，真正的活佛转世应该是朗多太太的女儿央。但朗多太太因为私心太重，不愿女儿出家为尼，而是想让她出入于贵族上流社会，过一种体面风光的幸福生活。她不惜违背神佛的意旨，处心积虑地把妮推向了活佛的宝座。妮在尼姑庵里不安分守己地修行，"德行败坏"，最终出逃。两人的行为在佛教教义看来，是不可饶恕的罪孽，是会遭到报应惩罚的。作品也通过妮逃离寺庙后所遭遇的种种不幸，表现了这种因果报应的宗教伦理。这主要体现在以下几个方面。

第一，朗多太太的如意算盘最终落空。朗多太太原本希望通过自己偷梁换柱的锦囊妙计来阻止女儿出家为尼，从而让女儿过上体面风光的幸福生活。为此她不惜采用说谎蒙骗的方式隐瞒当年先世活佛留下密宗鼓的真相，以此瞒过了寻访活佛转世的寺庙住持，使得仆人娣的女儿妮替代自己的女儿央成了转世活佛。朗多太太的这种蒙骗行为显然是不符合神圣的宗教仪轨的，是对庄严神圣的宗教仪轨和法力无边的神佛的玷污和亵渎，是一种不可饶恕的罪孽。按照因果报应的宗教伦理，她将会受到惩罚。对于她来说，直接的惩罚就是让其如意算盘落空。就在她处心积虑把妮推上活佛宝座后，她的女儿也做出了一个令她极为失望的决定，放弃与梅依结婚，到尼姑庵出家为尼，把自己的毕生奉献给神圣的宗教信仰。得知女儿的决定后，原本轻松得意的朗多太太感到"万分伤感"。女儿的选择，彻底摧毁了朗多太太建立在心中的理想的生活大厦。得不到丈夫疼爱的她本希望在女儿身上获得一些爱的补偿，没想到自己所做的一切努力，到头来却是"竹篮打水一场空"。如果早知女儿会出家为尼，还不如就让她做受人敬仰的转世活佛，自己作为活佛的母亲不也是很荣耀的吗？但哪知道命运却与她开了一个残酷的玩笑。当一切都已经成了不可逆转的事实后，她有苦也得往肚里咽。按照佛教因果报应的逻辑来说，就是"罪有应得"。朗多太太为自己的"罪孽"付出了应有的代价。

第二，包蕴在这两个女性出家人形象中的宗教因果报应思想，还体现在"兄妹乱伦"这一严重违背亲情血缘伦理道德的命运安排上。妮进入尼姑庵后并没有严格按照一个活佛的修持规范来要求自己，反而表现出了青春女性情感骚动的强烈冲动。她不顾宗教仪轨的严肃庄重，带着侍从到大自然中享受青春的气息，无拘无束地在湖水里赤身裸体地洗澡嬉戏，结果遇到了对女性肉体充满好奇的医学院青年学生次仁。次仁抑制不住内心的冲动，悄悄潜伏到湖边偷窥活佛洗澡。得知真相的活佛不但没有表现出吃惊羞愧的神色，反而大胆地站立在水中任凭年轻男人"欣赏"，直到身边的央提醒之才把赤裸的身体缩入水中。之后，在与次仁的接触中，妮利用活佛身份靠近次仁，不断向次仁示好，并最终与他远走高飞。但好景不长，年轻的次仁很快厌烦了眼前的生活。他觉得不应该这样虚度人生，于是抛下妮去寻找自己的理想事业。走投无路的妮在一次偶然中遇到了在边界小镇任职的松，很快两人就生活在了一起，而且有一个儿子。松是朗多老爷与朗多太太的儿子，妮则是朗多老爷与仆人娣的私生女，两人有着一定的血缘关系。妮和松不知底细，结合在一起，造成了兄妹结婚的乱伦行为。兄妹俩结婚的事实令朗多老爷大为震怒，他坚决反对这门婚事，但却对此无能为力，因为两个不知实情的年轻人对他的要求置若罔闻。妮最终与松以乱伦的行为结为夫妻，给家族蒙上了耻辱，也给长辈带来了难言的痛苦。从故事情节的情理逻辑上来看，这似乎也是一种因果报应，是对朗多家族违背宗教仪轨所犯下的罪孽的一种惩罚。对于朗多老爷来说，也是一种具有讽刺意味的惩罚，因为正是他与仆人娣发生婚外情才致使娣生下了妮，从而为后面的一系列"不正常事情"的发生埋下了祸根。

第三，妮的结局的凄凉无助，也是因果报应的一种体现。在小说提及的所有人物中，妮是一个完全没有独立自主能力的人，她生命历程中经历的重大事情，绝大多数都是别人为她安排设计的，而唯一一次自我做主的行为，却给她带来了毁灭性的打击。被意外地推上活佛的宝座后，青春萌动的妮无法压抑情感冲动的潜流，大胆地要求青年学生次仁带着自己离开寺庙。妮不顾自己的身份地位，为了满足个人世俗的欲求，断然放弃活佛秉持的宗教戒律，不但伤害了宗教信众的感情，也对神圣的宗教造成了极为恶劣的影响。这种玷污宗教的恶劣行径，无论如何都是不能原谅的，按照宗教因果报应伦理观念，她必将受到严厉的惩罚。而小说中对她逃离寺庙之后生活境遇的安排设计，也应和了因果报应的宗教伦理。与年轻的学生来到边界小镇之后，妮并没有过上自己想要的幸福自由生活，她很快就厌倦了与次仁所过的毫无生气的平静生活，毫不犹豫地委身朗多太太的儿子松。后来松因为不务正业而失去了行政职务，顽劣的本性开始暴露，动不动就对妮拳脚相加。不堪忍受肉体痛苦的妮和母亲离开小镇，在乡下修筑几间小屋，准备开始新的生活。然而，她的厄运并没有就此结束。不务正业的松在父母去世后完全失去了生活依靠，在得知妮生活在乡下后，他找到妮，不但毫无廉耻地索要钱财，还毫无顾忌地强暴了妮。看到自己女儿遭受如此的羞辱，愤怒无比的娣失手打死了松，之后在惊恐中自杀身亡。受到刺激的妮神经错乱，变成了一个神志不清、精神不正常的傻女人。妮最终为自己的不守戒律、背离佛法付出了惨重的代价。

体现在妮命运遭际中的因果报应这一宗教伦理，显然是佛教文化逻辑的必然结果。"善有善报，恶有恶报"，这是完全符合信教群众的认识观念和心理期待的。但换个角度加以考察就会发现，这种文化逻辑并不完全是合理的，尤其是对于妮这样一个丝毫没有自我独立能力的女性来说，负载于她身上的"报应"，其实是传统宗教文化观念中消极因素作用的结果。从人性正常发展的角度来看，她坎坷的生活经历和凄凉悲哀的人生结局是值得同情的。

作为私生子，她的出生本身就是一个不应该发生的错误，但这与她个人的选择毫无关系，是父母的情欲冲动造成了她生命的降临，并决定了她受人支配的身份地位。至于进入寺庙成为转世活佛，更是外力迫使的结果，她在整个过程中只是一个任人摆布的棋子。从一个普普通通、地位低下、身份卑微的女孩子一下子转变为受人敬仰、膜拜的女活佛，应该说妮的人生道路至此迎来了走向光明的巨大转折。但她似乎生来就带有"低贱"的血统，无法承载起弘扬佛法、普度众生的神圣职责。她的生命之根似乎在她出生的那一刻就深深地植入了世俗红尘中。由于此，在登上受人敬仰、膜拜的活佛宝座之后，她不但没有从一个世俗之人蜕变为佛界神人，反而变得更为世俗平常。她潜藏于体内的世俗欲望借助神圣的地位和身份得到了从未有过的宣泄，最终情感的烈火焚烧了宗教信仰的虔诚之心。以爱情的名义，她义无反顾地背叛了宗教，这真是一个惊世骇俗的大胆举动。对于那些对宗教怀有膜拜之情的宗教信众来说，这简直就是一件大逆不道的"恶行"，是对宗教神圣尊严的玷污和亵渎，是绝对不可饶恕的，必将受到应有的惩罚，但对于妮来说，这是她一生中所完成的一次最具有个人选择意味的生命安排，她为自己做了一次主人，尝试着把自己的命运掌控在了自己的手里。尽管这次带有冲动冒险性质的主动选择，并没有为她带来长久的幸福，反而把她拖入了痛苦的深渊；但对于妮来说，这是她对自己情感需求的一次忠实践行。她在这一代价惨重的选择中完成了一次自我确定，向生活展示了一个少女最为真实的内心世界。虽然妮的选择代价惨重，且严重背离宗教文化规范，但忠实于自己内心需求和情感欲望的行为本身在某种程度上是值得肯定的，因为它完全符合正常人性的合理表达。把一个不是活佛的女孩子强行推向活佛的宝座，本身就是一种极大的不道德。退一步讲，即使是活佛，她也应该有权利继续选择自己想要的生活道路，提倡宽容和慈悲为怀的佛教应该允许一个无心承担活佛重任的人放弃尊贵的地位，去寻求另一种生活。由此看来，无论是从世俗人情的角度，还是从宗教文化的角度对妮的行为进行审视，她的选择都是合理的，都是值得同情的。对于这样一个忠实于自己内心感受而去选择人生道路，且并没有给其他人的生活带来伤害的世俗女性，社会舆论应该给予足够的尊重。她所遭受的一切不幸，不是她个人错误造成的，而是社会外力强加的，包括那些神圣而威严的宗教文化规范。

与妮一起长大的央虽然不是小说中主要人物，但从她与母亲之间的关系能够看到两人之间被扭曲的亲情，能够体味到人的内心世界的驳杂混乱与人性的怪异。与妮相比，央要幸运得多，她身为贵族小姐，从小受父母疼爱，有佣人侍奉，几乎没有经受过任何风吹雨打。生活对她来说就是充满了阳光和布满了鲜花的花园。但央同样也是一个难以自主的女孩，所有的一切都是父母安排设计好的，尤其是母亲，几乎掌控了她生命中的一切。对于母亲来说，央只是一个工具而已，一个补偿自己生命缺失的工具。

以爱的名义，央的母亲为女儿规划好了生活蓝图，从八岁起就送她到寺庙学习，希望她能够知书达礼，成为一个令人羡慕的淑女，赢得上流社会的青睐、仰慕。为此她专门为女儿物色了一个在生意场上春风得意，看上去前途无量的"成功人士"，希望女儿能够获得这位男子的真爱，夫贵妇荣，过上体面舒适的幸福生活。从表面上看，这是一个母亲对女儿正常爱意的表达，完全符合人之常情。但仔细审查这种"母女之爱"所潜藏的深层动机就会发现，她对女儿关心、爱护，其实是情感扭曲的一种表现。她为女儿所做的一切，其最根本的动机是为了满足自己无法获得的男女之爱，是对丈夫移情别恋的一种变相反抗与不满。如此一来，无辜的央成了她满足自己"私欲"的一个工具。何以言此？这还得从她与丈夫之间的"无爱的婚姻"说起。

央的母亲虽然嫁给了自己爱慕的男人，但却无法从他那里获得发自其内心的真爱，因为这个男人深爱着另外一个女人。这使得这位充满活力的贵妇人感到既失望又难过，生活对她来说是那样的残酷无情：

> 他占有着她，却并不爱她。
>
> 她给他爱的体贴，他却给她冷淡的义务。
>
> 这是为什么？
>
> 因为她爱的是另一个女人，这就是答案。因为我永远也不可能成为那个女人，所以他从来没有爱过我，并且永远也不可能爱我。
>
> 多么残酷的答案，却是正确无误的答案。①

知道无法挽回丈夫心意，她把所有的爱都转移到了女儿身上，年幼无知的央也就成了寄托她亲情伦理之爱和获取爱之补偿的承载物。她觉得自己已经失去的东西，决不能让女儿也失去，女儿应该找一个爱她的男人；女人有了爱自己的男人，其他一切都是次要的。她以自己的一生作比照，规划、设计女儿的未来人生：

> 太太呆呆地望着镜中的自己——一个美丽却充满忧愁的女人，这个女人心底里永远都在惋惜着她那没有爱的一生。因为没有爱，所以这个女人的美丽、富足和高贵在她的眼里都毫无价值；因为没有爱，所以这个女人一生都在渴求，在她眼里，世上没有比爱更珍贵的东西了，年龄越大，她便越发固执地对此不肯放手。她爱自己的女儿，非常爱，所以她不能让爱这种世上最珍贵的感情从女儿身边擦肩而过，她丢不开她是因为自己从来就没有拥有过它。
>
> 那么女儿会怎么想？她是爱梅的，可是她也是爱寺庙的，这两种爱哪一个对她更宝贵？朗多太太希望央不要对那种华而不实的东西动心，可是

---

① 格央：《灵魂穿洞》，《西藏的女儿》（散文小说集），第158页。

希望终归只是希望而已。

　　看着镜中自己那种被担忧弄得疲乏不堪的面孔，太太心里蓦地升起怒火，就在那一刻，一种不可动摇的决心牢牢占据了她的思想，无论如何，她不打算听天由命。①

　　在这位固执的母亲的思想意识里，央是自己的女儿，她需要用母爱去为央设计理想的生活蓝图；同时央更是一个补充自己爱的缺失的桥梁，她要通过央达到自己无法达到的生活目的。从后者来看，央与妮一样，是一个不能自主的女性，她的人生经历所折射出来的宗教文化的斑斓驳杂和人性的复杂难测，无疑是这位出家女性所展示出来的值得我们细细品味的审美内涵。

第四节　央吉卓玛：从出家为尼到寻找新生

　　在以男权意识为中心的社会体系里，女性往往处于被压抑的状态，她们很难依照个人的意愿对自己人生前景进行规划、设计，她们的命运总是由别人来掌控。在喧闹不息、纷争不断的世俗世界如此，在清静幽深的佛门净地也不例外。这就意味着那些所谓的六根清净的出家人不管是主动剃发为尼，还是被迫遁入空门，她们都可能是生活的失败者，是自己人生未来规划的旁观者。这种人生境遇在前面所讲述的几个女性出家人身上体现得非常明显。这似乎意味着即便是远离充满了喧嚣纷争的世俗世界，女性依然无法获得把握自己人生的最终权力。她们的自我意识的缺失，她们所处社会文化环境的封闭，决定了她们只能领受这样的人生命运。当然，自成一体的历史屏障也是有缝隙的，在森严的文化体系的严密规范下，也有一些女性会冲破历史的雾障去寻找属于自己的

---

①　格央：《灵魂穿洞》，《西藏的女儿》（散文小说集），第184—185页。

天空，以卓尔不群的气概，宣示自我价值的不可忽视和压制。央珍的长篇小说《无性别的神》就以少有的女性眼光塑造了一位敢于挑战传统文化习俗尊严和宗教权威的女性形象——央吉卓玛。从受人嫌弃到出家为尼，再到冲破戒律羁绊成为现代知识女性，央吉卓玛身上体现出了潜藏于藏族女性精神内部的自我意识和追求自我价值的勇气、魄力；在她身上我们还能看到近代以来受男权和宗教规范所约束、压制的藏族女性，如何寻找属于自己的光明未来的艰难历程。

央吉卓玛是一个特别的女孩。她的特别贯穿于她的整个人生道路，也决定了她的人生选择。她的特别首先体现在她的出生上。她出生时不但表情"怪异"，而且天气反常，除此之外，她出生时西藏还发生了极为重要的大事：

> "你从小就有一种让大人恼火的好奇心。知道吗？六年前你降生的时候，睁着一双紫红多皱的小眼睛，好奇地转动着脑袋到处张望，人人都在说你是在辨认自己的奶妈。是我已经去世的母亲给你剪的脐带。我在旁边给她做帮手。当时，天正下着大雪，满园都是白茫茫的雪花，我听到窗外一阵窃窃私语，有人说府上添千金本是件喜事，可是有喜事时怎么可以遇大雪呢？不祥，不祥，太不吉祥。也听到有人说，噶厦正在做夏天把十四世如意之宝的达赖灵童迎请到拉萨的准备，吉人天相，也许是瑞雪吉兆，当然小姐的出世是好事。后来他们说来说去，为你在大雪天降生争论不休，我心里很不是滋味。你呀，就是让人操心。"央吉卓玛听着，心里有一种奇怪的感觉，不知是悲是喜，她觉得很茫然。①

面对这些不可名状的征兆，人们开始了对她的种种议论与猜测，"没有福气的孩子"从此也就成了人们对她命运好坏的判定，而这个判定也影响了人们对她的态度。她成了不被整个家族待见的"局外人"。于是，她被当作"不祥之物"，排斥出了正常的生活之外，家里所有的人——包括母亲和其他亲戚，还有管家和下人，都不把她视为正常的人，总是对其投去不屑与鄙夷的神态。但就是这样一位不被人待见的小姑娘，骨子里却根植着叛逆的因子。在她的身

---

① 央珍：《无性别的神》，中国青年出版社 1994 年版，第 5 页。

上，始终洋溢着对周围世界难以遏制的好奇，而这种好奇又与她单纯、大胆、直率的性格紧密相连。她爱哭、爱笑，喜怒无常，从来不掩饰自己内心最真实的感受，不管在任何场合，她都以最直接的方式表现自己最真实的想法和感受。由于此，她总是受到家人的迁怒和责备，周围的人把她视为正常生活里的一个"异端"，处处事事都提防着她，担心她惹是生非。但即便是这样，她依然不会收敛自己"极端"的个性，一如既往地我行我素，用各种令人惊异的行为挑战生活中的种种规范和文化习俗。在周围人的眼里，她是一个地地道道的"祸害"，但在叙述者眼里，她却是一位对浑浊不堪的世俗充满厌恶的单纯少女。正因为此，当她生活在没有利益之争、宽松自由的环境中时，就会表现出少女固有的活泼开朗、天真烂漫的天性，对生活充满了喜爱之情，而生活对她来说也不再是一种压抑、负担，相反变成了一种快乐的享受。比如她在德康庄园里与小朋友们一起学习时所经历的快乐时光和自然天性的流露：

> 央吉卓玛一天到晚和一群光着脑袋的男孩子一起读书、玩耍。有时和他们一起下河打水仗。她喜欢和他们在一起，他们勇敢、聪明、会玩，从来不撒娇，很少哭哭啼啼，也不嫌弃她。他们会骑马、会上树、会打弹弓，也会掏鸟蛋，也会下河游泳。她背着奶妈偷偷地骗过一个裁缝给自己剪了个短头。[1]

无拘无束的生活使她感受到了从未有过的人生快乐，在即将离开小伙伴们时，她感到无比留恋，内心充满了怅惘之情：

> 离别德康庄园的时间终于到了。央吉卓玛坐在骡背上感到茫然。她已经习惯了这里处处受人尊敬的生活，习惯了这里的无拘无束，习惯了这里的人们纯朴的交往方式，并喜欢上了这里的一切：私塾、同学、河水、先生、石阶，她尤其爱这座古堡下的庄屋。这座古老的庄屋，有着插满房顶的五颜六色的经幡，狭小古朴的木格子窗户，坚实的墙壁，弯曲的石梯，堆满牛粪饼和干枝藤的矮院子，整日烟火不灭的大厨房，还有她父亲的童

---

[1]　央珍：《无性别的神》，第 220 页。

年，父亲小时候的仆人。在这一切中，她发现了一种强烈而奇异的魅力，在这一切中，她的灵魂得到了两年的安宁。在这里，尽管从幼年起开始的孤独、忧郁有时偶尔还会像针一样扎痛她稚嫩的心，但她心中更多的是自信，是欢乐和骄傲……一想起拉萨，她的心里就隐隐生出一抹惆怅。①

亲朋好友对央吉卓玛的冷漠也刺激了她对世俗生活的厌恶，她的内心世界总是对外部世界充满了渴望之情。她渴望进入开阔广袤的大自然的怀抱，在那里享受无拘无束的自由之快乐与轻松。在去拉萨的路上路过尼姑庵，当看到尼姑庵清静悠然的自然环境和尼姑们气定神闲的生活情态，她情不自禁地对尼姑庵清静自然的安然生活流露出向往之情：

> 央吉卓玛微微张着小嘴，用胳膊撑着窗棂，一动不动地凝神注视着。此时，一种栗色的和平，一种优美的鼓乐，仿佛来自另一个世界，使她感到一直宁静的到心底，有种无法倾诉的恬静。②

这种从没有过的情绪体验也对她之后的生活选择产生了重大影响。后来在圣湖奇异图像的指示之下，她爽快地答应了母亲希望她进尼姑庵学习修行的要求，尽管那时她并不知道尼姑庵里其实也存在着世俗社会中处处充斥的规范习俗。当然，单纯天真、烂漫自由并不是这位出家女性形象最主要的形象特征，这位出家人形象最稳定的性格特征是"与生俱来"的叛逆精神和反抗勇气。也是这位尼姑形象与前面所提及的几位出家人女性形象最大最根本的审美差别。她的叛逆精神和反抗勇气主要体现在以下几个方面。

一是对世俗偏见的叛逆与反抗。央吉卓玛出生时出现了不祥之兆：天降大雪，不停地哭喊。在她的哭喊声中，她的哥哥，家里的二少爷就在她出生的第二天夭折了。家里人都把二少爷的夭折归咎于刚出生的央吉卓玛，认为她是家族的一个不祥之人，是个没有福气的孩子。幼年时期的央吉卓玛不懂世事，并不在意大人们的言行。但充满排斥和厌恶情绪的态度也使得她幼小的心灵很早

---

① 央珍：《无性别的神》，第 226 页。
② 央珍：《无性别的神》，第 228 页。

就感受到了不被自己家人疼爱的酸楚，而那句常常飘荡在耳边的"没有福气"的"咒语"，更使她感到自己是一个"局外人"，使她感到自己生活在别人漠视、嫌弃的压抑之中。但这些无法改变的生活境遇并没有消磨掉她与生俱来的好奇和伴随着这些好奇的不满与反抗。她从不掩饰自己的喜怒哀乐和内心最真实的想法。想哭就哭，想笑就笑，想什么就说什么，想干什么就干什么，完全是一个"无法无天"的女孩子。比如第一次去父亲弟弟的贝鲁庄园时，她被带到了叔叔的房间里。热情的叔叔问长问短地与她套近乎，却没料到她突然大声说叔叔的房间里气味很难闻，结果弄得叔叔和其他人很是尴尬。面色难堪的叔叔虽然没有发火，但心里很不是滋味。为了防止冰雹摧毁庄稼，家里请来了咒师作法，祈求通过作法驱散冰雹。好奇的央吉卓玛看到咒师在楼顶作法，于是偷偷摸摸爬上楼顶，拿起咒师作法的口袋模仿咒师随意乱扔。心急如焚的咒师没来得及阻止央吉卓玛的行为，感到十分气恼，竟然坐在泥水里捶胸顿足大哭了起来。咒师作法受到干扰，结果庄稼遭受灾害，得知真相的继父非常气愤，决定对其进行惩罚。他命令手下人给央吉卓玛住的房屋安上木窗，要求央吉卓玛不许到处乱走，甚至不能走出房门，做一个有教养懂礼节的女孩子。在德康庄园学习时，她嫌自己的头发长，哄骗理发匠给自己理成短发……总而言之，央吉卓玛是一个出生、生活于传统文化规范体系之内的一个异端。就像她出生时发生的怪异征兆一样，她的性格、心理都是与人们通常的认识观念和行为习俗相背离的。这种背离在别人看来是对传统习俗观念的大不敬，是没有教养和不懂礼节的表现，但何尝不是对那些压抑、剥夺人的天性的不合理的陈旧观念习俗的反抗呢？

二是央吉卓玛的叛逆精神和反抗勇气还体现在她不甘心接受既定的命运安排，坚持不懈地寻找属于自己的生活道路，并最终抓住社会转型期所提供的机会，走上崭新的人生道路的成长历程中。由于出生时的不祥之兆和性格上的"倔强乖戾"，以及家族势力衰败等原因，央吉卓玛的命运充满了不确定因素。从记事起，她就过着颠沛流离的生活。从一个庄园到另一个庄园，从城镇到乡间，央吉卓玛的生活几乎就是由一次又一次的"迁移"构成的。正如周围的人们对她的评判一样，她是一个"没有福气"的人，似乎注定要在奔波中度过一生。长大成人后，她顺应自己的心性爱好，出家为尼，希望能够过上一种清静自由，没有喧闹纷争的生活，但之后耳闻目睹的事情却让她很快对心中的理想生活产生了厌恶之情，她开始寻找新的生活道路。一方面，她亲眼看到，寺庙里人与人之间也是不平等的，宗教教义里所宣扬的"众生平等"似乎是一句空话。她作为贵族小姐当然地受到寺庙住持和其他尼姑的照顾，而其他一些身份地位卑微低下的尼姑则经常遭受无端的责骂，还要干一些苦脏累的粗活，这使得她对寺庙生活产生了逆反情绪，开始怀疑自己的选择。另一方面，她了解到母亲之所以忙里忙外、乐此不疲地为自己出家为尼做精细准备，目的在于自己出家后就不用准备丰厚的嫁妆，从而给家里省下一笔不小的开支，这使得她非常愤怒。她由此不再对神圣的宗教生活心怀敬意，开始向往外面的生活。她寻找理由离开寺庙来到拉萨，四处打听关于"红汉人"的消息。寻找"红汉人"既是好奇心的驱使，也是她对新的生活的追求。于是，当看到"红汉人"并不是谣言中所说的"妖魔鬼怪"时，她很快就对他们产生了好感。尤其是当看到昔日受苦受难的那些奴隶们也加入解放军的行列，并受到兄弟姐妹般的关心爱护后，她明白自己终于找到了心目中的理想生活——一种"众生平等"的新型的人际关系和生活方式。至此，她下定决心，开始一种崭新的生活。她为此做出了一个大胆的决定，没有通过家人的同意和寺庙师傅的允许，自己找人在需要家长签字的申请表上签下了家长的姓名。就这样，央吉卓玛加入了中国人民解放军，不久又被派到她早已神往的内地去参观学习，从而彻底告别了令她失望、压抑、苦闷的生活。

对新的生活道路的寻找，既是她对传统文化规范和控制其命运轨迹的外在力量的反拨，也是其自我意识觉醒壮大的表现，展示了她渴望自己掌控自己命运的强烈愿望。央吉卓玛所走过的人生道路，是不断追求新的生活方式的藏族女性所经历一种历史必然。作为一个与其他出家女性形象有着巨大差异的艺术典型，她的身上蕴含着相当深厚的社会历史内涵。

首先，这个女性形象身上表现出了一定的现代自我意识，且在一定程度上展现了能够把这种现代自我意识付诸实践的个人能力，尽管这种现代自我意识并不是自觉的。与前面几节里所论述的女性出家人形象相比，央吉卓玛表现出了很鲜明的自我意识。这主要体现在她对自己既定命运的不认可、不屈服上，包括对宗教文化规范的背离与冲击。前面几个女性出家人形象由于深受传统文化规范和社会习俗的影响，在心理意识和生活行为方面，都显得非常守旧温顺。面对种种不公平，甚至是人格尊严方面的羞辱，即使内心有所不悦，她们也不作什么反抗，甚至都不认为那些不公平是不合理的。她们只习惯于在自己的身上寻找原因，把一切不幸的根源都归咎于自己，比如自认命运不好，在因果报应观念的影响下认为自己所受的一切"灾难"都是前世作孽的结果。她们无视社会观念和陈旧习俗的不合理因素，无怨无悔、心甘情愿地承担一切不幸的后果。这一方面的确能够展现出她们身上所蕴藏的高贵品格和令人钦佩的牺牲精神；但另一方面，却也表现出了自我意识的泯灭和个人价值的丧失，并就此助长了传统落后势力的淫威。从社会历史发展和人格全面发展的角度看，这种丧失自我、泯灭个性的人格素养是一种消极障碍性因素，它无助于社会文化的健康发展和人性的自我完善。相比之下，央吉卓玛的性格特征则表现出了一种积极向上的正向能量。从出生的那一天起，她就被判定为"没有福气"的人，从此之后处处事事受人白眼、鄙视。但这个天生就性格倔强的女孩子始终没有在习惯势力的挤压下改变自己性格取向，她始终尽自己最大的力量维护着自己的内心追求，从不会因为外界力量的压制而屈服，尽管为此她遭受了不少"虐待"和委屈。最终，她依靠自己不断的追寻，找到了自己想要的生活道路，获得了自己想要的理想生活。毫无疑问，央吉卓玛身上所体现出的性格特征具有鲜明的现代社会所要求的人格倾向。她的不断追求和反抗，是自我意识觉醒的重要表征；她对自己渴望的理想生活方式的寻找，是个人价值实现的主要途径，也是个人价值意识觉醒的重要标志。在她身上，真正展现出了藏族女性现代意识的觉醒与个人自我意识的觉醒。与其他出家女性形象相比，央吉卓玛显然属于新的时代，是引领新时代风潮的新型女性。

其次，从这一人物身上，我们能够更为清晰地看到传统文化规范对女性生存价值的漠视和个人才华的压制。与前面几个尼姑形象相比，央吉卓玛曲折坎坷的追求道路更能暴露传统文化规范和社会习俗的男权中心本质。概括地说，包括央吉卓玛在内的其他类型的尼姑形象，都是以男权意识为中心的文化体系内遭受压制、漠视的女性形象。她们的生活秩序无一不是按照"男尊女卑"的等级安排的。可以说，正是她们的性别，决定了她们在现实生活中的种种遭遇。从家庭地位到恋爱婚姻，从学习机会到社会角色，她们都没有选择的余地，只能遵循既定的社会文化规范和生活习俗。在整个人生过程中，她们是一群失去自我的存在，仅有的一些合理的欲求，都会受到无形的文化规范和社会习俗的压制与扼杀。而她们所遭受的种种屈辱性的人生境遇在既定的文化规范下却被视为合乎常理的生活情态。关于这方面的艺术表现，我们在阅读相关的作品时很容易就能获知。但由于作者叙述态度和笔调的不同，在表现这类艺术主题时，往往会给人留下差异性很大的印象。有些作品限于叙述者温和委婉的叙述态度，抑或是对传统文化规范的批判意识的模糊，可能不会着意去强调此类女性所受的种种不公平的待遇，也不会着意揭露传统文化规范中男权中心意识对女性造成的伤害。如此一来，从这类人物形象身上也就体察不到传统文化和社会习俗中由于男权中心意识的存在，而产生的种种不利于女性生存发展的负面因素，从而也就淡化、忽略了男权中心意识对女性所造成的伤害。这种情况显然是此类形象所造成的一种略带艺术缺憾的文化遮蔽。央吉卓玛的出现，在一定程度上弱化了这种缺憾和遮蔽，让读者看到了传统文化中男权中心意识的种种弊端，暴露了以男权意识为中心的传统文化体系对女性方方面面的压制与戕害。

相比其他同类女性，央吉卓玛最大的性格特点是对外界"异己"力量的不断反抗，正是在这种反抗中，我们看到了传统文化规范和社会习俗对女性合理的生命诉求的压制与剥夺。比如，央吉卓玛一出生就被视为是没有福气的女孩，原因在于她出生时表情怪异，同时天正下着大雪，这被认为是不吉利的征兆。而就在她出生的第二天，在她的哭声中她的哥哥夭折了；而在她出生之后，德康家族的运势开始逆转，逐渐由兴盛转向衰落。就在这样的变化中，央吉卓玛成了家族里最不受待见的贵族小姐。但央吉卓玛对家里的一切却有着自己的理解，她从来没有因为家人的漠视和冷淡，甚至是嘲弄，而放弃自己的个性特征。她一直保持着我行我素的行为方式，对充斥于庄园里的种种丑恶的行径充满了厌恶之情，对那些不尊重自己、漠视自己的态度和行为充满了怨恨，并竭力用实际行动作出必要的反抗。为此，她曾经付出过巨大的代价，比如小小年纪就被关在屋子里不能自由地活动，被母亲常年送往别的庄园，像一个没有爹娘的孩子，似野草一样生长。与听话温顺的姐姐相比，央吉卓玛遭受的"摧残"是极为严重的，对此作品通过央吉卓玛的内心活动有多次的描述，在此不妨选择一段具有代表性的片段做些说明。一次，因出于好奇，央吉卓玛拿了护法神殿门上挂着的吸鬼袋吓唬仆人罗桑，结果因为违反宗教禁忌而被母亲关在了仓房：

仓房又黑暗又阴凉，没有一扇窗户，只有从门板的缝隙间透进来的一丝亮光，还有一股强烈难闻的怪味，央吉卓玛紧紧抓住门把，心里感到有些恐慌，脑子也乱极了。为什么？为什么要把我关起来呢？我不就开了个玩笑吗？我不是已经向母亲认错，向护法神忏悔了吗？弟弟妹妹那么任性那么蛮横无理，经常向仆人身上扔碗吐唾沫，还拳打脚踢，却从来没有人说，当他们朝犯人的碗中倒马粪并往上面撒尿时，母亲和大奶妈不是还站在窗帘背后咯咯笑吗？为什么我从来得不到家里人的一点同情和欢心呢？这一切真的是因为像奶妈说的那样，我不会说敬语，不懂得礼节，不向大人乖巧可爱地微笑的缘故吗？她想起了每次家中来客人总是把自己支开，每次全家人外出赴宴就让奶妈把自己带到远处去玩，若自己不答应，就用许多谎话来骗自己或者实在不行就干脆把自己关到卧室里的情景。可那卧室里还有能朝外看的窗户还有许多玩具呀？她闻到了从厨房里飘来的饭菜味，感到自己的肚子空空的，很不舒服。怎么办？自己如果叫喊，弟弟妹妹就会知道自己关在仓房，她们会蹦蹦跳跳地跑过来，准会大大地拿自己开心还会说风凉话羞辱自己。一想到这些，她的心就又难受又紧张，很想小便。她只好咽下唾沫转身朝后面高高的黑糊糊的地方摸去，分明地闻到一股尘土和牛皮的味道。突然，在黑暗中她被什么东西被绊了一跤，她记起奶妈说过的一句话：鬼是从黑暗的地方钻出来的，无形无声。对，这黑暗里肯定藏着鬼。她的心顿时怦怦怦跳了起来，头发发麻，耳朵里充满了一种可怕的声音，似乎是鬼的呼吸声。她恐怖得再也忍受不住了，冲到门边，不顾一切地拍着门，"开门！快开门！"①

央吉卓玛的这段心理活动，既是她对自我不幸遭遇的不满与愤懑，也是对不合理的宗教文化习俗和严厉的家长制的控诉和批判。正是在这种不满、怨恨和控诉、批判中，我们看到了传统宗教文化规范和社会习俗对女性生命存在的无情压制，对她们美好天性的蹂躏、剥夺，从而也就看到了传统宗教文化规范和社会习俗中的不利于人性完善的种种负面因素。正是在这个意义上，我们说央吉卓玛这一女性形象包含着深厚的社会文化内涵，她的生活经历在暴露传统

---

① 央珍：《无性别的神》，第 195 页。

宗教文化规范和社会习俗的消极负面影响的同时，也展示了一种新的文化意向，一种更符合人性全面发展的文化意向。

第五节　尼姑形象的社会文化意蕴和女性意识

毫无疑问，当代藏族小说中尼姑形象的出现，是藏族宗教文化对文学产生直接影响的一种必然现象，其蕴含的宗教文化内涵是不言自明的。因此，考察尼姑形象的文化内涵自然不能忽视它所包蕴的内隐外显的宗教文化内涵。关于这方面的内容，我们在上面的论述中已经略有提及，在此不再赘述。但是，对尼姑形象宗教文化内涵的阐述，不能掩饰或代替其所包含的其他社会文化内涵，比如社会历史内涵、女性文化内涵，以及道德伦理文化等。

一、出家为尼：人生道路的无奈选择

在佛教文化影响深刻持久的藏族地区，女性因为虔诚的宗教信仰而出家为尼，是一种非常正常的文化现象和人生选择。但在诸多女性选择出家为尼的人生行为中，情况并不是单一的。主动放弃世俗生活而选择遁入佛门、潜心修炼，仅仅只是许多女性出家为尼的一种原因或理由。在这之外，还有另外一种特别的情况，那就是，有些女性出家为尼的人生选择并不是主动的，而是被动的。如果说女性主动选择出家为尼，在很大程度上是宗教文化强大支配力的体现和必然结果；那么，女性因为被动选择而不得不出家为尼，则折射出的是社会历史问题和文化问题。在此情况下，有必要换个角度，对女性的这种无奈的人生选择和压抑的生存处境进行新的考察与评述。

事实上，在出家的尼姑中，有不少人的选择是被动的。她们的无奈的人生抉择，是社会习惯势力迫使的结果，也是其无力反抗现实的结果。这种结果昭示了女性在社会生活中往往处于一种弱势的境地。在一些关乎个人生活道路的选择与人生价值的实现的重大事务中，她们往往被不由自主但理所当然地"剥夺"了选择权，只能接受被捉弄摆布的命运。前面提及的《铁匠的女儿》中的姆娣，就是这样一个具有代表性意义的女性形象。姆娣出家为尼姑的原始动机并不是宗教信仰，并不是为了表现自己对佛祖信仰的虔诚之心、忠贞之情，而是婚恋的失败。很显然，姆娣的选择不是她的真实人生意愿的表达，而是被迫的，是无奈的痛苦选择，是对现实婚恋失败的"逃避"。姆娣的"逃避"显然不能仅仅视为宗教文化心理影响的结果，它其实也是社会文化体系中根深蒂固的遗风陋习与落后的女性观念合谋的必然结果。尽管认为姆娣血液中带有"铁匠"的因子这一偏见与陈旧的宗教观念有着直接的关系，但从只有作为女性的姆娣去承担不幸命运的不平等结局可以看出，性别歧视也是导致姆娣出家为尼的一种间接因素。正如作者所困惑的那样，为什么只有女性要担负这种不公正的命运，而男性却可以比女性被社会更为宽容地接受？毫无疑问，姆娣因为婚恋失败而出家，其实也是不平等的社会性别文化的一种体现。其深层的社会根源，既有陈旧的宗教习俗作祟的成分，也有包含着不平等意识的性别观念的因素。姆娣出家为尼的人生选择在巨大的社会历史语境中，已经不是个人行为，也不仅仅是宗教行为，而是藏族女性在整个社会中所处的生存境况的一个隐喻。需要补充说明的是，指出姆娣不是因为信仰宗教而选择出家为尼，并不是要否定姆娣对宗教的信仰，更不是怀疑其对宗教信仰的虔诚程度，而只是想揭示另外一个重要的事实，那就是社会习惯势力对处于弱势地位的女性的伤害。就宗教信仰而言，不出家为尼也可以信仰宗教，换句话说，俗人也能做到虔诚地信仰佛祖，这种情况在藏族群众中普遍存在。如此看来，姆娣出家为尼的确是意味深长的，对于这种意味深长的人生选择，需要穿越表层现象而做一些深度发掘。姆娣的出家行为提供给我们的仅仅是一种可能的启发。事实上，更为驳杂丰富的社会内容和人生的隐秘景观，就潜藏在那些割断青丝远离红尘的女性人物身上。《无性别的神》中的央吉卓玛的出家经历，能够在一定程度上开启一扇窥视一些隐秘的人生景象和社会景观的窗户。

央吉卓玛很小就被送往寺庙做尼姑。她的出家完全是由家人决定，并一手操作的。尽管家人也征求过央吉卓玛的意见，但年幼无知的央吉卓玛只是觉得好玩和好奇，才答应出家为尼的。家人安排她出家为尼的理由是为了央吉卓玛得到幸福。央吉卓玛的姑姑把这个想法告诉了她，说这是家人考虑商量了很久才做出的决定："最后，为了使你摆脱尘世的轮回之苦，广积福德和智慧资粮，最终得到幸福，我们决定让你进入佛门，你看如何？"① 央吉卓玛进了寺庙，她为母亲能够为自己安排这样一个美好的出路而感到欣慰与高兴，毕竟自出生以来，她就因为给家里带来不祥之兆而不受家人的欢迎。然而，她不知道，送她去寺庙，只是母亲为了节省为她置办嫁妆的钱财而已。得知事情的真相后，央吉卓玛既失望又愤懑，这也为后来她不愿安心待在寺庙，偷偷跑出来跟随解放军学习文化知识，选择新的人生道路埋下了伏笔。央吉卓玛出家为尼的原因显然不能仅仅归结到单纯的宗教信仰方面，它其实还揭示了家族内部不同成员之间对各自利益的算计，以及两代人之间存在的情感隔膜与心理冲突。

如果说央吉卓玛出家的原因展现的是家族内部复杂错综的利益关系，那么，央吉卓玛出家的过程和在寺庙里做尼姑的经历，则展示了世俗社会与宗教活动之间更为复杂的利益关系网络。央吉卓玛的剃度仪式比较隆重，无论是寺庙，还是家里，都为此做了精心准备。负责为央吉卓玛讲授经文和安排她生活起居的老师，也是经过精心挑选的，是寺庙里很有学问且秉性很优秀的资深尼姑。作为贵族小姐，央吉卓玛还可以带佣人到寺庙陪她做尼姑，并帮助她完成老师交给的体力活。央吉卓玛作为一位年幼且刚刚入寺的小尼姑，就可以享受比其他尼姑优厚的待遇，显然不是因为她在资质方面比别的尼姑有特殊之处，而是因为她相对殷实高贵的家庭背景。身为贵族小姐的央吉卓玛凭借自己的身份和家庭殷实的经济实力，自然而然地在寺庙里获得了其他尼姑得不到的优厚待遇，这主要是因为，一直以来她家与寺庙建立了密切的关系——她的母亲是寺庙的一位重要的布施者。随着央吉卓玛的入寺，布施的数量还会增加。靠施主布施维持寺庙运转的现实需求，使得寺庙住持不得不对此有所考量。

尽管在《无性别的神》这部长篇小说中，作品的核心部分并不是讲述央吉卓玛剃度为尼的生活经历——央吉卓玛的寺庙生活仅仅是其整个人生经历的一个小段落，作品的主题也没有聚焦于她的寺庙生活；但央吉卓玛剃发为尼的这一小段人生经历，却同样蕴含着丰富的社会历史内涵和文化意蕴。由上面的分析阐述可以得知，央吉卓玛成为尼姑的人生经历，映射着复杂错综的社会关系。它揭示了世俗社会和宗教世界相互利用、相互制约的利害关系，同时也揭

---

① 央珍：《无性别的神》，第 248 页。

示了隐藏在宗教信仰背后的情感伦理纠葛与人生利益的算计。由是观之，出家为尼，并不仅仅是一种宗教行为，它其实隐藏着超出宗教信仰的世道人情。

二、逃离世俗：女性意识的彰显，抑或泯灭

出家并不意味着对佛祖信仰的更进一步或信仰境界的提升，出家也可能是对现实困境与人生苦难的逃避，尤其是在人生道路上发生突然"事变"时而选择出家的情况。上面提及的姆娣在婚恋失败后出家为尼，其动机就包含着逃避现实困境与人生不幸的成分。在此我们不关心她们的逃避是否能够解决她们遇到的人生困境，是否能够减轻、消除她们的精神痛楚；我们关心的是这种看上去有些消极倾向的出家行为，是否具有积极意义，是否在表现女性自我意识方面具有正面的价值。

从表面看，为逃避人生不幸与现实困境而选择出家为尼，是一种被动的选择，尤其是对姆娣这样的年轻女性来说，无奈的成分相当浓重。说这是一种逃避行为，原因也在于此。但如果考察的目光仅仅停留在"被动选择"上面，只揭示出作为受害方的女性不平等的生活处境，还不足以发掘出出家为尼的女性形象所蕴含的更丰富的文化审美内涵。因为某种程度上，像姆娣这样的女性选择出家为尼，尽管是一种逃避行为，但却也是一种无言的反抗方式。在不能被社会接受的情况下，姆娣选择与世俗社会决裂，虽然是无奈之举，但也是自己力所能及的反抗行为。这样一来，姆娣的逃避就不仅仅是一种具有消极倾向的无为行为，也是一种表征着自我意识觉醒的有为行为。对此，需要从姆娣所处的人生处境那里，去做一些深入思考。

姆娣因为出身铁匠家族而被视为血统不洁的女性，她的婚恋因此遇到了巨大障碍。尽管她与自己的意中人彼此相爱，但最终却因为血统"不洁"而被"抛弃"。姆娣虽然伤心欲绝，但还是忍痛接受了这个不幸的结局。她没有试图重新寻找所谓的爱情，而是选择了出家为尼。从小说提供的信息，看不出姆娣出家为尼时的内心想法，但她心存不满与怨恨无奈是肯定无疑的。她的不满与怨恨虽然是一种个人情绪的自然流露，但却也包含着她对自己人生不幸命运的反抗与漠视。她选择遁入空门，与世俗一刀两断，是基于对自己现实生活境遇与未来人生安排的清醒的认识。也许在她看来，就当下而言，因为"自身不洁血统"，与心爱的人一起生活已经成为不可能。遥望未来，既然自己的"不洁血统"无法更改，那么无论如何，不管是近在眼前的现在，还是难以预测的未来，自己曾经设想过的浪漫的婚恋生活都是无法实现的。与其在世俗社会中遭受他人的冷眼相看，不如在寺庙里获取一片宁静的空间，给心灵一个慰藉。这也许是姆娣内心最为真实的想法与自我劝诫。这种想法与劝诫显然可以视为她对自己现实处境与未来生活的清醒认识。能够清醒地意识到自己的现实处境，并在此基础上对自己未来做出适当的安排，这无疑是一种自我意识觉醒的表征。从这一表征里，能够显现出姆娣原本被压抑或掩饰的自我意识。正是姆娣的自我意识在生命遇到特殊境遇时的有限度的苏醒，才使得她在其人生遭遇痛楚的时候，改变了自己的生活道路。尽管这种改变带有无奈被动的成分，但它仍然是姆娣对自我人生的一次自觉设计与安排。这对处于弱势位置的姆娣来说，无疑是极为重要的。相对于依赖别人的安排，这种无奈的自我安排仍然具有其积极意义。当然，我们依然需要清醒地意识到，姆娣的抗争不是正面的抗争，也不是最为合理的抗争，而是一种逃避式的抗争，一种相当消极的抗争。因为她的选择出家为尼，虽然暗含着对不幸命运的漠视，但进入寺庙潜修佛法，其实仍然是对给自己带来不幸命运的根源的认同。选择遁入空门，而不是蔑视陈旧的习俗，大胆地追求自己的浪漫恋爱与幸福生活，对于她来说可能是现实处境中最为有力的行动，但从个体生命合理欲求需要得到充分保障的发展角度看，她的行为是相当无力的。正因为此，尽管我们认为姆娣的反抗具有一定的积极意义，但对于这种积极意义，还需谨慎考量其有限性，不宜夸大。

从表面看，相对于其他类型的女性，出家为尼的女性在人生道路的选择上，存在的机会要少得多，可以说是一入佛门再无他路。她们因为进入佛门净地后失去了与社会联系的种种渠道，身份显得单一纯粹。以此看来，在她们身上似乎无法窥视到除宗教信仰之外的其他信息。这其实是一种文化思维惯性导致的认识上的错觉。所谓的佛门净地只是一种美好期盼，宗教从来就不曾与纷扰繁杂的世俗社会有过绝缘，佛门自身也并不是一方宁静的天地。身处其中的善男信女和凡夫俗子，都不可避免地与光怪陆离的社会现象发生着错综复杂的关系。不能排除一些虔诚之徒真的可以六根清净、超然物外，但更多的却是忘不了红尘恩怨情仇的芸芸众生。由是观之，如果扭转惯常的思维定式细作审视，就会发现一个由佛门净地衍生出的红尘世界。当代藏族小说中的一些尼姑形象，就为我们认识这样一个有趣的现象提供了不错的艺术文本。

第五章

地母形象

藏族传统文化对传统藏族女性的持久塑造，最显著的结果是对女性吃苦耐劳、隐忍顺从性格和品质的艺术锻造与颂扬。展演在文学作品中，具有此类性格特征和生命品质的女性，就成了文学世界里常见的"地母"形象。在艺术文本中，她们扮演的往往是牺牲者、奉献者、给予者、承受者的角色。为了家庭、为了孩子、为了爱人，她们总是默默地奉献着、承受着、牺牲着。甚至为了与自己没有血缘关系和亲情伦理关系的陌生人和孤苦可怜、无家可归的流浪者，她们也会毫无计较、不求回报地伸出援助之手。她们心存善念，且往往漠视现世，从不贪图不属于自己的东西，只希求依靠自己的辛勤劳作获得赖以生存的必需品，并不懈地为来世企盼。她们具有大地一样宽广的胸怀和博大的负载能力。这可以说是此类女性形象所呈现出来的最显著的审美特征。

第一节　地母形象产生的文化渊源与现实需求

当代藏族小说中之所以出现不少吃苦耐劳、忍辱负重、宽厚仁慈，具有无私博爱、牺牲精神和虔诚坚韧的宗教信念的地母形象，原因可能是多方面的，但总括起来看，大致可以从以下几个方面做一些探讨和追溯。

一、传统文化渊源

第一章中我们集中而简略地梳理综述了藏族传统文化与文学中女性形象的类型，认为"圣女""神女"是藏族传统文化和文学中具有类型化特色的常见的文化审美形象。这类女性形象身上有一些高贵的品质，比如圣洁、崇高，具有超群的威力，且能够借用自己的身份地位和威力来保护广大民众，深受广大民众的爱戴和崇敬。这类女性虽然带有超越世俗的神性，但她们身上体现出的保护世俗良善世界的高贵品质却与生活在尘世的民众渴望和平、安详、幸福生活的愿望是一致的。或者说，远古时代的民众用自己的想象创作出这类超越世俗的女性形象，其实正是他们憧憬、渴望美好生活的一种表现，这些超凡脱俗的人身上寄托着古人对安定幸福生活的向往与追求。于是这类形象的存在也就成了一种生活需求、心理需求。她们深入人心，成了后世子孙心目中的伟大女性，并被视为命运的指路者，生命的保护神。这可以说是藏族文学中地母形象的最初原型。在藏族文化艺术中，有许多女神，虽然她们相貌各异、性情不同，生活的区域和管辖的范围、事务各不相同，但她们都是各自领地上万千生灵的守护者，肩负着保卫领地安全和生灵平安的重要职责。如果说她们所管辖的领地是一个成员众多的家庭的话，那么，她们就是这些大家庭的主人。生活在她们的领地范围内的成千上万的生灵就是大家庭的其他成员，都要受到主人的照顾和保护。如果把带有神话色彩的故事投放在坚实的生活大地上，就可以把这种神奇的景象还原为极为普通世俗的生活景象。除掉那些超凡脱俗、法力无边的神女身上的奇异色彩，她们身上所具有的那些维持家园平安幸福的责任、品质，就具有了世俗品格。由此可以推想，在广大的世俗民众心目中，这类女性形象是带有一定的"母性"特征的。她们身上的某些特征，比如责任心、奉献精神、无私品质，其实就是世俗生活中经常所说的"母爱"。关于这一点，还可以从藏族传统宗教文化艺术中的度母形象那里得到一些启发。在藏传佛教里，度母大概是最受民众喜爱和崇敬的女神。尽管度母因为各自的"生命"渊源的不同和分工的相异而被划分成了多种类型，并有各自的称呼，如白度母、绿度母等，这些称呼各异的度母的外貌和穿着打扮也不尽相同，但她们在性格品质和精神气质上却有着大致相同的特征，即仁慈、良善、慈祥、和蔼，富有同情心，担负着救苦救难的重任。据说当人们遇到残暴的魔怪、盗贼、仇敌，以及凶恶的狮、象、蛇等动物，或者陷入灾难之时，只要呼叫度母的名号或念动度母的真言，仁慈的度母就会赶来，搭救正在苦难中煎熬的求救者。由于度母特殊的身份地位和强大的保护功能，她们在藏族传统文化中有着极为重要的地位，她们身上所展现出的一些高贵品格早已被民众视为修行为人的理想准则。她们也被视为广大民众精神上的母亲。这种影响波及现实生活，人们往往会把那些富有牺牲精神和宅心仁厚、乐于助人的女性形象化地称为"度母"，而那些忍辱负重养育后代的母亲们自然是人们心目中活着的"度母"。由此推想，藏族传统文化和文学中出现的这类"圣女""神女"形象，是可以视为后来地母形象的原型的。这种原型所具有的那些充满理想色彩和现实意义的品格特性，也成了后世文学艺术者和广大民众心目中母亲所具有的高贵品格，她们由此也就成了人们塑造母亲形象的"原始"偶像。

二、人性基础和地域文化渊源

当代藏族小说中之所以出现此类地母形象，与人性、道德伦理中积淀而成的"慈母"情结有一定的关系。而这一情结的形成与女性所扮演的生养繁衍、培育扶持后代成长的角色，以及女性为家族、种族、社会提供得以延续、发展的生命力量的重要功能有关。无论是在何种形态的社会里，无论女性的地位有着什么样的升迁变化，女性传宗接代、延续家族香火和种族繁衍的功能是无法改变的。作为女性生儿育女的功能，无论是对个体还是对社会来说都是非常重要的，因此，与男性相比，即使女性在整个人类社会发展的历史过程中总是处在相对较弱的一面，但女性依赖自身生理上的这一独特性，却始终能够赢得社会对她们的重视和崇敬。作为强势一方的男性尽管利用自己手中的话语权维护他们的利益，并贬低、漠视女性的人格尊严，但这种"自欺欺人"的不合理行径无论如何也不能掩饰他们内心深处对女性的敬畏与崇拜。对生育和抚养儿女的女性，整个社会是怀着深厚的感恩心态的。人类文化史上出现的大量生殖崇拜、女性崇拜的现象可以视为这种感恩心态的最原始的表达和展现。随着人类社会的发展进步，由于单个家族、家庭的形成，原先属于女性范畴的"母亲"逐渐从这一大范畴中脱离出来，成了受人崇敬的生命类型。原先那些在女性身上被视为缺陷的东西，在母亲身上却会消失殆尽。那些掌握着道德话语权的卫道士们可以对女性说三道四，但对"母亲"却礼让三分，从不指手画脚。"母亲"因为生育后代而获得了对男权主义者们批判的豁免权。这其中只有一个原因，那就是文化规范允许人们无条件地讴歌颂扬母爱。"子不嫌母丑"就是对这种至高无上的母爱和人们对这种母爱所怀有的心态的最为朴素且恰切的表述。由此可以看出，性别所导致的生理功能的独特性与人类社会分工的不同所形成的合力，使得"母亲"在人性中形成了坚固的"母爱"情结，这一情结导致了"母亲"在人类社会领域，尤其在家庭内部，因为其特殊的贡献而占据了神圣的位置。对于"母亲"的崇拜爱戴由此成了人性当中牢不可破的伦理基础。在母亲的怀抱中长大成人，在母亲的呵护下走向成熟，在母亲的关注下生活工作，在母亲的挂念中独立处理人生事务，母亲是儿女一生最忠实最可靠的坚实后盾。母爱的伟大是每一个领受过养育之恩的儿女最为真切的人生体验。母亲、母爱这两个字眼，是每一个有过足够的生活经历的儿女心目中最为神圣的字眼，是与神圣、仁慈、伟大这些充满了赞誉之情和感恩心态的词语相关联的字眼。由于此，尽管母亲、母爱也可能会在特定的文化语境和生活情势中表现出消极的一面，比如"五四"时期的一些文学作品中为了表现婚姻自由的合理性，把坚持"父母之命，媒妁之言"的母亲和母爱视为封建陈旧思想的壁障而加以反对，在自由恋爱与母爱的冲突中，母爱成了被批判的对象。但即使如此，母爱的神圣与崇高并没有在人们心目中消亡，就是那些与封建思想彻底决裂，与封建势力战斗到底的文化斗士和革命志士，也对母亲、母爱怀有无限的敬仰和感激之情。面对母亲和母爱，他们依然无法做到义无反顾地决绝无情。相比对母亲和母爱的"敌视"和叛逆，具有"母爱情结"或"恋母情结"的人类对母亲和母爱的讴歌赞美更为浓烈、更为持久。古今中外的文学史上，母亲形象层出不穷，对母爱的歌颂始终是一个重要的话题。"五四"时期的冰心就是把这种"母爱情结"推向极致的一位作家，她的创作把母爱视为人类存在的根基和解决不幸、苦难的良方。冰心认为，人类的爱的起点是母爱，不仅如此，母爱还可像宗教里的上帝一样，把和平的阳光洒向大地。一切社会人生的失望、烦闷、不幸都会因为母爱而消失。由于此，她在自己的作品里不遗余力地赞美讴歌母爱，颂扬母爱的无私伟大与广博，并借助母爱来宣扬自己的爱的哲学。尽管冰心笔下的母爱带有宗教化的色彩，这与冰心本身深受基督教的影响有着深刻的关系，同时她的这种母爱也带有抽象化的说教色彩，尤其是她把母爱夸大到可以解决一切人生问题的高度，显然是一种极为理想化的艺术行为；但冰心把母爱视为人世间一切爱的起点，认为母爱是人世间最为珍贵的伦理亲情，则是有着深厚的人性基础的。我们也许不能接受冰心对母爱功能的过分"迷信"，以为母爱是一剂灵丹妙药，可以医治任何伤口疮疤，但她对母爱所怀有的真挚美好的情愫，却是可以引起人们的共鸣的。我们能够从她的创作中感受到母爱崇拜的意味。这就是直到现在，人们依然认为冰心的那些看似简单的创作具有现实意义的原因。

冰心在创作中对"母爱"的弘扬，对母亲的赞颂，虽然是特定时期文学创作主题的一个个案，但从亲情伦理的角度来看，对母亲的赞美，对母爱的讴歌，却是有着从远古时代就已经生发且经后世不断强化的人性基础的。当代藏族小说中对地母形象的书写，对母爱毫无保留的赞美，在宏阔的文化视野上来看，毫无疑问与这种带有集体无意识的人性基础有着深刻的关联。当然，从藏族文化自身的特性看，这种母性书写与藏族传统文化和藏民族所身处的生存环境也有着直接的关系。在藏族传统文化中，歌颂自然是一种有着本能冲动的精神欲求，山川大河、湖泊森林、飞禽走兽，在藏族传统文化中都被视为有灵气的存在，它们都是大地母亲的儿女。对大地儿女的赞美颂扬，在根本上就是对大地母亲的赞美颂扬。这可以说是藏族文学中颂扬赞美、崇敬膜拜"母亲"的文化心理基础。与此同时，青藏高原相对艰难的生存环境也锻造了女性坚韧的品格，培育了她们为家庭承担重负的责任心和牺牲品质。她们不但要生儿育女、抚养子女、操持家务，而且还得像男性一样承担繁重的生产劳动。她们凭借这种任劳任怨的奉献精神，自然会在家庭成员的心目中占据崇高的位置，赢得他们的感激与崇敬。这种普遍的感激与崇敬转化为艺术创作，就会成就高大伟岸的母亲形象。在当代藏族音乐创作中，有几首广为传唱的歌曲就是歌颂赞美母亲的，如《慈祥的母亲》《妈妈的羊皮袄》《献给妈妈的歌》等，这些歌曲是藏族传统文化中"母性"文化因素的一种最为鲜明的表现。这些旋律优美、节奏舒缓、唱腔肃穆的歌曲表明，在普通民众的心目中，母亲和母爱是人世间最为高贵神圣的伦理亲情。《慈祥的母亲》里的几句唱词，可谓是亲情伦理最为集中的艺术展现：

哦慈祥的母亲
是美人中的美人

哦像那白度母

一样心地善良

她背水走过的小路

柳树轻轻摇晃

她挤奶走出羊圈

格桑花围着她静静开放

哦慈祥的母亲

哦妈妈慈祥的母亲

我是你用生命写下的历史

哦慈祥的母亲是儿女们的太阳

这首广为流传，深受中国民众喜爱的藏族歌曲，以质朴无华但情感饱满的歌词，高度颂扬了母亲这一伟大的角色，其形象之光辉与日月同辉，永世照耀着儿女们的心灵与人生。这也许是藏族文化对母爱这种亲情伦理最为简单却又无与伦比的书写。这种书写其实在文学创作中也非常普遍。这种带有地域特色的文化现象，用"民族无意识"或"原型意识"来描述也许有一定的合理性。由此看来，藏族传统文化关于母亲的书写，也是当代藏族文学中地母形象出现的一个重要因素。

三、不满现实人性变异，张扬人性至善的精神诉求

当代藏族小说中之所以出现一些比较理想化的地母形象，与作家个人的审美理想，以及对现实的审视态度也有一定的关系。常说艺术是对现实的反映，是人们认识现实的一种方式，这是就艺术作品的内容与客观现实的关系而言的。这种观念认为艺术与客观现实之间建立了一种反映与被反映的关系。这只是我们对艺术功能的一种理解与认识。另外一种情形是，艺术其实也是作家个人精神需求的表现，如果再扩大一点说，艺术也是作家为人类的精神渴望营造的一个美好家园。照此理解，作家在作品中对某种美好情愫的格外青睐、不断张扬，其实寄托着作家对美好生活情形的向往，也可以理解为对现实污浊的不满与厌恶。一些藏族作家在作品中塑造理想化的母亲形象，不断宣扬讴歌母爱

的无私伟大，可能就包含着作家们对人间亲情的赞美与渴望，对美好善良人性的吁求与渴望。他们在书写母爱时往往忽略母亲身上可能潜藏的那些消极负面因素，而只重视彰显她们高贵的品质的艺术取向，就包含着他们对和谐美好生活景象的无限憧憬。当然，换个角度来看，这也可以说是作家们对现实生活境遇不满，尤其是对现实人际关系不满，从而借助艺术世界里的和谐良善的人际关系来满足自己的内心需求，曲折地表达自己的现实态度。

第二节　地母形象的审美特征和文化负荷

在当代藏族小说中，"地母"型女性形象数量不少，具有代表性的形象所占比重也非常可观。最具有代表性且融合了各种审美因素的地母形象是尼玛潘多的长篇小说《紫青稞》中的阿妈曲宗。这位在传统文化规范中产生且严格遵循传统规范的女性，是一个具有典型意义的"地母"形象。从她的生活经历、思想观念和为人处世的方式中，可以窥见一个具有藏族传统文化背景的传统女性。而她的大女儿桑吉则是其地母秉性的延续。

阿妈曲宗的一生是坎坷不平、苦难不断的一生。她很早就独守空房，不得不担负起养家糊口的重任。但面对生活的重压，阿妈曲宗并没有失去活着的信心和勇气。她自尊自重、勤劳持家，依靠自己长年累月的艰辛劳作，含辛茹苦，把三个女儿和一个儿子拉扯大。如果说丈夫去世后她抚养儿女，并把他们养大成人，体现的是她吃苦耐劳的坚韧品质和强大的苦难承受力的话，那么，她处处为儿女们着想，替未婚先孕的大女儿分担命运之苦，就是其牺牲精神和宽容仁厚品质的集中体现。大女儿桑吉未婚先孕，在女儿处于极度恐慌、无奈之时，她不但没有抱怨、责骂女儿，相反，当听说女儿要打掉孩子时，她非常愤怒，认为那是在扼杀无辜的生命，是大逆不道的恶魔行为。在生气之余，她劝告女儿到县城去寻找孩子的父亲，为孩子确立个名分，然后生下孩子。她很不喜欢二女儿达吉，觉得她疯疯癫癫很不规矩，但当达吉在阿叔家生活得很好时，她又感到由衷的高兴。她勤劳质朴、勤俭持家，对生活没有任何奢侈的非分之求，但逢年过节时，还是倾其所能，尽量满足女儿们的生活要求，把最好的衣服拿出来让她们穿戴，做最好的食物让她们享受。从阿妈曲宗身上，人们能够感受到作为母亲的藏族女性所具有的高贵品质和牺牲精神。

阿妈曲宗作为地母形象的特征还体现为她善良、仁慈的内在品质。她的这种品质不但表现在对亲人、邻居的态度上，也表现在对待其他事物的态度上。她与儿子看病回来的路上，驴子拉着车子吃力地在山路上行走，阿妈曲宗心疼驴子，说自己坐的时间长了，腿脚有点麻木，要求下来走一阵。儿子罗布旦增知道阿妈心疼驴子，就主动下来走。从这件事中，我们不难体味到阿妈曲宗心地良善的仁慈心怀。除此之外，她对村子里那些同病相怜的村民的关心爱护，也在一定程度上表现了她善良仁慈的宽厚胸怀。

在《紫青稞》中，与阿妈曲宗有着类似品格特征的女性是桑吉。与阿妈曲宗相比，桑吉缺乏生活经验，在许多生活事务上还无法自我做主，遇事总是犹犹豫豫、左右为难；但桑吉却继承了母亲——阿妈曲宗善良、勤劳的宝贵秉性。她是一个事事处处为他人着想的善良女性。在整部小说的所有人物中，她的命运是最为坎坷崎岖、悲凄可叹的。但正是在这种不易与艰辛中，她用自己可贵的生命品质和简单的生活信念，展示了生命的另一种风景，从而宣扬了人生的可敬与活着的尊严。

作为长女的桑吉是阿妈曲宗最值得信赖的亲人，在哥哥罗布旦增离家之后，她不得不承担起家里的所有重任，照顾两个妹妹和母亲；在意外怀孕之后，她并没有过分地抱怨杳无音信的恋人，而是独自承受着来自道德伦理方面的精神压力；在寻找恋人的过程中，她只身来到举目无亲的县城，像一个无家可归的流浪者一样，却依然心无怨言；在被好心的阿妈收留后，她不忍心拖累阿妈，拖着身孕到大街上找活干，甚至放下尊严向路人乞讨……为了腹中的孩子，她忍受着巨大的悲痛与难堪的屈辱：

> 桑吉漂亮的双眼皮因长久浸泡在泪水中，浮肿得很厉害，头发也显得凌乱、蓬松，眼神中充满失望和自卑，越发与这个城市不相容。她真希望天早点黑下来，她就可以吃到阿妈准备好的晚饭，可天空好像在跟她作

对，还有明晃晃的太阳停在上面，她觉得自己实在支撑不住了，乞讨这个念头一下闪过脑海，终于，她道德的堤坝被绝望冲毁了……

懊悔终于不能战胜饥饿，桑吉求救的拇指一次次在慌乱中伸出，并且不是每一次都没有战果，一张饼，一角纸币，用拇指换来的东西，淹没了一直在维护的体面。多吉的脸也不再时常浮现，渴望见到多吉的愿望也不再强烈，对他的恨意好像也在冲淡，相反，当腹中的胎儿轻轻地踢着她，她就产生一种奇异的感觉，亲切的，爱怜的，好像在用踢的方式撒娇地告诉她，我要吃饭。

为了孩子，这个动力一经发出，便不可收拾，一次、二次、三次，渐渐地，伸出拇指不再使她难堪，相反越来越觉得顺理成章，一时竟忘记了来城市的目的，似乎每天的太阳就是为了乞讨而出，她对城市的畏惧减弱。她回来的时间越来越晚，尽可能地不在有阳光的时候，与阿妈面对面，那样的时刻真的很难堪，羞愧、内疚、自卑，那滋味比乞讨难受。[①]

在离家寻找多吉的艰难过程中，生性内敛的桑吉就这样遭受着意想不到的生活"屈辱"。但强大的责任感和深厚的亲情，使得她始终保持着顽强的生活信念。孩子的意外出生，更使她坚定了活下去的信念。尽管生活依旧充满了艰难困苦，但她却有了新的期盼。藏族女性承受生活重压的韧性，在桑吉身上得到了相当充分的体现。

桑吉这一形象的美好品质还体现在她的重情重义和宽容、仁爱上。独自流浪在县城的桑吉得到了阿妈曲宗（与她的亲生母亲同名的孤寡老人）的收留，暂时有了寄身之所，对此她深怀谢意，始终努力寻找机会以求回报阿妈的仁厚慈爱。后来一场大火烧毁了阿妈的房子，受到刺激的阿妈身体状况大不如前，需要人照顾。此时桑吉主动地担负起了这一重任，把她当作自己的母亲一样侍候。阿妈曲宗的身体状况由此而逐渐恢复到了以前的状态。桑吉的这种仁厚之举不但赢得了邻居们的尊重，也深深地打动了阿妈曲宗，最终阿妈曲宗接受了这个外来女，认桑吉作自己的女儿，并撮合她与强巴的婚事，让桑吉重新组成了家庭。

---

① 尼玛潘多：《紫青稞》，作家出版社 2010 年版，第 178 页。

类似的地母形象还出现在其他作家的作品中，如梅卓的长篇小说《月亮营地》中的母亲罗尼和中篇小说《佛子》中的奶奶阿依琼琼，格央的长篇小说《让爱慢慢永恒》中的姬姆措，次仁罗布的短篇小说《前方有人等她》中的夏辜老太太等。

《佛子》中的奶奶阿依琼琼虽然不是作品的主要人物，但她的性格品质、观念意识和行为方式都给人留下了深刻的印象，使人能够很容易地联想到藏族女性形象中地母形象的某些特征。阿依琼琼从小生活在偏远的农牧区，宗教生活的耳濡目染使她笃信流传在民间的宗教观念，并养成了勤劳、朴实、善良、温驯的性格。尽管遭受了种种不幸——丈夫和儿子儿媳早早就离开人世，孤苦伶仃的她照顾两个可怜的孙子，但她始终没有对生活失去信心，相反却怀着善良、朴实的信念面对生活，对人世间的一切充满了仁爱之心。尤其是对宗教的虔诚信仰，使她对生活始终抱有低微却美好的希望，并把这些低微美好的希望寄托在两个孙子——仁青和才让身上：

> 她的儿媳在生仁青时难产而死，不久累垮的儿子也相继而去，留下那个不足月的小婴儿在阿依琼琼的泪水里渐渐长大。仁青七岁时，她觉得该把他送进寺院，因为他使他的父母失去了生命，这沉重的罪孽是应该献出毕生才能赎回的。这样家里只剩下她和少年才让，实际上她是唯一的劳动力，生活虽然清苦至极，但她仍然坚持把瘦弱的才让供到县上的中学去读书，她舍不得他去干重活，却暗暗怀抱着一种希望，那就是希望才让有朝一日能像里嘉一样在县里穿上制服。①

阿依琼琼身上最具牺牲精神的地母品质就在于她毫不利己地为自己的两个孙子修行祈福，并把这种爱怜之情扩展到其他民众的身上。关于这一高贵品质，主要体现在她不惜一切代价去转海朝佛的宗教行为上，而她这样做的原因主要在于为她的亲人赎罪，尤其是为"罪孽深重"的小孙子仁青赎罪，希望他的灵魂有个好的归宿。除了平日里不停地诵经拜佛外，她决定和大孙子才让一起去转海朝佛，她的决心之大和信念之坚定令人感佩：

---

① 梅卓：《佛子》，《麝香之爱》（小说集），第 156 页。

　　仁青出事后，阿依琼琼把剩下的十六只羊全部卖掉，那里面有最好的羯羊和母羊。她用其中的五百元供了一只大转经筒，是在般若寺的大门廊中，出出进进的人都可以用右手转动它，当那涂遍红漆并刻有六字真言的转经筒咿呀咽唲地响起来后，便是仍在尘世受苦的人在为自己解脱，也是在为仁青超度了。

　　还有三百元，她献给了寺院，请求大喇嘛率众为仁青的灵魂诵三天平安升天经，大喇嘛接受了，他说只要心诚，仁青会升天的。

　　剩下的四百元她放进包裹里，准备布施给转海途中的寺院。一起放进包裹里的还有一件暗红的粗呢藏袍，这是当年她做新嫁娘时母亲为她缝制的，做了十五天新娘后她便把它收藏起来，直到二十四年前同丈夫去转海时她才带上它，在一些落脚的城镇中她穿起来，那时候，她多么年轻、健康而又妩媚啊！但这次带上它心情却迥然不同，尽管她仍然慈祥、平静，可是眉宇间却染上了一层无法蜕却的悲凉。①

　　就这样，年老体弱的阿依琼琼踏上了朝圣之路。尽管一路上的经历并不令她感到愉快，因为她看到了许多违背宗教仪轨的行为，但完成了朝圣的她还是感到很是满足。虽然阿依琼琼在完成朝圣后不久就因长途跋涉造成的过度劳累去世了，但她矢志不移的宗教奉献精神，却给周围人们留下了难以泯灭的印象，尤其是在孙子才让那里，奶奶阿依琼琼的高大形象使他原本漠视宗教的心理发生了巨大变化，从奶奶"顽固不化"的信念和行为里，他体悟到了"普度众生"的生命真谛。

　　次仁罗布的《前方有人等她》中的夏辜老太太，是一个理想化的地母形象，她的身上几乎没有任何瑕疵。看得出作者是在着意塑造一位具有模范效果的样板化人物，其美好的伦理诉求和对理想化的生活方式的审美追求目的是显而易见的。在一篇篇幅短小的小说制作中，作者试图寄托自己宽厚美好的道德理想，其良苦用心和文化使命感不由得令人肃然起敬。

　　夏辜老太太被作者赋予了完美无缺的人生品德，堪称道德典范。小说一开

---

①　梅卓：《佛子》，《麝香之爱》（小说集），第169页。

篇就以第一人称"我"确信无疑的叙述口吻，对夏辜老太太的光辉形象进行了概括式的，但却极为高调的描述：

> 别以为我在给你们吹牛，在我们这个院里没有人不翘起大拇指，说：夏辜老太太是顶呱呱的！虽然她一直在老城区的那间低矮且破落，黑暗又潮湿的房子里，可人们由衷地赞叹她省吃俭用，艰苦耐劳，让两个小孩成为了国家的正式干部；又因为她始终如一的表现，我们认为她具有一切美好品德：善良、诚实、仁慈、友爱、温顺等。她成了我们这个大院里最受人敬重的人。①

夏辜老太太的高大形象在叙述者不可置疑的叙述笔调中跃然纸上。接下来作品主要回顾了夏辜老太太的人生经历。艰苦的岁月铸就了夏辜老太太坚韧的生命品格，同时也培育了她知恩图报、知足常乐、乐善好施的高尚品德。在她的心目中，诚实、友爱、勤劳、善良是人应该具备的德行；平和、安详、简朴的生活就是最美好的生活。她就是以上述准则来安排自己的人生的。夏辜老太太在非常完满地完成自己人生历程的同时，还赢得了周围人们的赞许与信赖，成了一个鲜活的道德典范。小说在以理想化的笔法塑造夏辜老太太这一道德典范时，为了突出其高尚的道德品行，为其设立了具有烘托功能的对立面。这个对立面就是以她的子女为载体的当代生活观念和行为方式。恪守传统道德信念的夏辜老太太对子女的生活观念与行为方式极为不满。她不理解为什么他们那么不满足于平静安宁的生活，不理解他们为什么那么喜欢拥有钱财，更不理解他们为什么会为了钱财去干一些"伤天害理"的事情。她不理解现在的年轻人怎么会变得如此贪婪与丑恶。在无法改变子女们的想法和处事方式后，她感到极度的失望，常常沉浸在对过去幸福生活的回忆中。她无法面对到处是欲望洪流的现实生活，尤其是儿女们的那些让她蒙羞的丑陋行为。这一切，使她对当下的生活失去了热情。她渴望回到甜蜜的过去，与相亲相爱的丈夫相依相伴，享受人生。在次仁罗布笔下，夏辜老太太不但是勤劳、善良、仁慈的典型，也是世风日下、道德滑坡的丑陋现实的批判者。

---

① 次仁罗布：《前方有人等她》，《界》（小说集），西藏人民出版社 2011 年版，第 48 页。

　　毫无疑问，"地母"类型的女性形象艺术化地展现了蕴藏在藏族女性身上的优良品质和顽强而深厚的生命力量。从她们的生命历程中，人们能够清晰而有力地感受到藏族女性在民族历史长河中行走的铿锵足音和留下的光辉身影，也能体味到她们在竭尽全力完成自己生命使命的过程中所遭受的种种不幸与苦楚，并由此为她们坚韧而温顺的生活态度，良善而高贵的心灵品质，向她们致以崇高的敬意。但颂扬、致敬之余，也有必要指出，她们也是传统道德观念和行为规范的坚定的拥护者和最直接的体现者。在这些令人钦佩敬重的女性身上，在她们令人敬佩的品质与德行背后，也存在着鲜明而坚固的传统顽疾。传统文化中的一些负面因素，就深深潜藏在她们思想意识的内部，直接影响着她们的生活方式，并且通过她们的种种行为直接影响或决定着周围亲人的生活选择。

　　首先，对于传统文化观念——不管是积极的，还是消极的，她们都是最坚定的维护者。她们从不对传统文化观念和规范产生丝毫的怀疑与抱怨。当残酷的现实让她们遭遇太多苦难的时候，她们会把这一切都归结为自己既定的命运，认为这是自己前世作孽太多造成的，今生今世的受苦受难既是对自己前世恶行的惩罚，也是对自己来世美好幸福生活的积德。她们的传统观念里潜藏着无法去除的宿命感。其次，她们不但把陈旧的传统观念当作自己生活的绝对准则和行为规范，而且顽强地把它们贯彻在下一代的生活行为中。她们习惯于以传统的伦理意识规范下一代的生活行为，也希望他们能够继承、维护和发扬这种伦理观念和行为。她们悲苦的命运和辛劳的生活令人深感凄楚，但她们顽强的守成信念和坚固的传统作风则令人不无感叹。《紫青稞》中桑吉的亲生母亲阿妈曲宗的一生，就演绎了一出既让人无限敬重但也难掩痛楚的悲喜剧。由于坚守传统观念——她认定铁匠家的血系不干净，是黑骨头，会给家里带来不祥，于是她坚决反对、阻挠儿子与铁匠女儿的婚事，甚至不惜与儿子"断绝亲情"。为了显示自己的正确与权威，她从来没有停止过对儿子的奚落，以及对儿媳妇及其家人的"恶毒诅咒"。过年时，在驱魔仪式上，她把儿子的媳妇措姆假想为"魔女"，大声念着咒语进行驱赶；儿子给她送来包子孝敬她，她却毫不领情，厉声呵斥儿子，并动手打了劝她吃包子的三女儿边吉，结果迫使极为尴尬的儿子罗布旦增不得不无趣地夺门而去。当听说措姆让大女儿做掉未婚而孕的孩子时，她骂措姆是缺德的黑骨头女人；当她双眼失明后，惊慌失措的桑吉要去叫哥哥罗布旦增，她大声阻止桑吉。从她对儿子冷漠的态度和对儿媳妇娘家的仇恨与蔑视中，我们能够感受到"沉迷"在传统文化观念中的她是多么的顽固与偏执。勤劳善良、让人敬佩的阿妈曲宗就这样生活在传统文化的藩篱之中，既把自己的生命之手交给由传统文化观念和习俗惯例所规定的命运，也试图让自己的后代把生命之手交给命运，继续在传统的轨道中遭受命运的碾磨。对于阿妈曲宗的这种"非理性"的传统观念，作者通过叙述人讲述、人物自述等方式，进行了多方面的描述：

> 老天好像有意在跟阿妈曲宗作对，就在她给儿子物色媳妇时，传出罗布旦增跟铁匠扎西的女儿措姆相好的消息。阿妈曲宗不相信这是真的，阿妈曲宗一家的日子过得紧了点，可在村里还算得上是有"身份"的人，是能和其他村民共用一个酒碗喝酒的人；而铁匠扎西这几年靠着手艺挣了一些钱，家境不错，可毕竟出身低贱，村里没人跟他们用一个酒碗喝酒，这是明眼人有目共睹的事情。……①

> "谁呀，哪会有那么好的事情……"阿妈曲宗一听女方不要任何彩礼，就有种不祥的预感，她的脑海里一下子闪出了措姆的面孔，但没有说出这个让她感到晦气的名字。"如果是那个女人，就别说了。我们可都是在村里抬得起头的人，说什么也得娶个干净的媳妇进门，要不然，别人也会笑话我们。"阿妈曲宗停了停又推心置腹地说，"如果是你娶个不干净的媳妇，你阿爸阿妈愿意吗？罗布旦增没有阿爸，不等于他的事就可以随随便便，他的阿妈还是管事的。"②

阿妈曲宗信奉传统习俗观念的行为，不仅仅体现在儿子婚事上，而且几乎体现在生活各个方面。可以说，她的那些陈旧的思维观念，与她的生命、生活是融为一体的。她生活的各个方面都是按照古老陈旧的传统习俗按部就班地"行进"的。即使是在疾病这些关系到生死的问题上，她也坚决信奉传统观念，拒绝现代医学的诊断与治疗：

---

① 尼玛潘多：《紫青稞》，第7页。
② 尼玛潘多：《紫青稞》，第9页。

阿妈曲宗把强苏啦的话一五一十地说给孩子们听，孩子们却一定要让她去看看，如果要打针动刀就马上回来，如果可以吃药就开点药回来。阿妈曲宗说不过子女们，就坐着罗布旦增赶的驴车专门跑了一趟县城。洋医生看了她的眼睛后，对着旁边的一个人叽里呱啦说了半天听不懂的洋话。后来那个人就告诉阿妈曲宗，她的眼睛患的是白内障，完全可以做手术，几天就能清清楚楚地看东西了。

"吃药不行吗？"阿妈曲宗小心翼翼地问道。

"手术很简单，半小时就够了。"

罗布旦增看到了希望，欣喜地说："阿妈，我们试试怎么样？"

"试什么试，你是不是想让阿妈早点死？"阿妈曲宗想起强苏啦的话，坚决不做手术，她要马上离开嘎东县。

罗布旦增和阿妈赶着驴车一路无话，只有阿妈曲宗捻动佛珠的声音。①

陈旧、腐朽的传统观念断送了阿妈治疗眼病的机会，也给她日后生活的不幸埋下了种子。日后生活的种种变故使得阿妈曲宗生活压力和精神负担越来越重，原本就患有疾病的眼睛终于失明了，要强的阿妈只能生活在黑暗之中。本来就忙碌困苦的生活更是困苦不堪、艰辛难持。造成不幸的原因当然是复杂的，但其中的许多不幸都是她不愿接受改变造成的。考虑到这一因素，我们不得不沉重地指出，尽管阿妈曲宗的牺牲精神和强大的生命承受力是值得钦佩和仰慕的，但她的顽固与偏执也令人痛心疾首。《紫青稞》中阿妈曲宗的这种受传统观念和陈旧习俗所支配、规范的生活情景，也存在于其他作家描写的 些有着类似特征的女性人物身上。

梅卓的《月亮营地》塑造的罗尼就是这样一个女性人物。由于身份地位的悬殊，罗尼不得不与相爱的贵族公子一刀两断。未婚先孕的她失去了再嫁他人的勇气和希望，在无奈与屈辱中，生下了初恋情人的骨肉，并在随后的岁月里收留了来自他乡的一对孤儿兄妹。她对三个孩子疼爱有加，把余生的挚爱都给予了他们，在艰辛、苦难中把他们养大成人。她的坚韧的性格品质，她的伟大

---

① 尼玛潘多：《紫青稞》，第123页。

的牺牲精神，她的宽厚的承受能力，都让人感到生命的尊贵与人性的高尚。但罗尼面对苦难生活的一味隐忍，尤其是对不公平的爱情的独自担负和承受，以及把这一切都归结为命运的生存观念，却让人感到不堪接受、难以认同。

与《紫青稞》中的阿妈曲宗和《月亮营地》里的罗尼一样，《佛子》里的奶奶阿依琼琼身上也积淀、负荷着沉重的传统观念和心理意识。她笃信宗教，把宗教规范、仪轨视为决定生活的最高准则，丝毫不能跨越与违背。对于这位从小受宗教文化心理和观念意识浸染的传统女性来说，这是非常正常的，也是可以理解的，某种程度上甚至可以认为她的这种精神意念和处世原则是一种可贵的品质，毕竟宗教文化现象作为一种精神性存在对人的心理和精神有着净化洗涤的作用，尤其是在浮华淫靡的世俗风气甚嚣尘上的社会，它的确是一种值得肯定的精神风向标。但阿依琼琼的这种矢志不移的宗教精神意念中，也蕴含着强大的保守力量，从而显示出与社会发展相背离的精神取向。在宗教意识的支配下，她非常不满年轻人疏远宗教的行为，认为他们的行为违背了神佛的旨意，将会受到神佛的惩罚。她的孙子才让因为上学接受了新的思想观念，对宗教膜拜不以为然。村长宣布为了众生利益，为了弘扬救苦救难的佛法，希望民众每人能够积极向寺庙布施一百元钱来供养神佛，但才让表示反对，并说自己家都没有饭吃，哪来那么多钱交给寺庙。站在一旁的阿依琼琼听了孙子大逆不道的胡说八道，顿时慌了神，扑通一声跪倒在地，一面搂着才让的裤腿，一面悲号起来：罪过呀，罪过呀，要是你阿爸还在他会打烂你的嘴呀！

根深蒂固的宗教心理和意识使得阿依琼琼难以接受新的思想观念，即使这些思想观念其实在根本上并没有触动宗教存在的根基，只是形式有所改变而已。小孙子仁青偷吃供桌上的酥油被罚为寺院挑一个月的水，年幼的仁青喝了不少生水而生病去世，阿依琼琼认为这是神佛对他的惩罚，是因果报应的必然结果，并开始抱怨自己，认为是自己作孽太多害了孙子：

想想仁青吧，这都是我的罪孽啊，他是个早产儿，身体本来就差，可我对他太狠心了，我要赎罪，我要替他解脱，我要叩好每一个头，念好每一句经，我要让他早升天堂，免受轮回之苦……①

① 尼玛潘多：《紫青稞》，第167页。

166

除了抱怨自己，她还指责才让，认为才让不该顶撞寺庙里的大喇嘛，不该拒绝布施钱财。她不顾年老体弱，决定跟着才让去转海朝佛，以此来为亲人赎罪，为死去的人超度。

在朝佛的路上，她看到了许多新奇的现象，但却对这些现象表现出了厌恶敌视的态度。她看不惯原本清静、供人朝拜的寺庙变成了人来人往、热闹喧嚣的游览场所。她觉得那么多只要掏了门票钱就能随意进入寺庙的游人扰闹了神佛的清静，是对神佛的亵渎，因为那些游人根本不是来朝佛的。她看不惯原本应该安心诵经修行的年轻喇嘛们嘻嘻哈哈，一副不务正业的样子，肆无忌惮地追逐世俗享受。她还拒绝和小孙子仁青一起在寺庙里当小喇嘛的多杰送来的糌粑，因为她认为多杰偷吃了供奉在神佛面前的酥油，种下了孽缘，会给家人带来不吉利。笃信佛教的阿依琼琼把生命完全交付给了心目中神圣尊贵的宗教信仰，把宗教视为衡量评判一切生命活动的最高准则。如前所说，对这位经历过特殊生命历程的老人而言，这是无可厚非的。但她身上体现出来的那种顽固不化的传统守旧观念与发展变化着的社会现实也是格格不入的。尤其是对接受了新的思想观念并践行新的生活方式的青年人的行为准则，她始终报以不满与敌视的态度，认为他们的思想行为破坏了神圣的宗教佛法，是不可饶恕的忤逆行为，这显然是不合理的。我们无意批判阿依琼琼的处世心态和行为意识，她的存在是历史的必然，她所成长的时代和社会环境让她背负了沉重的传统文化积习和包袱。与其他那些从历史深处蹒跚而来的地母型女性人物一样，她在某种程度上也是传统文化的形象化符号。与所有来自特定历史时期和在特定的环境中孕育成长的艺术形象一样，她们无法摆脱既定的环境制约，她们是一个民族某个特定群体文化心理特征的缩影。

第三节　地母形象的审美缺憾与 "女性意识"

一

　　毫无疑问，地母型的女性形象是当代藏族小说中一个重要的形象类型。它以自己独特的审美风姿为当代藏族小说创作增添了属于自己的那份审美要素，丰富了当代藏族小说的审美领域；同时，它还以艺术的方式展现了藏族传统文化深远持久的现实规约力，以及当代藏族普通民众对传统文化的现实态度。与任何一种具有典型意义的艺术形象一样，地母型女性形象绝不仅仅是一种单纯的人物形象，它还是一种复杂的文化现象，或者说包蕴着复杂的文化属性。对于它的认识与评判，不能仅仅停留在文学形象类型的认识上，更不能只局限在地域文化传统的狭小范围内做单向阐释，而是需要以开阔的视野和发展的眼光加以审视。唯有如此，才能发现在这类具有光辉品质的人物形象身上可能存在的不足与缺憾。为了达到这一目的，不妨从创作者对此类形象的复杂的文化属性所持有的审美态度说起。

　　对于这类地母型女性形象所体现出来的复杂的文化属性，藏族创作者持有何种态度呢？对于他们的书写态度又如何分析、评判呢？在阅读这类作品时，能够鲜明地感觉到，作者们给予这些女性人物形象的态度大多是认可与赞同。对于这些人物身上所表现出的各种陈旧、落后的行为、观念，创作者并没有以具有现代理性意识的知识分子的姿态进行必要而冷静的审视，而是给予了她们博大的宽容，甚至是无条件的认同。

　　对于当代藏族作者对地母型女性形象的这种叙述态度，应该如何看待呢？从历史主义的角度看，作者给予她们同情与怜悯是可以理解的。因为这些女性形象作为个体化的生命存在，是社会历史环境和现实文化环境的产物，她们身上所表现出来的那些根深蒂固的思想观念和行为方式，是社会历史赋予她们的

"秉性"，带有深广的群体性、历史性。在某种程度上，她们的一切生活行为都是按照古已有之的"既定"惯例进行的。她们的个体行为其实映射着群体的行为。从这个角度看，她们身上所体现出来的优点和缺点，都是历史的必然。无论进行何种选择，她们也只能是某种历史命运和文化规范的承受者、践行者。因此，作者在叙述中对她们的命运给予深切的同情，对她们的那些行为观念持认可态度也是可以理解的，这体现了作者清醒的历史主义态度。从对个体生命关怀的层面看，这种书写态度也体现出了作者深厚的人道主义情怀。但是，当我们从文化批判的角度加以考察时，情形可能会有所变化。

首先，从文化发展变化的历史规律看，传统文化在积淀积极因素的同时，也会堆积、潜藏消极因素。文化系统中的消极因素必然对人的现实生活形成负面影响，从而成为人们生活的负重，严重制约人们对正常合理生活方式的选择与追求，最终可能给脆弱而短暂的个体生命带来不幸。从当代藏族小说中地母型女性人物的生命轨迹可以发现，她们的一生无不充满艰辛与不幸。而探究造成这种艰辛与不幸的原因，就会发现，除去诸多客观原因之外，她们自身的主观原因也是一个非常重要的因素。这其中，固守传统观念，践行世代遗传下来的种种陈腐习俗就是一个极为重要的原因，对此不能视而不见、避而不谈。因此我们觉得，尽管创作者充满了体恤、怜悯和关怀之情的态度的确让人备感温馨，其人道主义精神也值得肯定，但同时也需要指出，他们的这种书写态度缺少了对传统文化观念和陈旧生活习俗应有的批判意识。缺少了批判意识的颂扬就是抛弃了革新的可能。这是一种没有历史革新因素的颂扬与同情，它暴露了创作者们认识上的盲区。何以出现这种情况呢？这里面有些问题是需要加以辨析的。

正如前面所提及的那样，对于此类女性人物现实命运的不幸与生活之艰难，完全可以以任何一种方式来表达人性固有的恻隐之情，这是毫无疑问的，大概没有人会对此提出异议。但问题的另一面是，绝不能因为表达"同情关怀"就回避造成生活不幸与艰难困苦的种种原因，尤其是那些带有极大的传统惰性成分的历史文化因素。换句话说，我们需要人道主义精神，但也需要批判意识。当然，批判针对的不是一个个具体的人物形象，而是造成她们生活方式和影响她们思想意识的陈旧伦理习俗与文化观念。在笔者看来，许多藏族作家在创作中不愿意表露自己的批判锋芒，并不是因为他们没有意识到造成这些人物不幸命运的历史文化原因，而是他们不忍心去对那些本身就处于生活底层的弱势女性进行批判。在他们看来，批判这些女性形象身上的一些人性缺陷和生活旧习，就是对这些女性人物困苦生活和不幸命运的漠视，就是对这类女性人物缺乏同情与怜悯，是一种落井下石的不人道行为。其实作家们的这种认识混淆了批判对象，也无意之中把批判与同情人为地对立了起来。他们没有把人物形象与造成这些人物形象不幸命运的原因区分开来。不少藏族作家似乎没有认识到，对于这些女性人物来说，她们并不是自己命运的主宰者，而是传统文化观念和生活伦理的牺牲品。她们的一切心理意识和行为方式均受传统观念和生活习俗的影响与支配，因此，对她们的思想观念与行为方式的批判，并不是对她们自身存在价值的否定，而是对传统习俗和陈旧伦理道德的批判。同时，批判与同情也并不是天然就对立的，"哀其不幸，怒其不争"在现实生活中是完全可以并列存在的，在文学世界里，就更没有必然对立或矛盾的可能了。鉴于此，我们觉得作家在叙述时仅仅对人物形象倾注自己的人道情怀是远远不够的。创作者不能因为同情那些命运悲苦的女性人物而粉饰她们的缺点，更不能"爱屋及乌"式地因为同情这类女性人物而认同她们身上附带的那些落后陈旧的伦理观念和心理意识。作家们需要对那些带有陈旧顽疾的文化观念和生活伦理进行必要的质疑和批判。只有这样，才能看到未来文化发展的可能前景，才能在更为宏阔的层次上给予底层民众关怀与体恤，并努力为他们命运的改变寻求更为合理的发展道路。相反，如果因为同情、怜悯女性人物的不幸遭遇与坎坷命运而无视或忽视对造成她们不幸遭遇和坎坷命运的传统文化意识的严峻审视，就会掩盖生活"真相"，在面对文化传统时留下一笔舍本逐末的糊涂账。如果以无视或忽视传统文化中那些陈旧、腐朽思想意识为代价而给予女性人物毫无限度的同情与怜悯，以显示作者的人道主义情怀，那这样的人道主义就会显得有些廉价。

其次，除了上述文化重构上所显露出的不足之处外，对母亲正面形象特征的一味强调，从审美的角度来看，也存在着一些明显的不足。那就是母亲形象的单一化造成的人性的纯洁化，进而掩饰了社会存在的复杂与多元。毫无疑问，对于母亲和母爱的赞美与颂扬是不应该受到任何质疑的，因为母亲和母爱的确是人世间最值得讴歌颂扬的伦理亲情，对于任何一个子女来说，这都是不可辩驳的。但母亲也是社会存在者，也是有血有肉的凡人，也是历史性的个体存在，她身上除了母性之外，还可能携带着其他非母性的因素。这些因素往往会在母亲自觉不自觉的意识支配下影响母爱的实施，这样就会导致母爱的"变异"，从而影响母亲形象的纯洁性。换句话说，有时候，从母亲那里生发出来的母爱，并不都是子女所能接受的。不能否认母爱的无私，但却同样不能否认母爱有时候又是专制的、霸道的。母爱也许就是母亲对子女的真爱的表达，但对子女而言，并不一定都是合适的，当这种不合适的爱被强加给子女后，可能就会给接受者带来伤害。这就意味着母爱有时其实也会显露出其"不合理"的一面，甚至暴露出其"狰狞凶残"的面容。这就是现实生活中常常会发生子女与母爱冲突，并导致子女与母亲产生裂隙的原因；也是古往今来的文学作品在颂扬赞美母亲和母爱的同时，不断展现、暴露子女与母亲两代人之间的隔阂与冲突的原因。这样书写并不是因为书写者们想从根本上否定母亲形象的伟大与母爱的神圣，也不意味着他们从来就没有感受过母爱的温暖，而是在他们的经验中和认识里，母亲也是人——是与其他普通人一样有着平凡人性特质的人。同时，母亲作为人，也是一种社会性的存在，她不是纯粹的生物性存在，也不是脱离社会的个体性存在，在她的身上其实携带着社会环境和传统文化"赋予"她的非个人性因素。这些因素决定了她不可能完全按照自己的生物本能向子女后代实施母爱。这就意味着从她身上散射出来的母爱包含着特殊的"杂质"，这些"杂质"与她本人的生活经历、所处的生活处境、个人的性格特征、所接受的文化熏陶有着重要的关系，这些因素可能会决定母爱的性质和功能，从而影响被施予者的接受态度，由此也就会造成母爱形态上的多姿多彩。母爱的多重效果意味着母亲形象的多姿多彩，而不是单一的神圣伟大。为了说明问题，不妨借助文学事例做一些说明。最为典型的事例莫过于"五四"时期的一些女性作家在作品中所塑造的母亲形象。

"五四"时期是一个新旧交替的转折时期，破除封建专制体制，呼唤民主自由的呼声是整个时代的主流趋向。如何在文学中表现这种时代精神呢？不少作家选择了婚恋主题，以冲破封建家长制的包办婚姻，争取婚姻自由为文本的叙述架构脉络，以此来表现接受了民主自由意识的青年男女是如何追求个人的主体价值，如何在压力重重的封建传统势力的包围中走向新生的。此时她们的母爱书写就表现出了包含着强烈冲突力量的双重性。一方面，母亲出于对子女的关心疼爱，希望子女能有一个好的归宿，于是她们以子女年幼无知，不懂生活的艰难险阻为借口，积极主动地出面为子女的婚姻大事张罗操办，以为自己的所作所为都是为子女的未来生活的幸福着想。另一方面，作为家长，她们信奉传统婚姻观念和规范，认为子女的婚姻大事就得由父母包办。在此情况下，由母爱所引导的一系列把子女引向幸福之路的措施，往往忽略漠视了他们本人的意愿。在传统气氛还浓厚的社会环境里，这样的安排也许会在子女们无声的抱怨中顺利完成，但在时代环境发生转变的历史时期，新一代的子女们就未必接受这种"无理"的安排，尽管这种安排包含着父母一代人的拳拳之意。"五四"时期的许多作品中就出现过这种"霸道专制"的母爱与子女所追求的婚姻自由之间的矛盾冲突，有些冲突甚至达到了水火不容的程度。这时候的母爱就显露出了它的局限性，母亲形象也显露出了她们的复杂性。"五四"女性作家冯沅君的一些作品可谓这方面的代表。

冯沅君的创作并不丰厚，但影响不小且颇具时代精神风貌，原因就在于她的情爱书写揭示了母爱在时代面前的尴尬境遇，表现了母亲形象的多重面孔，也展示了新一代女性面对母爱与个人婚恋时的矛盾心理和情感挣扎。应合时代风潮，冯沅君的写作大都集中在自由恋爱和封建包办婚姻冲突这一主题上。她的第一部小说集《蜷菔》所收的四篇小说《隔绝》《隔绝之后》《旅行》和《慈母》的主题基本相同。一方面是彰显女主人公个人主体愿望的自由恋爱，另一方面是作为封建婚姻制度维护者的母亲对主人公恋爱的阻止。在母爱与情爱之间，女主人公显得犹豫不决、进退两难。为了恋爱自由，她可以牺牲个人名誉和天伦幸福，但在深情的母爱面前却又深感愧疚与自责。她的内心充满了矛盾痛苦。服从母亲为自己安排的婚姻，自己的真挚爱情就会受到破坏；自由地按照自己的内心意愿去恋爱结婚，母亲又会伤心欲绝。冯沅君通过描述主人公恋爱婚姻与母爱亲情所形成的矛盾心理，在一定程度上展现了两种看似都合理的爱所形成的冲突的实质，揭示了这种冲突背后的社会文化内涵。它表明母爱也是具有时代性、社会性的。在不同的历史时期和社会环境、文化语境中，它的功用和效果往往是截然相反的。至少在冯沅君的书写中，我们能够看到母爱的两个方面：一方面它是神圣的，不容亵渎的；另一方面它也是复杂的，包含着消极的成分。这也说明生发出母爱的母亲形象也是复杂的。当她真诚无私地把自己的爱施予子女的时候，她的伟大、无私是值得子女们赞美颂扬的，她的形象自然也是辉煌的高大的。但当她的爱因为受时代的局限和思想的制约而成为阻碍子女自由健康发展的障碍时，即便这种爱是真诚的无私的，也会遭到青年一代的拒绝。如果这个时候母亲们依然坚持自己立场不变，并以爱的名义百般阻挠子女的人身自由，则可能会被视为落后、愚昧的表现。这样的母亲形象往往会被定性为时代的落伍者和思想的不开化者。冯沅君笔下的母亲在"五四"这一特定的时代，就被看作是封建礼教思想的承载者，她们对女儿自由恋爱和婚姻的阻挠就是对落后的封建礼教的维护，是封建家长专制权威的体现。她们的这种形象特征自然也就成了受批判的对象。母亲形象也由此成了一个反面形象，接受历史的淘汰。由此看来，此类母亲形象尽管也是时代的产物，但在一定程度上展现了母亲形象的复杂性，使得母亲形象显得更为饱满丰富。

与此同时，饱满丰富、多重复杂的母亲形象也与复杂多变的人性相符合。与其他普通人一样，母亲首先是人，而后才是母亲，这一属性决定了母亲也会与其他普通人一样，有着与生俱来的缺陷。软弱、卑微、自私、贪婪、粗暴、残忍等这些在其他人身上看得到的负面性格倾向，在母亲身上也会表现出来。当然这些负面因素并不影响母亲形象的伟大崇高，但如果能够把这些负面因素也适度地表现出来，无论如何都是对母亲形象的全面描绘和展示，也是对复杂人性的真实展示。否则，就是理想化的审美塑造，与现实生活中的人物相去甚远。尽管理想化的人物形象可以带给人超越现实的美好遐想，这是艺术创作可以拥有的一种审美效果，但它却会遮蔽现实生活的本来面目，让原本复杂多面的人变得简单、肤浅。这个时候，适当的带有现实主义色彩的艺术表现，可能会让人贴近生活，直击人性的多副面孔。有时甚至可以通过强化手段展露人性的缺陷，从而激起读者对人的存在的深入思考。在文学史上，与有些作家沉浸在理想化的书写中不同，一些有着特殊生活经历，对生命有着特别体悟的作家对母亲的书写更倾向于暴露母亲狰狞恐怖的一面。这种书写尽管令人感到心惊肉跳，但却也能够看到母亲形象的另一个侧面，体验到人性的乖戾复杂。在中国现代文学史上，张爱玲的创作就是这方面的典型案例。张爱玲笔下的母亲形象，构成了中国现代文学史上少有的"巫母群像"。她们没有慈爱、宽容、爱护、牺牲等这些积极向上的健康品质，却暴露出了阴冷、自私、凶残、狠毒等这些令人惊骇的狰狞面容。张爱玲对于母亲形象的灰暗书写，不但是她对母亲记忆的伤痛体现，也很有力地冲击了人们对母亲记忆的美好情愫。这种书写也许带有张爱玲个人的生命印记，是一种很独特的个人生命体验，但它依然对我们认识母亲形象有着重要的启迪意义，它启发我们重新认识母亲形象的多重性。联系当代藏族小说中的母亲形象，在肯定作家们对自己笔下的母亲形象进行理想化的审美刻画的同时，也有必要对其忽视人性复杂多重的单一认识和理解，进行一些适度的反思。尤其是对这些母亲形象身上所可能潜藏的那些已经不适合现代社会发展进步的传统心理意识和文化观念，需要在赞美颂扬母爱的同时以理性态度加以审视。

二

从性别视角和女性意识的角度看，地母形象所体现出来的女性意识显然是一种比较陈旧的女性意识。这主要体现以下几个方面。

首先，她们所秉持、信奉的许多传统伦理道德观念已失去了存在的合理性，在很大程度上蜕变成了制约、压抑人的正常需求与发展的陈腐因素，且这种制约与压抑许多是针对女性的。在相同的社会环境中，男性相对容易就能够摆脱那些所谓的道德束缚，而女性则不得不承受坚持传统道德伦理造成的人生苦痛，接受悲惨的生活结局。对于这种很不平等的现实境遇，地母型女性似乎往往能够坦然接受，且认为这是生为女人就应该遭受的命运。加上只为修炼来世好运，不求今生幸福的生命轮回观念的深刻影响，她们还会毫无怨言地把如此不平等的观念和现实境遇看作是为自身孽障赎罪的机会。如此一来，她们不但成了陈旧伦理道德观念的维护者，也不自觉地成了它的牺牲品。对传统伦理道德观念的信奉已经内化成了她们的精神血肉，这不仅充分体现在她们的个人行为对传统道德规范的严格践行上，还表现在她们以传统规范严格要求年轻一代的生活行为上。在她们看来，不符合传统伦理规范的行为和现象都是不合理的，是对祖宗遗留下来的神圣"法令"的背离和忤逆，是人性堕落、世风日下的表现。由于此，她们在顽强地坚守传统的同时，敏感而冷漠地拒绝接纳在她们看来带有邪恶气息的新鲜事物和思想观念，对于接受了新鲜事物和观念的年轻人，则严加指责，甚至深恶痛绝。前面提及的阿妈曲宗，就是这类形象的一个比较典型的代表。毫无疑问，阿妈曲宗身上有一些值得肯定与敬佩的优点，如坚韧、仁慈、宽厚，富有牺牲精神等，这些优良的品质无论是在传统社会，还是在现代社会，都是人性良善与美好的重要标志。但阿妈曲宗身上因传统文化观念和习俗的因袭而携带的陈旧因素也是显而易见的。她虔诚地信仰宗教，这本身并没有问题，但她的信仰却带有很浓厚的"迷狂"色彩，是一种完全迷失自我的痴迷。这种痴迷主要表现在她在面对任何生活处境时，都以宗教仪轨来作为判断是非、处理问题的标准。比如面对疾病，儿女们希望能够依靠先进的西医为她治疗，但她却因为西医治疗要用铁质器械而担心引来灾祸，从而拒绝用西医治疗，坚决采用传统的土办法，结果导致视力严重下降，几乎失明。她恪守传统生活方式，因此看不惯儿女们新的生活方式。如坚决反对儿子的婚事，理由是对方家的出身不好，担心给自家带来晦气。儿子不顾她的反对与所爱的姑娘结婚，她因此与儿子产生了难以修复的隔阂，把儿子拒之门外，不愿相见。凡此种种，都是阿妈曲宗在生活中所表现出的极为固执的性格特征。这些性格特征与她所信奉的传统生活观念有着直接的联系。可以说，她的这些性格特征，就是由她所信奉的生活观念培育的。阿妈曲宗沉迷在这些陈旧的生活观念中不能自拔，从个人发展的角度来看，显然是一种毫无积极意义的生命意识，不但影响自我的生活质量，还让她自觉不自觉地成了他人生活的羁绊。在现实生活中，阿妈曲宗什么都可以忽视，唯一不能忽视的就是陈旧的传统生活观念和习俗，她几乎就是传统文化规范的代名词。她的自我意识是那样的薄弱，至于具有个人色彩的女性意识更是微乎其微。

传统守旧，是地母型女性人物在展现她们令人仰视敬重的美好品德的同时，留给不断变化更替的文化现实的另一副面孔。很显然，这一面孔是冷峻的、漠然的，对不断变化更新的文化现实和伦理道德是不屑一顾、嗤之以鼻的。以历史的眼光来审视，它的不合理是显而易见的。固守传统自有其道理，因为新的因素就是从传统中衍生而来的，且传统文化中本身包含许多不能忽视、摒弃的精华；但一味坚守传统文化规范而不顾社会历史不断前行更替的事实，无论如何都是一种不可取的僵化意识和可悲举动。至于不加考辨、甄别就拒绝新生事物，则绝不是一种明智之举。前面提及的《前方有人等她》中的夏莘老太太，是一个恪守传统、富有牺牲精神而受人敬重的女性形象。她的身上几乎没有任何可以挑剔的缺点，在作者笔下，她就是完美的代名词。但如果不局限在传统伦理道德规范的视野之内，而是以稍微开阔的眼光对其加以审视，则会发现，她对变化着的现实的态度是相当固执的，对现实有一种不信任感和拒斥心态，尽管这种不信任感和拒斥心态来自其儿女有违社会公德的行为，但她无视现代社会人们生活方式和生活观念的改变，一味笃信自己过去的生活方式是最为合理的生活方式的简单成见，显然也是不值得肯定的。由此看来，对具有道德楷模意义的地母型女性形象并不能无条件地加以颂扬。有必要在颂扬她们的优秀品质的同时，冷静审视她们身上所携带的文化重负。这对建立一种新的女性观和女性文化是具有积极意义的。

第六章

知识女性形象

第一节　知识女性形象产生的历史语境
和时代特征

随着藏族地区社会经济的发展和现代教育体制的普及与逐渐完善，越来越多的藏族女性获得了接受现代教育的机会。由此一来，许多的藏族女性凭借自己的努力和借助社会所提供的有利条件，完成全面的现代教育训练，从而成为当代藏族社会中的一个崭新独特的群体。这个群体可以权且称作"当代知识女性"。从小学到中学，再到大学，她们接受过比较完整的现代教育训练。在接受现代教育的十多年中，她们将会被塑造成与其他女性群体有着不同的社会特征和文化观念、心理意识的女性群体。这主要体现在以下几个方面。

首先，这些女性的生活环境与其他女性的生活环境相比发生了巨大的变化。由于获得了接受完整的现代教育的机会，她们获得了进入更为广阔的社会舞台的机会。这一机会的获得完全改变了她们的生活环境——从家庭进入社会。从家庭进入社会，这一转变引发和促使了当代藏族女性生活内容与品质的根本性改变，而这一改变对培育新的思想观念、建立新的生活方式产生了巨大的作用。尤其是她们在接受大学教育时经历的城市生活（到内地大城市上大学、进修、培训等），对她们整个精神世界和生活观念的影响更是如此。关于这一点可以从一些对比中有所了解。与内地相比，藏族地区的城市规模和发达程度要落后得多，许多藏族群众都生活在农牧业地区，他们的生活方式和思想观念都深受农牧区经济模式的影响，而且具有坚固的宗教文化根基，呈现出很鲜明的传统特征。尽管随着中国社会经济改革的不断深入，自二十世纪九十年代以来，藏族地区的城市建设已经有了长足的发展，但与内地的许多发达地区相比，还具有相当的差距。在旧有的生活环境中，女性自然会保持旧有的生活方式和心理意识，而一旦进入全新的环境之中，情况就会有所变化。这种变化

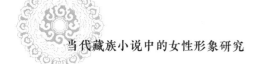

从她们离开家乡进入内地大城市求学时就逐渐开始了。

发达的现代城市生活往往呈现出一种多元化的景象：现代自由意识的流行，自我主体意识的高涨，大众消费观念甚嚣尘上，对个人价值的关注，对个体欲望的肯定……文化构成的多元化以及由此形成的去中心化的文化观念等，所有这些都为当代藏族女性展开了一个令她们感到陌生而兴奋的生活环境。许多女性从遥远的边地进入令她们眼花缭乱的现代城市，不得不面临着新的生活"考验"。尽管在面对与已经保持了很长时间的传统生活模式有着天壤之别，且充满了各种冲突的新的生活方式时，她们往往会感觉到难以适应，甚至会产生抵抗情绪，但崭新的生活方式对她们同样也具有巨大的吸引力。随着对新的环境的逐渐适应，尤其是对新的知识观念和思维意识的不断学习、接受，她们固有的文化观念、心理意识和生活行为、生活习惯逐渐开始发生变化。她们对个人生命价值的评判与追求，对传统文化体系和精神意识的认识与判断，对现代新型人际关系和恋爱婚姻的观望与接受，对充满了感性欲望的消费潮流的拒斥与追逐……这一切都意味着她们的生活和意识正在发生着前所未有的变化，而这些变化影响与决定了她们自身的一些群体特征，使得她们与那些还固守传统生活模式和持有传统思想观念的女性有了鲜明的不同。

其次，这类女性由于长时间接受现代文化知识，从而具有了一定的现代理性意识，由此她们对传统文化往往持有一种若即若离的态度。与那些深受传统文化意识影响和制约的传统女性相比，受过现代文化知识洗礼和熏陶的当代知识女性不再执着于传统文化规范，不再把传统文化规范看作是不可动摇和难以突破的金科玉律。也许在情感上，她们会为传统文化规范留出一定的位置，但在理智上，她们不再拘泥于传统的条条框框，不再把它们看作是不可触犯的天条。在现实生活方式的选择上，她们更愿意依照理性逻辑来选择自己的生活道路，更愿意遵循现代的现实生活逻辑设计、规划自己的生活蓝图。

再次，现代民主观念和人道主义思想对她们产生了巨大影响，促使她们更倾向于追求个人独立价值，更在意自我的生命意志，从而表现出一种强烈鲜明的自我意识和主体意识。这类女性具有开放的眼界，更具有引领社会风潮的胆气和意识。她们能够与传统思维意识和行为规范拉开距离，去追求自己主观性很强的生活愿景。她们大胆、直率地追求现实物质生活，并乐在其中，能够充分肯定与确认个人的生命价值，敢于释放无休无止的感性欲望，敢于突破和跨越传统文化构建的重重藩篱，以自己的生命体验和现实欲求为基准，去衡量、评价、判断现实生活。现实生活的物质性，情感生活的随意性，思想意志的分散性、多变性，自我意识的高涨性是这类知识女性的显著特征。在当代藏族女性小说中，"当代知识女性"这类人物形象在许多方面向外界展示了她们的这种时代特征。

第二节　知识女性形象的审美特征

当代藏族小说中知识女性形象既是与传统女性形象有着巨大差异的文学形象，也是与当代藏族小说中其他类型的女性形象有着显著不同的女性形象。她们有着这一阶层女性独特的心理意识和情感诉求，有着附有她们身份地位痕迹的伦理观念、家庭观念和生活方式。她们在当代藏族社会中占据着比较显耀的位置，有着令其他阶层的女性羡慕的职业身份，有着其他阶层女性渴望的相对稳定的经济收入，生活方式相对随意自若、舒适自由，情感世界驳杂而善变，重视精神诉求的质量与满足度。当代藏族小说对当代藏族知识女性的这些社会特征和精神风貌，进行了多角度、多层面的描述与展示。对此，可以从具有代表性的作品中梳理出几条比较清晰的线索，然后借助尽可能细致的文本解读和社会文化视角相结合的阐释思路，对这类女性形象纷繁驳杂的审美景象，做一些归纳与总结，力求在"纷纭繁杂"的审美景象中透视出一些具有普遍性意义的审美趋向。

第一，这类女性特别在意自我的感受，更倾向于以自我感觉为中心，来处理个体与外部世界的关系。尤其是年轻的知识女性，这种自我倾向更为明显。与前面相关章节讨论过的地母型的女性形象富有奉献精神和乐于助人的价值观念与伦理意识不同，这类常年生活在城市里的知识女性更在乎自我，更在乎物质上的享受。在她们的意识里，最为活跃的思想分子和情感因素是"跟着自己的感觉走"，至于外部世界会发生什么，自己的行为将会有什么后果，她们考虑得相对较少，似乎也不愿意去考虑。这类女性身上活跃的是现代都市快节奏的生命密码，这些密码都是由一些与传统规范格格不入的编码组成的。从这些形象身上，大致能够看到当代藏族女性群体里正在成长的一种新的精神风向和生活方式。

白玛娜珍的长篇小说《拉萨红尘》中的雅玛，就是这类知识女性群体中的一个典型代表。雅玛是一位军医学校毕业的知识女性，她的一生就是追求物质享受和释放感性欲望的一生。还在学校期间，雅玛和她最好的朋友朗萨就对生活充满了好奇与冲动。她们把主要的心思和精力都花费在了对充满了现代气息的物质生活的追逐和感性欲望的释放上。她们在严格的军事管理体制下仍然随心所欲地谈情说爱，并毫不顾忌地偷尝禁果。她们把追逐恋爱的欢愉看作是天经地义的生命构成部分，但却忽视年轻稚嫩的臂膀无法承担生活重任的严酷现实。毕业之后，朗萨对自己的学生生活开始反思，试图去追求一种远离喧嚣的平静生活，但并没有完全实现自己的愿望；雅玛则彻底陷入现代物质生活的泥沼中不能自拔，在肉体欲望的驱动下随波逐流。她在几个男人之间不断周旋，随意释放自己难以遏制的肉体欲望。即使是结婚之后，她也难以克制收敛自己涌动的欲望。在追逐感性欲望的生命体验中，她始终无法为自己确立一个固定的坐标，不知道如何为漂移不定的爱情构建一个稳定的家园。她完全是一个感性的存在，情感支配着她的一切行动。对于呆板、实在的现实生活，她充满了拒斥心理，于是不断地逃离现实生活就成了她的一种生活方式。

雅玛放逐情感、逃离现实的生活方式并没有给她带来情感世界与物质生活的安宁和幸福，相反，却使她陷入了延绵不断的痛苦、不安之中。一方面她不断地体验着各种情感刺激所带来的愉悦，另一方面又不得不忍受激情过后随之而来的内心痛苦。在医院里因偷情而造成的严重后果，就是对她的这种充满矛盾的生活方式的一个鲜明写照。在医院值夜班期间，她居然与一个在酒吧里结识的小伙子在值班室里偷情，结果酿成大祸。她原本是可以把小伙子打发走的，因为有病人需要她看护。但在小伙子的要求下，她却不作任何反抗地把小伙子领到值班室里间做起了苟且之事。即使是病人家属来叫时，她也无所顾忌，完全沉浸在欲望的泥沼里不能自拔。结果病人因为输液过快而不幸去世。瞬间的愉悦过后，她立刻就陷入了不安、恐惧、痛苦之中。

　　雅玛的生活方式体现出的是一种鲜明的"个人主义"倾向，而这种倾向是当代藏族小说中大部分知识女性所共有的一种精神特征。她们很在意自我的感觉，很注重自我在生活中的位置，做任何事都习惯于从自我的角度出发，倾向于把自己置于中心位置，自觉不自觉地信奉"个人本位主义"观念。她们对现实物质有着强烈的占有欲，喜欢享受丰厚的物质带给她们的满足感；喜好追逐时尚、出入酒吧歌厅，喜欢沉浸在浪漫的白日梦中勾画人生是她们"现实生活"的主要景象。

　　这类知识女性已经具有初步的现代自我意识，前面所述及的"个人本位主义"倾向其实在某种程度上就是现代自我意识的一种主体表现。这种朦胧模糊的自我意识，或者说主体意识，使得她们不再按照传统的伦理规范来处理具有现代气息的日常生活和人际关系。

　　类似的形象还有梅卓的《欢愉》《蛋白质女孩和渥伦斯基》和《魔咒》里的几位青年女性。正如题目所表明的那样，《欢愉》里的拉姆和芭果是两位不停地追求个人"欢愉"感觉的青年女性。从中学开始，一直到毕业招工到单位之后，两位青年女性始终保持着追求自我的"个性"。她们在中学时就学会了抽烟，以这种方式显示自己生活的浪漫；她们肆无忌惮地谈恋爱，并毫无忌讳地谈论身边的男同学；她们偷吃禁果，然后到医院堕胎……总而言之，她们顺其自然地享受着生命带给她们的种种"欢愉"。尽管有时她们也会遭遇一些不快乐，比如突然地失恋，不小心怀孕带来的恐惧感，但青春的活力不会让这些东西在她们身上停留过长的时间。《蛋白质女孩和渥伦斯基》中的夏姆和琼果是大学同学，她们同样喜欢享受城市里五颜六色的生活带给她们的种种快乐，她们同样喜欢大胆无忌地去追求自己想要的爱情。她们不在乎生活展示给她们的"阴暗面"。遇到"不幸"的生活事故时她们也许会产生伤痛感，并会为此情绪低落，甚至会流下伤心的泪水，但这似乎只是一种短暂的生理反应。伤痛过后，她们很快就会恢复原来的生活状态，继续过着自由逍遥的日子。按照她们的话说就是"大难过后，又是新我"。"大难过后，又是新我"不但是对她们生活状态的准确概括，也是她们的生活态度和准则。"大难"是生活的调味剂，"新我"才是生命的真谛。这种生活态度和准则里既包含着无所谓的混世意味，也包含着强烈的以自我感觉为核心的人生自信。《魔咒》里的达娃卓玛也是一个"跟着感觉走"的情绪化女性。她与第一个男朋友才让在一起的时候总是喜欢以自己的感觉来考验才让的耐心，变着花样让才让为她寻找生活的新鲜感。喜欢达娃卓玛的才让为了不让女朋友生气，不得不不停地为她寻找所谓的新鲜感。但即便是这样，达娃卓玛还是觉得生活太烦腻了。直到后来因为仅凭一时的冲动而使自己遭受爱情与事业的双重打击后，她的这种情绪化的感觉冲动才有所收敛，逐渐被理性的思考所代替。

尽管我们认为当代藏族小说中的知识女性已经具有了很强烈的自我意识和女性意识，倾向于按照"个人本位主义"的方式去安排自己的生活和处理人际关系，但这并不意味着她们奉行的是"自私自利"的个人主义。换句话说，她们看重个人的尊严、利益，她们追逐个人现实欲望的满足甚至是放纵个人欲望，她们寻求个人精神的自由奔放甚至是绝对的自由无碍，她们对自我的看重可能近乎达到了令人"厌恶"的自恋；但她们并不无视别人的存在，更不会为了满足个人利益和精神自由而妨碍与伤害，甚至是剥夺他人的利益与自由。她们是自我主体意识觉醒的一代，是追求自我实现的一代，正因为如此，她们也是能够充分理解个人价值的实现与他人利益共生共存的一代。她们知道自己现实利益的获得和精神自由的保障与他人现实利益的获得和精神自由的保障是相互的、平等的。因此，她们在追逐个人利益和实现保护个人精神自由的同时，不会无视他人的现实利益和精神自由。当然，她们也不会为了他人的利益和自由而毫不利己地牺牲自我，不会无条件地为了他人而付出自己的精力、时间，甚至是生命。当代藏族小说中此类知识女性形象的这种审美特征，可以在与"地母"型的女性形象的比较中看得更为清晰。

从生活方式上看，"地母"型女性形象很大程度上按照传统伦理规范来安排自己的生活，倾向于稳定与内敛，看重家庭成员之间的协作关系与伦理亲情，看重家庭成员之间的长幼辈分次序。从人生价值和生命意义的角度看，"地母"型女性形象看重自我奉献精神，为了自己的亲人或者所爱的人，可以不惜放弃自己的人生价值甚至是生命。总而言之，"地母"型女性形象最大的性格特征是忍耐、奉献、牺牲。尼玛潘多的《紫青稞》中塑造的阿妈曲宗和梅卓《月亮营地》中刻画的阿妈尼罗，就是这类女性形象的代表。这类女性形象的高贵品质令人感动，但在具有自我意识的新时代女性眼里，这种自我牺牲是一种"自我迷失"。年轻一代女性不愿意把这种"牺牲精神"视为自己必须学习的榜样。她们也许不会"蔑视"这种高贵的奉献精神，但在充满了各种诱惑的现实生活中，她们也不会去发扬这种"迷失自我"的精神，至少在年轻时代，她们绝不会放弃实现个人价值的机会而做"无谓"的牺牲。她们更乐意拿自己的青春做赌注，去换取她们认为应该获得的生活价值。需要指出的是，无论是"地母"型的女性形象，还是具有强烈"个人本位主义"倾向的知识女性形象，都并不是当代藏族小说中独有的女性形象。这两种具有互补意味的女性形象，在不同民族、不同时期的文学作品中都存在着。

第二，知识女性，尤其是年轻的知识女性在婚恋观上的自主意识和开放态度，是这类女性形象第二个显著的审美特征。知识女性由于接受了与传统文化观念有着极大差异的现代文化观念，包括看重个人价值的平等、自由意识等，她们不但在日常生活中很在乎自我感觉，而且在恋爱中很看重个人的身份地位和人格自由。她们不像传统女性那样对爱恋婚姻对象不作选择，自觉的个人意识促使她们在男女恋爱的相互关系中非常在意自我的感觉，在选择婚恋对象方面也抱有相当开放的态度。她们可能会爱得很是痴情、疯狂，甚至会为了单纯的爱情而牺牲自我，乃至放弃生命，但在整个恋爱过程中，她们的行为都是主动的。不管是坚守爱情还是放弃爱情，她们都是自己的主人，都愿意听命于自己内心的真实感受，同时能够以理性思考，为自己的爱情寻找合理性。与此同时，她们对爱情抱有非常开放的认识态度。她们不像传统女性那样把爱情婚姻视为生命的全部或者是最为重要的构成部分。在这类受过现代教育的知识女性的认识观念里，恋爱婚姻固然重要，但并不是生命的唯一，也不是生活最为重要的部分。由于此，她们虽然会认真地去对待爱情婚姻，会为爱情婚姻付出很多，但当得不到自己想要的爱情婚姻，或者遭遇恋爱婚姻的失败时，她们会以相对轻松的心态去面对这种失败。爱情的伤痛也会使她们感到伤感哀痛，但她们不会就此认为自己将失去一切。她们会把爱情婚姻放置在人生成长的整个过程中加以衡量，为它寻找一个适合的位置，并对其进行"恰如其分"的评估，从而确定其在整个人生中的价值和意义。这种情感与理智相互交融、相互制约的恋爱婚姻观，充分显示了当代藏族知识女性已经具有了相对成熟的人生观、生活观和鲜明的现代自我意识。梅卓《魔咒》里女主人公达娃卓玛的婚恋观，就是这种崭新的生活观和现代自我意识的很好体现。

在遭遇恋爱和事业的挫折之前，达娃卓玛是一个倾向于以自我感觉为中心的女孩子。她对爱情的看法是，对谁有感觉那就跟谁好，跟一个人谈恋爱并不意味着就一定与他结婚。因此当在酒吧里遇到那个看上去英俊潇洒且出手大方，颇具男子汉气概的康巴人康嘎时，她不顾男朋友尼玛才让的感受就与康嘎眉来眼去，最后撇下尼玛才让随康嘎而去，毫无顾忌地成了康嘎的女朋友，似乎她与尼玛才让的感情关系根本就是两个不懂事的小孩子玩过家家的游戏而已。尽管尼玛才让很是受伤，但达娃卓玛却毫不在乎，她只在意自己的感觉。在康嘎身边，她感受到了爱情的自由疯狂与甜美浪漫，但同时也领教了自由疯狂、甜美浪漫之后的伤心痛苦。为了爱情的浪漫，她几乎丢弃自己的工作，甚至走向犯罪的边缘。惊心动魄的"爱情游戏"和事业风波过后，达娃卓玛并没有因为爱情上的大起大落而沉沦，而是选择了坚强面对和及时补救，更为重要的是她没有呼天抢地、怨天尤人，而是在体味痛苦的同时冷静地反思了自己的这段生活经历。面对这段几乎导致她遭受牢狱之祸的人生经历，她采取了开放的认识态度。她没有沉浸在抱怨的泥潭中后悔不已，也没有过多地指责康嘎的不负责任和不讲信义，而是把它视为人生经验的宝贵财富和值得回味的生命记忆：

> 很久以后，达娃卓玛想着这件事情的前因后果时，觉得问题就出在康德酒吧，那个雨天，那个和尼玛才让百无聊赖的闲逛的下午，如果没有推开那扇拴着哈达的门就好了，尤其不要遇见康嘎，那么以后的烦恼就不会出现了。可是如果真的是那样，自己平淡的生活会有什么呢？如果没有那么一场轰轰烈烈的恋爱，她便只是一个定格的影像，平凡地嫁人，平凡地成为中年妇女，人生的经历仅限于此，再没有什么要死要活的想念，更没有深入骨髓的仇恨，她的人生将不能体会到大起大落的爱和恨，幸福和懊悔，到老了的时候，将没有什么值得回忆。

> 她爱过恨过的康嘎，无意中给她提供了一个丰富人生的片段，那是她疯狂青春的极致……

> ……所以她得出一个结论，她认为爱情最能让年轻人快速懂事，遭遇过爱情的达娃卓玛现在平心静气，客观地分析这个事件，最后的结论也让她满意，她能够真正把这件事情放下了。

> 她竟然开始感激康嘎，虽然他让她备尝辛苦，但如果没有他，她将仍然处在懵懂的无所事事的状态，对责任二字的理解还停留在书本知识上，

那么单薄的经历怎么能成为青春时代的写照呢？人的一生只有一次青春啊！①

　　达娃卓玛的婚恋观念，是一种很前卫的婚恋观念。虽然一时冲动的爱情选择给她造成了巨大的痛苦，而最后的结局也包含着"顺其自然"的无奈意味，但想得开、无所谓的生活态度何尝不潜藏其中呢？"我的人生我做主"的个人本位主义是她精神实质的核心。事实上，在当代藏族小说中，许多年轻的知识女性都属于"跟着自己感觉走"，但又敢于自我负责的一类人。她们是特别在意自我"此时此刻"的情感意念，甚至为此而不计后果，但事后又能够承担后果的开放女性。在现实生活中，她们往往听凭自己感觉的指令，不停更换自己的恋爱对象，大胆释放、满足自己的肉体欲望，同居、怀孕、堕胎等这些脱离常规生活轨道的"丑陋"行径，于她们而言，似乎是很正常的生活现象。这在传统伦理观念看来，显然是极不可取的，因为它意味着人品低劣、道德败坏。但对这类知识女性来说，这样做却是合情合理的，因为她们认为这是对自我情感的忠实与尊重。基于这样的恋爱婚姻观念，她们无视传统伦理规范设置的"藩篱"，而只愿意听凭自己内心的感受和情感需要，在生活的大海里放纵自己的感性欲望。她们的确是一群有着自己独特的思想观念和行为规范的新型女性。

　　第三，知识女性的精神世界更为丰富驳杂，情感欲求更为多样直接，反抗传统世俗偏见的意识更为明确尖锐。相对于其他类型的女性形象，当代藏族小说中的知识女性形象，要更为丰满圆润一些，这主要体现在她们精神世界的丰富驳杂和情感欲求的多样直接，以及对传统世俗偏见的敢于蔑视反抗上。出现这种审美取向的原因可能是多方面的，比如作家文学创作观念的变化，作家对现实生活认识的多元化，斑驳陆离的生活现实与复杂人性对作家思想认识的启迪等。无论源于何种原因，当代藏族知识女性形象的这种审美取向都表征着当代藏族小说在人物形象塑造方面，尤其是女性形象塑造方面，取得了巨大的突破。这种审美取向既是对现实人性的切实反映，也极大地丰富了作品的艺术内涵和社会文化意蕴。下面不妨借助对次仁罗布小说《焚》中的维色这一形象的审美考察，来简略阐释此类女性形象的审美蕴涵。

----

① 梅卓：《魔咒》，《麝香之爱》（小说集），西藏人民出版社 2007 年版，第 217 页。

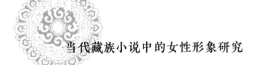

　　维色是某一单位的文职人员，工作踏实认真。但她的生活并不如意，尤其是家庭婚姻生活。由于出身比较低微，与丈夫家相对显赫的家庭背景并不能"门当户对"，所以，尽管她是一位受过良好教育的女性，且拥有不错的工作，但依然得不到丈夫的爱护和丈夫家人的尊重。对此，维色非常苦恼，在忍无可忍的情形下，她选择了离婚。从维色所处的生活处境来看，她的这一选择无论如何都是无可指摘的。作为一个有尊严的知识女性，她作出了自己应该作出的人生选择。但维色选择离婚的时机和方式，却显示出了她不成熟的一面，或者说她仓促盲目的心理意识。因为她把自己的情感"托付"给了一个有家庭的男人，结果可想而知。在欲望放纵、激情消散之后，她不得不在痛苦中选择离开。从此之后，失望的维色开始不再相信爱情，她的心理开始扭曲变态。除了不断地肆意放纵自己的欲望之外，她开始仇恨蔑视男人，甚至对整个社会都失去了信心。要不是女儿的存在，她也许就没有力量继续活下去。维色的人生轨迹是一条不规则的曲线，从中显示的是知识女性在现代社会里不规则的生存状态。女性内在需求与现实客观环境的矛盾纠缠，使她们在生活的漩涡中无法按照自己设定的理想轨迹运行自己的人生。自我意识的觉醒，使她们敢于且能够面对伤害自己尊严的恶劣环境，且给予有力的反击；但盲目的个人化追求却也使她们对纷纭复杂的现实缺乏清晰的认识，加上人性当中固有的弱点和缺陷的羁绊，使她们在冷酷的现实中找不到自己。她们是觉醒的一代，但因为觉醒而迷失自我，只能品尝人生的痛苦。维色身上体现出来的这种复杂的人情世态，正是知识女性形象丰富的艺术内涵的表现。

第三节　知识女性形象的社会文化内涵

　　毫无疑问，知识女性形象的出现——尽管并不是当代藏族小说中女性形象的主流——为藏族女性文学增添了一种独特的文化审美景象。这种文化审美景象不仅仅意味着一种新的艺术审美取向的出现，还意味着一种新的思想观念的萌生、发展，尤其是在女性群体中更是如此。它意味着当代藏族女性自我意识和女性主体意识的萌生与觉醒。尽管前面以略带批判意味的笔调分析、阐释了以雅玛为代表的这类城市知识女性所表现出的种种脱离常规生活轨道的"恶劣行径"和强烈的个人本位主义倾向，但以发展的眼光看，必须指出，她们同时是一群具有现代意识的女性。在她们身上，可以看到背离传统伦理规范的种种观念、行为，而正是这些从传统伦理脱轨的观念、行为，展示了她们作为新型女性的精神风貌和特征。在她们的不合常理的观念和行为背后，其实蕴藏着一种新的女性意识，从某种意义上看，这种新的女性意识正是具有了现代意识的女性应该具有的思想观念和行动指南。这类女性形象的出现，展现了当代藏族女性追求自我的历史踪迹，预示了当代藏族社会文化发展的某种必然趋势。因为从这类知识女性的精神追求与现实步履中，能够看到被压抑了上千年的女性主体意识和女性性别意识的苏醒与迸发。何以言此呢？

首先，尽管这类女性过于大胆地放纵感性欲望，比如对物质享受的追逐，对肉体欲望的随意释放等，从传统伦理道德所秉持的观念来看，的确给人以违背传统伦理道德、世风日下的印象，但她们敢于把自己内心最真实的想法和感受呈露出来的行为举止，却让人们感受到了女性激情与活力的迸发。她们在爱情的漩涡里不断搏击，尽管结果并不如她们所渴望的那样理想，但她们对自我行为的认可与对最终结果的承担，却是一种值得肯定的主体意识，因为这意味着这类女性已经在自我意识的黑洞中点亮了寻找自我的火把。她们能够深入女性自我情感的深处，第一次以"自我感觉"为中心，袒露伦理道德无法判定善恶的女性肉体欲望，比较大胆地呈露了女性独特幽深的内心世界和隐秘飘忽的情绪变化。这不但表现了当代藏族女性追求自我价值的非凡勇气，也大胆地展示了女性生命的活力与激情。她们追逐物质欲望与肉体欲望的双重高涨，敢于突破旧的社会文化规范施加在女性身上的种种束缚，不但高扬了女性作为个体存在的独立价值，也是对陈腐的传统伦理道德观念的有力冲击。如果撇开既定的传统文化观念所制造的种种规范和超越保守的狭窄视野，从女性主义理论视角出发就会发现，她们的一些行为，包括那些略显过激的行为，其实是对女性个体生命的自我关注，是对女性自我价值的肯定，它展现的是女性作为一个性别群体自我主体意识的某种觉醒。

其次，这类女性对恋爱婚姻的态度表现了她们对独立人格和自我存在的肯定与追求，从而也在某种程度上彰显了女性自我意识和主体意识的觉醒。受现代意识熏陶的当代知识女性在很大程度上摆脱了传统婚姻观念的诸多束缚，她们很在意自我感觉、自我位置在恋爱婚姻中的重要性。她们努力寻找着一种"以我为主"的恋爱婚姻关系。她们在爱恋婚姻关系中，往往不会以男性是否满意为衡量自身恋爱婚姻成功与否的标准，而是看重自我的感觉。她们不再把自己看作恋爱婚姻的被动者，不甘心做他人的依附、生活的点缀。她们理想中的恋爱婚姻关系不仅仅包括生活上的相互依靠、支持，更重要的是心灵上的相会默契与感应。正是在这种思想观念和情感需求的指引下，她们中的一些人以高昂的姿态审视自己与男性的关系。她们忠实于自己的感觉，可以大胆地爱一个男人，可以同时周旋于几个男人之间进行选择。她们能够为自己所爱的男人不惜付出经济代价和肉体的贞洁，但她们绝不会为此而成为爱情的奴隶和男人的"俘虏"，受男人支配。她们有着清醒的个人独立意识，懂得恋爱婚姻关系中男女平等的重要性。她们不愿依附、不愿等待、不愿渴求，如果自己心爱的男人并不尊重自己的感情，她们会选择主动离开，即使是付出惨痛的代价也在所不惜。这就是这类知识女性在恋爱婚姻中所表现出的新的特质。如果以传统规范审视，她们称得上是"大逆不道"的"恶魔"形象；但在现代意识和女性主义视野中，她们却是富有理性精神和人道情怀的崭新形象。在她们身上，那种古典式的、充满温馨诗情、浪漫执着的爱情色彩已经越来越淡弱，她们代表着一种新的社会力量和价值取向。她们是一群主体意识和性别意识逐渐觉醒的知识女性。她们正在努力跨越传统文化设定的高大藩篱，试图站在新的地平线上重新塑造女性的社会形象，重新定位女性的文化坐标。

如果顺着上述思路和理念来审视这类知识女性就会发现，她们有着积极的文化意义和社会内涵。与传统的女性相比，她们不再顺从地接受传统女性已经习惯的生活方式，也不安于传统性别文化规定的社会、家庭位置。她们不再是贤妻良母式的好女人形象，她们萌生了背离男权中心意识所期望和规定的形象特质。换句话说，她们已经不属于旧文化体系或范畴。她们不再像传统女性那样，抱有迎合和顺从男权文化意识的伦理道德的需要，她们正试图通过自己的情感历程和生命体验，呈现另外一种文化逻辑和生活规范。

她们最先感受到了新的文化思想气息——现代意识，一种包含着主体觉醒、性别觉醒的意识。她们第一次为外界展示了藏族女性的自我意识，第一次呈露了藏族女性的主体意识，使外界看到了一群独立、自主、自强、自尊的新型女性。从这类人物形象身上，可以感觉到，一种新的女性质素在不断地涌动、显现。由于此，人们不得不清醒地意识到，她们是一群需要用新的女性观和道德标准进行认识和评价的女性形象。她们的集体亮相，向当代藏族社会提出了新的要求，那就是：必须有一种新的女性价值观和评价标准，对她们进行历史性的考察和评判。如果继续用旧有的伦理道德和价值观念对她们进行静止、僵化的评判，那将不符合整个社会文化和思想观念的发展趋势，也不符合女性自身发展完善的需求。因为从她们的行为方式和态度观念中可以看到诸多符合人性发展趋势的新的质素，这些质素已经完全突破了旧的伦理道德体系。她们对爱情、婚姻，甚至是理想生活模式的态度和追求，无疑是当代藏族女性随着社会历史的发展而走向新的生命舞台的先声，也是当代藏族文学开启新的艺术风貌的先声。她们是现代意识的承载者，因为她们注意到了女性自身独立价值的重要性。当然，这种现代意识是通过对感性成分很浓重的男女情爱的追寻与体验显现出来的，多少显得有些狭隘。但必须看到，对爱情的呼唤某种程度上就是对人性的呼唤；对爱情的大胆追寻，就是对自我价值的肯定。而这必然是一种包含着自由、尊严、独立成分的现代意识。从过去的无言，到当代的发声，这在藏族女性发展的历史进程中有着里程碑式的意义，它在客观上适应了当代藏族女性思想解放和性别文化发展的内在需求，体现了当代藏族女性不断走向解放的发展趋势。

　　这类女性形象对传统文化持有一种理性态度，这种态度也蕴含着深刻的社会文化内涵。由于接受了新的文化观念和思想意识，她们不再像先辈们那样，对传统文化习俗和观念一味地遵循、盲目地虔信，而是采取与时俱进的策略对其加以重新审视。她们不一定对传统文化持反对、批判态度，但却敢于正视传统文化内部存在的诸多负面因素。她们对传统文化中的积极因素抱有认可、赞赏的态度，但对待方式却具有强烈的时代特色。比如她们也许信仰宗教，但却仅仅把宗教当作一种精神现象，用以平静自己的心灵、安抚个人的情绪，就像欣赏一部艺术作品那样。她们不认为宗教信仰能够给人带来丰厚的物质财富，也不祈求宗教信仰能够让自己鸿运当头，不受世间困苦折磨。她们也到各类寺庙去朝拜，但其朝拜的方式却极具现代色彩，跪拜和徒步已经被她们放弃，现

代化的交通工具和信息手段早已成为了一种朝佛时尚。同时，在她们的心目中，传统文化节日和庆典也有了新的形式和内容。古老的旧模式越来越被充满了现代气息的新模式替代，现代生活元素被她们融入到了传统文化之中，从而使得传统文化的发展嬗变在当代呈现出了强烈的时代特色。此类知识女性对传统文化的态度不但具有深刻的文化重构意义，而且具有促进当代社会文化不断适应社会经济、政治、法制建设的社会意义。关于这方面的内容，可以从藏族女性文化发展演变的角度做一些分析、认识。

在藏族古代文化体系中，藏族女性始终处于被动地位。教育权利的缺失使得她们无法自我言说，只好把自己的历史命运"交付"给掌握了话语权的男性去书写。由于此，藏族女性只能生活在男权文化制定的规范之中，按照男权文化意识完成自己的生命历程。（关于这种被书写的历史境遇的明证是，在藏族历史上，除了个别女性活佛外，从事文学创作和文化书写的女性几乎没有。这表明藏族女性在历史上是没有言说机会的。）由她们的这种历史命运所形成的"女性文化意识"很大程度上压抑、扼制了女性自身生命意识的迸发，并由此形成一种不平等的性别文化，其最终结果是极大地限制了女性成为像男性一样的社会角色，从而无法为整个社会全面、和谐发展提供智慧和力量。女性由此被视为天然的弱者，成为社会存在的"他者"。这种状况的形成原本是男权文化压制女性的结果，但久而久之却也成了女性对自我价值的一种认识，她们从而接受并认可自己所处的社会境遇。很显然，缺乏女性参与的社会进程是不全面、不健康的，当然也就不利于社会政治、文化、经济合理、有效、快速、全面地发展。进入当代，拥有现代意识的知识女性的出现，为女性群体改变根深蒂固的传统文化观念带来了契机。她们在改变自我的同时，也发挥着引导整个藏族女性群体转变思想观念的历史作用。

除以上重大的文化意义和社会内涵外，从单纯审美的角度而言，这类女性形象出现所具有的审美意义也是显而易见的。在藏族文学领域，她们具有开拓审美领域的美学价值。在前面的论述中已经提及，这类艺术形象是一个崭新的艺术形象群体，她们的出现丰富了藏族女性形象的艺术画廊，丰富了当代藏族文学的艺术审美内涵。关于这一点，只要稍做一些回顾与比较就能有所了解。自当代藏族文学从二十世纪六十年代诞生以来，部分作品一直尝试着塑造一些值得关注的女性形象，如益西卓玛的小说《清晨》中的几个女性形象，《格桑梅朵》中的娜真，《幸存的人》中的德吉桑姆，《无性别的神》中的桑吉卓玛等。但这些形象无一不是旧式女性，譬如农奴、牧女、尼姑等。这些女性形象中几乎没有知识女性，即使是那些身处高位的贵族女性，也没有如此丰富的知识背景。至于具有现代意识的知识女性，那就更不用说了。即使是在男性作家的作品中，知识女性形象也并不多见。当然，此类艺术形象的"滞后"，与整个藏族地区社会政治制度、经济体制和教育机制的发展变化有着广泛而深刻的关系。二十世纪六十年代，随着藏族地区政治、经济制度和教育体制的更替发展，更多的藏族民众，包括女性开始有机会接受更广泛、更长久的现代教育。此时，知识女性才慢慢浮出历史地表，形成了一个新的社会群体，并在社会上成功胜任各种角色，与男性一样成了社会进步的中坚力量。由于此，她们才慢慢进入文学创作者的艺术视野，在文学艺术的天地里拥有了自己的一席之地。当代藏族小说正是对这类形象进行最为全面、最为大胆、最为深刻的艺术反映的文学创作。而这类艺术形象在当代藏族小说中的出现，开辟了藏族文学女性形象塑造的新篇章。

　　毫无疑问，当代藏族知识女性相对于传统女性来说，是具有较强的自主意识的现代女性。前面提及的两类具有不同审美特征的知识女性形象，其实都属于具有自主意识的现代知识女性。这类拥有一定主体意识的知识女性能够在某种程度上成为她们人生、事业、爱情婚姻的决定者，从而保证她们成为独立的个体。这是藏族社会女性解放的一个重要表征。但人的存在从来都是错综复杂的。觉醒的女性在现代社会里的生存状态并不会因为她们在某些方面的独立而变得轻松自若。在与社会各种力量的较量中，在与自身欲望的搏击中，她们领受着充满了冲突对立与心灵挣扎、情感困惑的现实人生。次仁罗布的小说《焚》就展示了当代知识女性的这种生活境况，具有相当的艺术代表性。

　　如果说维色不能忍受丈夫及其家人的虐待与漠视而选择离婚，是当代藏族知识女性自我意识和主体意识的觉醒，是当代藏族知识女性反抗意识和反抗精神的体现；那么，她为了逃避困境而情不自禁地投入有家室的情人的怀抱，最终却愤然分手，则是其反抗行为剑走偏锋的可悲结局。至于她之后因为难耐孤独寂寞而任性地放纵自我，不负责任，随随便便与男性交往，且发生严重的心理扭曲——仇视男性，乃至对整个社会产生厌恶，则是其性格脆弱与心理异变的可怕表征。维色的反抗意识和敢于付诸行动的反抗精神，以及后来剑走偏锋的反抗结局，是一条存在着尖锐矛盾冲突和悖谬色彩的人生之路。这条包含着矛盾冲突与悖谬色彩的人生之路，是诸多当代藏族女性知识分子悖论性存在的真实写照。它不仅映照出当代藏族知识女性的生存困境，也是现代社会觉醒了的个体生命生存困境的写照。事实上，维色的人生选择中，至少包含着如何审视现代主体意识的觉醒与个人价值的实现这样一个重要问题。它既关涉到社会条件与个人欲求之间如何调适的复杂关系，也紧密地牵连着个体欲望的满足与基本社会伦理道德的维护之间的博弈。在宗教文化传统相当深厚的当代藏族社会，需要辩证地考量这一问题。

当代藏族社会已经发生了历史性的变化，从各个方面为人们的生活提供了前所未有的便利，开拓了人们生活的疆域，丰富了人们的精神意识。个人价值的高度彰显已经成为时代精神对个人生命意义的召唤与肯定。在此意义上，当代藏族女性的确获得了前所未有的解放，拥有了前所未有的自由，尤其是那些生活在城镇里的女性。与传统女性相比，她们基本上成了掌握自己命运的主人，拥有了决定自己命运的权利与自由。这是当代社会为当代藏族女性提供的社会历史条件，这种条件尽管不能保证满足所有女性的一切愿望和需求，甚至在某些方面她们可能还会受到男权意识的歧视和社会偏见的挤压，处在劣势位置；但就女性自身纵向发展的历史角度看，当代藏族女性获得的自由与权利是空前的。但获得自由与权利，拥有鲜明的主体意识和女性意识，在生活中奉行能彰显自我的"个人本位主义"，并不能必然带来生活的幸福，并不能保证绝对的自由，更不能说明其生命就必然有意义有价值。就像我们不能说那些只有"忍耐、奉献、牺牲"精神的"地母型"女性的人生毫无幸福可言一样，我们也不能断言那些拥有自我主体意识的城市女性一定体现着一种积极向上的精神风貌与生命取向。任何事物都有其复杂性，任何事物都有其多面性。现代意识，以及与之相关的个人主体意识，并不意味着个人价值的正面彰显和完成；个性解放、女性意识也并不意味着女性必然能够完成自我"救赎"。这些看上去令人兴奋痴迷的字眼，其实包含着让生命坠入深渊的陷阱。因为人性本身是复杂多变、难以琢磨的。在难以预测、把握的人性面前，任何诱人的解放与自由都会展露出其难以琢磨的两面性，甚至多面性来。在生命自由被高度张扬的另一面，往往可能隐藏着对生命的践踏，对社会基本伦理规范的严峻挑战与破坏。事实上，当代藏族小说中的一些知识女性的命运遭际，就非常生动地演绎了这种令人眼花缭乱的生存景象。她们的生活轨迹在最大程度彰显女性自由意志与生命价值的同时，也从另一个侧面显露出了"生命迷失""灵魂沉沦"的可悲。前面叙及的《焚》的主人公维色的命运的最终归属，就展现了主体意识觉醒的女性知识分子自我迷失、灵魂沉沦的可悲结局。维色无法忍受丈夫及其家人的虐待与蔑视，考虑再三后坚决地选择了离婚，以此摆脱不幸婚姻带给自己的伤害，这一勇敢选择无疑是非常明智的，值得肯定。作为现代知识女性，她的这种敢于追求自我的做法是对社会偏见与女性歧视的大胆反抗，是现代女性学习的榜样，其积极意义不言而喻。但维色缺乏对自我行为的约束能力和判断能力，结果因为忍受不了情人的背叛而陷入痛苦的深渊，进而放纵感情与肉欲，以一种玩世不恭的态度游戏人生；最后甚至陷入虚无的泥潭无法自拔，以仇视的眼光看待社会、人生，似乎成了社会的多余人，像幽灵一样游荡在城市的灯红酒绿之中。

维色的人生道路呈现出的是现代社会觉醒了的知识女性人生选择的两难处境。

第七章

打工女性形象

第一节　打工女性形象产生的
社会文化语境与生存形态

　　在当代藏族小说女性形象中，有一类形象也值得关注，那就是离开牧区（乡村）来到城镇生活的女性，可以把她们称作城市打工女性形象。这类女性形象的出现与两种社会现象或生活趋势密切相关：第一是宗教朝圣现象，第二是社会经济的发展。

　　一直以来，到圣地拉萨，或者其他一些重要寺庙所在地朝圣的宗教愿望和心理渴望，始终是生活在遥远的牧区和偏僻的乡村里的民众们一生最为重要的愿望。他（她）们往往会不惜花费一切财力和精力，翻越千山万水，经过长途跋涉前往圣城拉萨，朝拜心目中的神圣菩萨，祈求来世的幸福生活。在这类人中，有一部分是女性。她们抱着朝圣的目的，通过各种途径、方式来到一些寺庙所在的城镇或城镇附近的地方，在完成自己的朝圣目标后，由于种种原因不能及时返回或无法返回，于是变成了城镇里的外来人——打工者，开始新的生活。这种现象在拉萨尤其普遍。这是打工女性出现的一个重要原因。在青年作家格央的一些作品中，对这类女性有过比较细致的描述。

　　藏族地区经济的迅速发展是城市打工者出现，且很快作为创作素材进入文学作品的另外一个极为重要的原因。宽泛地说，因朝圣而来到城镇，进而转变为打工者的女性，其实在根本上也是城镇经济的发展为她们提供了身份转变的条件。如果没有像拉萨这样经济迅速发展的城镇的崛起，从农牧区和其他城镇来到拉萨朝圣的女性也不可能长久留在他乡异地，成为城市人员的重要组成部分，为城市的发展注入异样的色彩。

　　从二十世纪末开始，随着中国社会经济的迅猛发展，中国的边疆地区也获得了前所未有的发展机会和动力。藏族地区虽然因历史原因和地理环境的制约处于后进阶段，但同样表现出了前所未有的发展态势。尤其是进入二十一世纪以来，藏族地区社会经济的发展更是异常迅速，社会研究者常常用"跨越式"发展来描述藏族地区的这种发展态势。社会经济的迅速发展，一个重要的表征是城镇规模的不断扩大与城镇经济行业的专业化和多样化。原先人口在十万左右的城市，人口增长为几十万；人口在几万左右的小镇，发展为人口为十几万的中小城市。比如西藏的拉萨，二十世纪九十年代还只是个十万人左右的小城市，如今已经发展为四五十万人口的中等城市，而西藏其他地区的政府所在地均由原来的万余人小镇，发展成了十几万以上人口的中小城市。城市规模的扩大，城市人口的增长，意味着城市各种产业的发展，意味着城市经济行业的多样化，意味着城市对劳动力的需求的增长。随着城镇规模不断扩大，不断涌进的新的文化信息和活跃的思想意识也不断冲击、改变着人们的思想观念，从而促使、吸引着越来越多的农村青年走出家乡到城镇里寻求新的生活。在这部分青年中，青年女性是一股非常活跃的力量。在当代藏族小说中，对这类女性生活状况的描绘和反映也越来越多。

以朝圣和追求现代生活为目的，从牧区（农村）进入城镇的女性，虽然在身份上都有着相同之处，但她们的生活心态和精神诉求却有着巨大的不同。具体而言，以朝圣为目的进入类似拉萨这样的具有强烈现代气息的宗教圣城，进而转变为一个不得不依靠各种手段自食其力的打工者的牧区（乡村）女性，在思想意识和行为方式上介于传统与现代之间，在一定程度上展现了古老的传统生活、传统宗教文化心理同变化着的现代生活和现代人际关系、现代意识之间难以调和的矛盾、冲突。这类女性对待传统生活与现代生活的态度有着鲜明的偏向。在传统生活与现代生活、传统观念与现代意识之间，她们更倾向于传统；在日常生活中极力维护传统规范，有意识地拒斥或躲避现代生活。相较而言，在追求现实物质利益和现代生活的目标驱使下而进入城镇的女性，则表现出了比较亲近现代生活的一面。她们并不刻意拒斥和反对传统，甚至在某些方面还保留着传统观念烙印在她们精神内部的种种习惯性思维方式，但她们对充满了现代气息的当代物质生活和精神刺激，同样怀有极大的渴望与激情。她们希望能够赚到足够多的钱，渴望穿上时髦的衣服，喜欢在灯光与咖啡、啤酒的交融里释放青春的活力……她们是一群喜欢迎接挑战、追求刺激的青年人。她们的经历和生活状况映照着经济转型期当代藏族女性的个体命运，反映着商品经济时代传统生活观念逐渐走向松动、弱化的社会发展趋势。她们的生活经历所留下的印记，正是时代变迁所留下的印记。下面结合一些代表性的具体文本，对这两类女性形象做一些必要的考察。

格央是一位专注于描述藏族女性生活状况的女性作家，她的部分作品把艺术笔触伸向那些从遥远的牧区来到拉萨寻求新的生活前景的女性，对她们或短暂、或长久寄身于拉萨这样的现代气息已经蔚然成风的城市之后所操持的日常生活，以及已经发生变化的心理意识，进行了比较细致的探析与展示。在《八角街里的康巴女子》《牧场主的妻子》《一女有四夫》三篇作品中，格央集中描写、塑造了来自牧区（农村）的几个女性形象。这几个女性虽然以不同的方式来到拉萨，但来之前她们有一个共同的认识，那就是拉萨是一个众神之城，可以帮助自己实现愿望，可以在这里完成自己的心愿——救赎罪孽，祈求现世平安和来世幸福。从她们的这些美好善良、带有浓厚宗教色彩的心愿中可以看出，这类女性在精神意识和心理观念上是极为传统的。她们秉承了牧区（农村）女性勤劳、朴实、坚韧、随性的"地域性格"。无论是凭借自我的力量寻找生活的出路，还是通过帮助亲戚朋友做事以养活自身，她们都从不吝惜自己的气力，表现出了一种踏实肯干的生活作风。在完全陌生的环境里，她们以自己早已养成的生活惯性应付着繁杂无绪的纷繁生活。但她们的思想意识里仍然保留着在牧区早已养成的古老传统观念，这些传统观念在日常生活中对她们的行为方式有着决定性的作用。《牧场主的妻子》中的玻铂就是这样一位具有典型意义的女性。她随自己的大丈夫（她的婚姻遵循的是草原复婚形式，一个女人同时有多个丈夫）来到拉萨经营起了"城市生活"，但她的日常生活与行为方式，却与城市生活格格不入。她是一个生活在城市里的牧区人。

玻铂来到拉萨，一方面是为了照料自己的丈夫，另一方面则是为了朝圣。在平日的生活中，她细心周到地打理着自己的"家"，照料丈夫，为他安心顺利地做好生意分担所有的家务，整天不知疲倦地忙活着。她的生活一直保持着草原人特有的开放与豁达，也固守着草原人悠久的传统习俗。比如，在对待客人时，她的态度是毫无保留的，即使是那些带有敌意的客人，她也会以最热情的态度和方式去对待。至于日常生活，她无视更为"先进便捷"的现代方式，依旧按照自己早已习惯了的传统方式安排着家庭生活。比如给儿子治病，她不相信吃药，而只相信喇嘛的诵经和祈祷；送儿子上学，她不愿意过多地管教孩子，即使他调皮捣蛋、打架闹事被学校开除，她也毫不在乎，而是放任自流。她的第四个丈夫在拉萨有了新的女朋友，她非常难过、失望，认为这是因为自己没有做到妻子应尽的责任，才让第四个丈夫离开了自己，离开了家。于是她尽自己最大的努力去挽留这个小丈夫。对于玻铂这个来自牧区的"城市女性"来说，城市的一切都是陌生的、怪异的。她无法适应那里的一切，许多事情只能采取逃避策略：对出现在身边的"怪异"现象视而不见。即便如此，她还是因为不适应纷繁驳杂的城市生活而最终选择了与自己家人一同离开拉萨。

玻铂的离开表面上看主要是经济原因，因为在拉萨做生意很辛苦，但这并不是唯一的原因，甚至不是最主要的原因。玻铂这类女性最终不得不离开拉萨，其实反映出的是不同社会群体对适合自己生活习性的生活道路的选择和对不适合自身生活方式的环境的拒斥或逃避。进而言之，玻铂在具有现代气息的城市里所坚持的生活方式，以及她最终离开不属于自己的城市角落，其实反映了两种生活观念、两种心理意识之间的矛盾与冲突，其所蕴含的社会文化意义是深远而重大的。它给外界展示了当代藏区社会发展进程中存在的斑驳陆离的社会现象。也许下面两段描述既能说明玻铂离开拉萨的真正原因，同时能够阐明"离开"这一行为所包含的社会文化内涵：

> 玻铂烹调的手艺我是实在不敢恭维的，在她看来每顿有肉吃是非常重要的，而且最好是牛肉，羊肉也还可以，至于猪肉和鸡鸭肉她根本就不屑一顾，每次总是摇摇头走开，连看也不想看。而她煮肉我也是连看也不想看。因为每次都是半生不熟，除了盐和味精外也没有什么别的作料，大蒜是玻铂一定会不放的，偶尔炒菜也一定要等菜的颜色变暗了之后才肯出锅，那种千煮万煮的菜和半生不熟的肉真的弄得我没有胃口，好几次我试图使她妥协，但她坚定的立场使我不战自败。后来我索性不再提任何建议，也尽量不在她的家里吃饭，除非有家乡寄来的风干肉。当然我做的饭同样也使她很没胃口，她也采取了和我一样的战略，因此不久后我就发现我们很少在饭桌边相见了。①

> 对于这次离开，玻铂并没有表现得依依不舍，在拉萨——这个神圣

---

① 格央：《西藏的女儿》（散文小说集），人民文学出版社 2003 年版，第 102 页。

的、受到整个藏民族仰慕的古老的城市里住了整整三年之后,玻铂有了她自己对这个城市的看法。在她的眼里,这里的物价太高,特别是他们离不开的酥油和肉;人又太多,说着他们弄不明白的话,而且喜欢对别人指手画脚,总认为自己就高人一等;汽车也太多,让她过马路总是提心吊胆;房子太拥挤,使她行动不方便。最让她不喜欢的是,这里的人想得都太多,说话做事总是拐着弯,让她摸不着头脑。她说她常常被一些看上去诚恳极了的小贩骗了,而在到拉萨以前,她总是认为有那么多雄伟的寺庙和伟大的喇嘛在身边,拉萨的人一定都非常地循规蹈矩。她甚至曾经幼稚地认为那些有着不良行为的人到了拉萨也会改邪归正,可事实的情况让她非常地失望。①

玻铂的离开,在根本上是因为生活的不适应。这种不适应揭示出的是传统文化心理与现代生活理念之间的矛盾冲突。

与格央笔下的竭力保持传统生活观念和生活方式的城市打工女性相比,尼玛潘多笔下的此类女性则更倾向于融入现代城市生活之中,乐于追求一种充满了物质享受和自我满足的现代生活。《紫青稞》中的达吉、边吉、格桑等就是具有此种倾向的女性形象。尤其是以边吉为代表的一群女性,最能体现这类女性进入城市之后的风貌特征。对此,小说有过这样的描述:

> 她们从偏僻的大山深处,来到她们眼中的城市——噶东县,一般都会经历三个变化:刚来时,都带着大山里的憨气,憨头憨脑,待人接物谦和得极尽自卑,脑顶上的头发也像大山上的荒草,乱七八糟,蓬蓬杂杂。一段时间过后,看看别人,衣着光鲜,脸蛋白净,头发或辫或散各有风采,变得最爱洗脸,一天三遍四遍地洗,搓得耳根发红,其实也都是漂漂亮亮的年纪,这么一折腾,倒也脱胎换骨变得惹眼起来,客人们摸一下拉一把也是常事。十五六岁正是笑的季节,三五个小女孩凑在一起,笑声如放生羊脖子上的铃铛,脆得叫人羡慕,转了不知几手的粉饼挖了心也要抹一把,眉笔秃得画不出样子,也要"刻"一道弯眉毛,大红的口红把嘴唇涂

---

① 格央:《西藏的女儿》(散文小说集),第111—112页。

得要滴血。一番精心的描涂之后，她们像长了自信，自信在她们眼里就是自以为是，那时，美丽已经从脸上消失，可她们浑然不觉。再以后，就很难说清楚她们的命运，为了满足虚荣心，她们这个年纪能做出许多让人大吃一惊的事情。①

这是对这类女性形象的一次概括性描述。看得出来，这类女性在进入城市之后，能够很快适应城市生活，形成了高原城市里一个新的群体。

上述两类城市打工女性形象在当代藏族小说中所占的比例不是很高，可以说，这两类女性形象在当代藏族小说中还处于逐渐成长的阶段。相比其他类型的女性形象，城市打工女性形象在当代藏族小说中也显得很不成熟，作家对她们的把握塑造还显得经验不足，这类女性形象在作品中的地位也还没有获得作家的高度重视，形象特征从审美的角度来看还缺乏足够的饱满度，一些人物往往只是影子式的存在，面目模糊，缺乏自己的形态特征。至于这类女性形象所特有的社会文化内涵和审美意义，也没有得到足够的重视。当然，这种情势的出现也是有原因的。

首先是藏族地区的社会现实生活还没有为创作者提供足够多的材料让他们展开对这类女性形象的全面书写。尽管前面指出，藏族社会发展的现代趋势为越来越多的女性进入具有现代气息的都市社会提供了前所未有的良机，但这种趋势的发展并不是迅速的，而是相当缓慢的。这就意味着从乡村牧区逐渐进入现代都市的女性在数量上是非常有限的。在广袤的藏族地区，女性生活的城市化无法与内地相比。在内地，庞大的人口基数加上生产方式的不断刺激催生，女性进入城市成为城市劳动者的情形非常壮观且具有持久性。但在广阔的藏族地区，人口稀少加上传统生活观念的约束，这类女性群体还是非常小的。除此之外，藏区城市生活的规模相对较小，也是限制这类女性发展一个主要因素。虽然随着社会经济的迅速发展，藏区城市化规模相比之前有了极大的提高，人口相对集中的城市和县镇越来越多，为乡村牧区来的女性提供各种就业的机会，但与内地大规模的城市化进程相比而言，高原地区因地域条件的限制，城市化规模仍然无法与内地相比。在高原地区，城镇的规模依然微小，对外来务

---

① 尼玛潘多：《紫青稞》，作家出版社 2010 年版，第 268—269 页。

工人员的需求量相当有限。以上两方面的客观原因使得进城务工的藏族女性在数量上很是有限，还无法形成足以令人关注的劳动群体，使得善于挖掘社会热点的艺术创作还很少去关注她们。从主观上来说，作家们似乎也对这一群体的生存境遇没有多大兴趣。这一方面是作家对底层生活了解不够造成的，另一方面也与作家个人艺术焦点的取舍有关。一个作家只能去写自己熟悉的生活领域，依照自己熟悉的生活模板去铺陈自己的艺术故事。以何种素材为创作出发点，塑造什么样的人物形象，这是作家自己的选择，别人不能强求干涉。现实生活中这类形象的"隐形"存在，似乎还没有引起广大作家的注意，无法激起作家们的艺术兴奋，由此造成了这类艺术形象不够饱满和丰富。

虽然这类女性形象的面目模糊不清，还没有几个足以站稳脚跟的鲜明人物，但这并不意味着这类女性形象没有存在的价值。即便她们显得薄弱模糊，也有着一定的艺术审美价值和值得关注的社会文化内涵。这可以说是她们存在的重要意义。

第二节　打工女性形象的审美意义和
社会文化内涵

一、填补空白的题材创新

当代藏族文学经历了半个多世纪的发展历程，在此过程中，经过几代创作者的探索，无论是艺术表现形式还是题材领域都获得了极大的拓展扩充。这无疑丰富壮大了当代藏族文学，有力地促进了它的迅速发展。正是在此基础上，当代藏族作家中涌现出了许多引起中国文坛关注的优秀作家，他们的创作很好地展现了当代藏族小说的艺术魅力，也丰富了中国文学的审美内蕴。这显然与当代藏族作家不断求新创新的艺术探索精神有关。当代藏族小说中城市打工女性形象的出现，或者说当代藏族作家对城市打工女性形象的关注、对她们生活情形的描述，可以说是当代藏族小说创作在题材领域、人物形象方面所做的一次"创新"。因为在此之前，城市打工女性形象还没有在当代藏族小说中露过面（当然这与社会经济发展有关）。尽管这类形象在目前的藏族小说中还处于发展初期，形象特征还模糊不清，还有没出现审美内涵饱满丰厚的典型形象，但对于当代藏族小说题材领域来说，这依然是一个值得肯定的拓展，而且是一个具有很好发展前景的拓展，因为随着藏区社会经济的不断发展，随着藏区城市规模的不断扩大，随着越来越多的女性进入不断发展壮大的城市，这类人物形象的现实根基会越来越庞大，她们的存在将会为作家的创作提供丰富多彩的生活素材，刺激作家在这方面作出必要的尝试和努力。目前并不起眼的艺术创新，可能会是将来发展的趋势所在。

二、作家人文关怀的艺术展现

打工女性形象在小说创作中的出现，显然与当代藏族社会的经济发展所带来的社会转型有直接的关系。换而言之，当代藏族小说中出现这类女性形象，其实是文学艺术对变化着的社会生活的及时关注与反映。这说明当代藏族小说尽管在这方面反映得还不是很深入全面，但一些作家还是显示出了敏锐的艺术嗅觉，能够敏感地感应社会发展变化的脉搏，及时地把自己的艺术之笔伸向社会的细小部位，通过展示这些细小部位的具体形态来反映时代的变化趋向。以此来看，当代藏族小说中此类女性形象的出现很好地诠释了文学艺术与社会现实的辩证关系，也显示了作家创作的现实主义艺术视野和关注社会的艺术观念。从作家情感因素的角度看，当代藏族小说对这类底层女性生活境遇的关注，还寄托了作者对女性生存的人文关怀。这类女性从偏远的乡村牧区来到城镇谋求生活、追逐梦想，尽管也可能意味着她们的人生将会发生巨大的转变，因为相对于一辈子生活在平静但寂寥的山地，她们的生活前景似乎一片开阔；但来到陌生城镇的她们同样面临着巨大的困难，身无长物的乡村女性不得不经受冰冷的城市生活的挤压磨炼。"打工者"身份并不是令人心旷神怡的鲜花掌声，而是承受艰难困苦的城市标签。即便她们中的一些人最终可以成为城市生活的佼佼者，但其中的困苦磨难似乎是必须经受的生命洗礼。当代藏族小说中的一些作品在反映这类人物的城市生活时，没有一味地美化她们的生活境遇，而是以现实主义的笔触展现她们生活的"原始状况",在颂扬钦佩她们坚韧的品质和善良的心地的同时,对她们辛劳艰难的生活困境给予了深切的同情与体恤,表现出了高贵的人道主义情怀。

三、女性意识的艺术展现和新的女性文化的建构

当代藏族小说中打工女形象的出现,最为重要的审美意义还在于它揭示了一种新的文化规范的初步生长。打工女性的出现,意味着当代藏族女性中一种新的群体的形成,并预示着以她们为代表的当代藏族女性的女性意识的逐渐苏醒。这对藏族女性走向社会,成为独立的生活主体有着划时代的意义。尽管这群女性的出现也可能意味着女性面临着某些尴尬境遇和一些不良倾向的形成。

早有社会学者和一些研究女性学的论者认为,自母系社会结束之后,在漫长的人类社会中,女性作为与男性性别对立的一种存在,始终处于依附地位,是男性的附属物,没有自己的独立地位和人格尊严。这是由女性在社会中的经济地位决定的。换句话说,以男性为中心的人类社会在过去始终没有给女性提供获取独立的经济地位的机会,始终压抑遏制女性的生产能力和才华,使得女性只能依靠男性生活,因此只能处于依附地位。鉴于此,许多论者认为,女性要想获得独立,解除与男性的依附关系,就必须首先获得独立的经济地位。中国革命先驱李大钊甚至非常乐观地认为,只要女性解决了经济问题,其他一切问题,如政治问题、宗教问题、法律问题等都会解决。虽然这一说法有点过于乐观,似乎把问题简单化了,但女性要获得解放,首先必须求得经济地位的独立却是一种有价值的认识。那么女性如何在经济上获得独立呢?一方面需要女性自身不断地争取,另一方面需要社会能够为女性提供走向经济独立的各种机会。前一方面是主观因素,依赖女性自身的发展;后一方面是客观因素,需要社会的整体发展。相对而言,社会客观因素对女性走向独立似乎更为重要一些,因为女性能否拥有获取经济独立的机会,很大程度上要看社会公共生产领域是否需要女性这种劳动力为社会提供服务。当社会发展到一定阶段,社会生产的扩大和工种的分工细化,可能会为女性提供许多劳动的机会,从而使得女性有机会成为独立的经济角色。以此视点来考察,城市经济的发展繁荣所产生的对大量劳动力的需求,无疑为女性提供了走上公共舞台的重要机会,也为她们获得独立的经济地位提供了绝佳的机会。尽管这种机会的到来和获取可能会

不那么容易，甚至需要女性付出巨大的代价，但毕竟这是男权社会里女性浮出沉重"地表"的一个历史性机会。女性随着社会经济的发展而具有了获取独立地位的机会，这必然引发女性一直以来被压抑扼制的自我意识和女性意识的觉醒与勃发。自我意识和女性意识的觉醒与勃发不但意味着个体女性生命价值的提升，也可能预示着一种新的女性文化规范的出现。换而言之，城市打工女性形象的出现，不仅仅意味着女性获得了发挥个人才能和智慧的舞台，也意味着一种新的女性文化建构过程开始运行。当然，这一建构并不像理论家构建理论体系那样是自觉地发生的，是被事先草拟好的，也不是按照既定的逻辑方向推进的，而是不自觉的、盲目的，甚至是具有极大的破坏性的。身在其中的行为主体则可能为此付出极大的代价，甚至被社会舆论所斥责，被传统的文化规范所抛弃，成为荒原上无人问津的流浪儿。

毫无疑问，当代藏族小说中城市打工女性形象的出现同样具有深刻的文化建构意义。虽然这种文化建构意义从理论角度看不成体系，但只要结合一些具体的人物形象做具体分析阐释，就能够发现，她们的新的身份和不寻常的生活经历，的确昭示着一种崭新的文化方向，对当代藏族女性走向独立，唤醒被压抑的女性意识有着不可忽视的作用。

这里不妨借助格央作品《八角街里的康巴女子》中的一个颇具传奇色彩的女性作为案例做一些解读，以此来看，这类作品在表现女性在攥住自己的命运之绳索的同时，是如何表现一种新的文化思维观念的。

宗措是生意场上的一位成功人士，被同行们视为商界的女强人。但宗措走过的人生道路并不是一帆风顺的。还在她年纪很小的时候父亲就溘然长逝，母亲含辛茹苦把她和两个哥哥拉扯大。哥哥们结婚后，剽悍的嫂嫂视母亲和宗措为家里的绊脚石。母亲在怨怒中不幸去世，宗措从此失去了坚实的保护伞，因为懦弱的哥哥根本就不能给她任何帮助。带着失望和无助，怀揣着母亲在弥留之际留给自己的珊瑚项链，宗措离开了故乡。临走时她下定决心，再也不返回令人伤心的家乡，哪怕饿死病死，即使死也要死在神灵会聚的拉萨。在举目无亲的拉萨城里，宗措的生活异常艰难，品尝了各种各样的辛酸苦楚。她干过很多苦活累活，搬石头、拉沙子、洗衣服、捻羊毛，甚至还掏过厕所。在迫不得已的情况下，她卖掉了母亲留下的那串珊瑚项链，用换来的钱做起了小买卖。就这样，这个形单影只的康巴女子艰难地"开创"着自己的生命之路。经过几年的坚持不懈，在吃苦耐劳的坚韧品质的支撑下，宗措终于开辟了一片属于自己的天地。原先穷困潦倒连一日三餐都无法保证的"流浪者"，变成了令人羡慕的女强人。尽管宗措的人生之路展现的是城市打工女性生活之路的崎岖坎坷，但审视她所走过的道路，如果从积极的方面来考察的话，它传递出来的重要的社会文化信息还是值得关注的。这些信息表明当代藏族女性正在不断地走向成熟，走向觉醒和独立，正在通过她们的努力展示女性并不逊色于男性的智慧与才华。

首先，宗措在母亲去世后离开家乡，独自来到拉萨寻找新的生活的决心与信念，以及日后遇到各种困难时能够坚持不懈地追求人生目标，是当代藏族女性独立承担人生重担，敢于为自己的生命负责的一种表现。它在一定程度上表明，在当代藏族女性身上潜藏着巨大的生命潜能。这种倾向显然是对"女性是弱者"的陈旧观念的反驳。"女性是弱者"一直以来是一种社会共识，这种共识导致女性也总是把自己摆放在弱者的位置上，不乐意甚至不敢与男性进行竞争比拼。此种心理意识带给女性的选择往往是甘愿做男性的附属品。这种心理意识显然不利于女性在竞争激烈的现代社会中争取独立的身份地位和人格尊严。正如前面所提及的那样，女性要想在社会公共舞台上获得独立的身份地位和人格尊严，除了外部客观环境提供必要的机会外，还需要女性自身的自觉努力才能最终完成这一重要使命。如果女性自身不去积极地进取奋斗，那么这一目的的达到将会非常缓慢艰难。在此意义上来说，宗措毅然决然地走上自我奋斗之路对于作为女性的她来说意义显然是巨大的。它意味着宗措对自我人生的勇敢担负，对自我生活的独自负责。她将不再依靠外力去决定自己的生活行为和未来前景，而是完全依靠自我的力量去探寻自己的生命之路。尽管宗措孤身一人经受生活的大风大浪，遭遇各种意想不到的艰难屈辱，并不是她心甘情愿领受生活磨炼，而是严酷的生活情势逼迫所致，但宗措经历的奋斗之路展示给我们的重要意义就在于她一经选择这样一条孤军奋战的自我之路，就再也没有产生放弃的念头，而是挺起腰杆、咬紧牙关一往无前地走下去，并依靠自己的勇气魄力和智慧才华获得了巨大成功。宗措的人生之路，是女性个人对自我生命的担当之路，它所昭示的社会文化意义远远大于宗措作为个体生命获得的成功所显示出来的意义。它有力地表明，只要社会提供一定的条件，只要女性主动自愿地去寻找自我的生命之路，那么她就有可能如愿以偿，成就令人刮目相

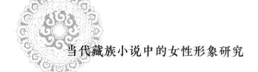

看的宏伟业绩，让自己的生命闪耀出迷人的光彩。

其次，宗措敢于离家出走去寻找自己的人生道路的行为表明，那些处于社会边缘的当代女性正在试图改变与周围世界固有的关系，努力与之构建一种新的关系，虽然她们并不知道这种新的关系对她们的人生意味着什么。按照传统生活规范，像宗措这样的女性长大成人后所走的道路，只能是出嫁生子和进行生产劳动来维持家庭生活。这就可能意味着她将会一辈子被固定在一个封闭的圆圈内，围绕着圆心完成自己的生命过程，绝少有机会走入家外的世界，更谈不上按照自己的意愿，去实现人生的其他价值。这种被规定了人生道路对宗措这样的女性来说，几乎就是一种宿命，很难有改变的机会。但宗措却在人生的关键时刻走出了自己人生的关键一步。尽管走出这一步带有很大的偶然性和强迫性，但宗措敢于抛弃符合传统规范的人生之路，选择一条充满艰辛的陌生道路，显然是值得肯定的。它意味着那些长久生活在传统规范中的女性必然会与外面的世界建立一种新的认知关系和存在关系。这种新的认知关系和存在关系，将会给她们的人生带来全新的生存空间和生命意义。与此同时，宗措"离家出走"的行为，以及后来所经历的一切，还意味着她对传统规范的质疑与突围，是对主流意识和男性文化心理的一种冲击。作品在讲述宗措的经商经历时，详细地叙述了宗措的传奇生活的一个片段。这个片段意味深长。

一次外出进货，因为时间紧迫，宗措雇用了一辆车连夜拉货，结果行至半路，开车司机对宗措打起了歪主意。睡意朦胧的宗措突然被司机的无礼行为惊醒。她抽出带在身边的刀子往自己脖子上一架，然后对着司机说，如果他胡来将会付出代价的。尽管宗措此时已经非常惊恐，但她的举动还是阻止了司机的不良行为。之后，没有得逞的司机故意刁难宗措，说汽车没油了，只能等到天亮以后再说。宗措却提议拿着汽油桶到前面县城的加油站买油。不怀好意的司机以为宗措在开玩笑，便跟她打赌：如果她能把汽油买回来，这趟货他免费送，还给她白送五百块钱。勇敢的宗措在司机轻蔑的口气中踏上了前往县城买油的"漫漫之路"。在黑夜中浅一脚深一脚地行走了三个多小时后，宗措买回了汽油。她的行为彻底征服了那个不怀好意的司机。原本以为宗措根本就没有胆量去完成这个令男人都感到恐惧的任务，没有想到眼前这个女人却"轻而易举"地完成了。他在这个女人面前低下了高傲的头，兑现了自己的诺言。正如作品中所描写的那样，宗措在那次惊险的经历中其实也感到了从未有过的恐惧，但庆幸的是她战胜了令她战栗的恐惧。宗措的这次颇具传奇色彩的经历传递出的信息不仅仅是阅读上的刺激和好玩，它似乎也暗含着一种深刻的文化内涵。对于女性来说，漫长的黑夜是她们不得不面对的人生境遇，因为自以为是的男权意识始终以蔑视的姿态对待她们。但对于女性来说，重要不是外部力量如何强大，而是自身力量的强大。如果女性自身敢于冲破重重障碍，去寻求自我的生命之路，那么一切都是可以改变的。宗措以自己的力量和智慧，战胜由男人主宰的黑夜，并赢得最后的胜利，让不怀好意的男人低头认输的过程告诉世人，只要拥有足够的勇气和魄力，只要女性能够充分地发挥自己的智慧与才华，她们就能够赢得社会的尊重。这就是宗措的传奇经历给我们的重要启示。

　　除了格央笔下的宗措外，尼玛潘多《紫青稞》里进城姑娘达吉的生活经历和奋斗过程，也显示了处于社会边缘地带的当代藏族女性自我意识不断觉醒的时代风向和她们为此而付出的巨大努力，以及变化着的社会对她们的这种行为意识的接受程度。

　　达吉是一位出生在乡村并在乡村长大的孩子。与其他同龄女性相比，达吉不但有着出众的外貌，而且有着与众不同的生活意识和"生活梦想"。有过一段进城打工的经历的她对城镇生活满怀渴望，对破败不堪、沉静单调的乡村生活感到失望厌烦，尤其是对自家的生活氛围早已心生厌倦，渴望能够早日逃离。对此作品有过细致的描述：

　　　　达吉的美和这个荒凉的村庄，特别是和她家破落的房子极不协调。鹅蛋形的脸，细长的眼睛，上挑的眉毛，白净的肤色，处处透着一股媚气。即使打着补丁的黑氆氇藏袍，也压不住她的冷艳和孤傲，像个没落贵族家庭的小姐。达吉的美让普村的男人望而却步。"达吉分明是投错了胎。"村里的男人们都这样说。

　　　　破落得感受不到一丝希望的家，让达吉厌烦。整天吃糌粑和清茶，她不觉得日子有多苦，最苦的是，没有一双不露脚指头的鞋子，没有一件不打补丁的衣裳，连多洗几次内衣，也要被阿妈责怪浪费了皂粉。人与人之间，怎么这样这么不一样呀。去城里打过工的达吉，常常被这个问题困惑，每当这时，她就会想起拖地藏装，脚蹬皮鞋的城里女人。

总有一天，我会离开这个地方。达吉常常会冒出这样的想法。[①]

达吉离开阿妈曲宗，没有表现出半点的忧伤。她无法接受阿妈的邋遢，一头花白的头发像个鸡窝乱七八糟，本来双眼已经凹陷，上眼皮几乎要把眼睛给遮住，偏偏又有眼屎挂在眼角，还加上一脸的烟灰。她曾经听阿妈的同龄人说起阿妈年轻时候的漂亮，但她怎么也想象不出来。阿妈那身氆氇藏装脏得实在看不出原色，她们姐妹仨多次要洗，阿妈曲宗硬是不让，说什么洗一次比穿十年还费，又说什么洗了就不会保暖等等，总是一些让达吉不能忍受的理由。[②]

达吉离开家的态度是决绝的。从传统观念出发，也许人们会认为达吉的这些心理意识和行为方式是令人生厌的，甚至是不道德的，因为她为了追求所谓的幸福生活，连最基本的伦理亲情都舍弃不顾了，这多少有些大逆不道的味道。但从个人生命价值实现的角度加以审视，达吉的行为和心理却是可以理解的，甚至在某种程度上是值得肯定的。尤其是对于一个在家庭中处于劣势地位的女性来说，这种敢于冲破传统规范，大胆地去寻找自己生命道路的做法是具有极大的积极意义的。它彰显的是女性自我意识的觉醒和对个人生命担当的责任心。对贫困促狭的生活环境的厌烦与逃离是达吉作为生命个体渴望过上幸福生活的本能冲动，而毅然决然地离家远走的态度，则是达吉自我意识觉醒的一种表现，尽管这种觉醒还处于模糊朦胧的状态。

觉醒了的自我意识对于达吉的人生来说是至关重要的，它直接决定了达吉与众不同的人生道路。离开家乡的达吉跟随叔叔来到了另一个村子——森格村。虽然依然落脚在乡村，但这个村子与自己熟悉的那个村子有一个很大的区别，那就是它与县城几乎是连在一起的。这种地理位置意味着森格村的村民的生活方式与家乡人们的生活方式以及思想意识会有一些根本性的差异。森格村的民众频繁出入县城，对县城里花样翻新的货物很感兴趣，舍得用辛辛苦苦赚来的钱去购买它们。森格村的村民们的生活要活跃得多，观念意识要超前得多。原本就不安分的达吉对这种带有享乐气息的快节奏生活感到很是羡慕，她

---

① 尼玛潘多：《紫青稞》，第16页。
② 尼玛潘多：《紫青稞》，第17—18页。

很快就开始了自己的进城计划。先是随着同村的格桑大姐到城里卖奶渣和酥油，之后在县领导的鼓动下，带领森格村里几个生活上有困难的妇女一起生产酸奶酥油，走集体致富的道路。尽管这次集体致富的尝试没有坚持多久，但却积累了一些宝贵的经验。之后她开始了艰难的"创业"之路。经过几年的打拼，达吉的生意有了很大的起色，她在县城开了一家酒馆，并与朋友做起了运输生意，还获得了真挚的爱情。达吉的人生之路很好地展现了以城市打工女性为代表的当代藏族女性不断成长的过程，它的重要意义不在于达吉的"事业"成功与否，而在于很好地诠释了当代藏族女性，尤其是处于边缘地带的底层女性自我意识不断觉醒的过程。对于还无法走出传统藩篱的广大女性来说，达吉的示范性意义是显而易见的。而这种示范性价值对具有现代特质的女性文化的建构更是意义非凡。

尽管上面花了不小篇幅论述城市打工女形象的社会文化内涵，以及它对新的女性文化体系建构所发挥的重要作用，但这并不意味着这类女性形象的正向能量的辐射范围是没有限度的。由于身处社会底层且所受的关注度较低，她们不可能引导社会文化潮流，她们所产生的文化效应只能在民间散射。与此同时，社会对这类打工女性所奉行的一些行为观念也依然抱有偏见。传统文化规范造就的传统心理和意识，依然禁锢着社会大众的观念，这使得城市打工女性的日常行为中带有反传统倾向的因素，可能会成为社会大众拒斥的对象。这在根本上导致了社会对那些具有反叛精神的女性的接纳存在着巨大的困难，这也正是那些敢于冲破传统规范，追求自我的女性在社会现实生活中总是遇到种种障碍的原因。

总而言之，城市打工女性形象的出现，既是当代藏族小说在题材领域和主题表达上的一种拓展扩充，也是当代藏族女性不断进入社会公共领域的一个重要表征。她们的出现不但在社会身份、生活方式上为当代藏族女性提供了很好的模范，也在思维观念和文化心理上为当代藏族女性重新审视人生和个人价值开辟了崭新的思路。前者在社会实践方面为当代藏族女性寻找生命之路开启了大门，后者在理论层面为当代藏族女性冲破传统规范提供了理论依据。

第三节　打工女性形象的多维审视

打工女性形象的出现，并不单一地意味着女性意识的觉醒和新的女性文化的建构，它其实也包蕴着比较复杂的社会文化内涵和伦理内涵。如果能够超越性别视角，对这类形象在小说中的生活轨迹和情感历程做全面审视就可以发现，当代藏族作家在塑造这类女性形象时，并没有沿着单向度的审美路径刻画此类人物形象，而是依据人物生活的现实境况，依据她们与其他人物之间的关系，尽可能挖掘展示人物的审美意蕴与社会文化内涵。为了说明问题，不妨以次仁罗布的《罗孜的船夫》中的女性人物为例，简略地做一些分析、阐释。

尽管《罗孜的船夫》的主人公是船夫，小说的主要题旨在于表现老船夫内心的孤独和对传统生活方式、信念的坚守；但作为次要人物的船夫的女儿在小说中也是一个值得关注的重要人物。从人物类型来看，船夫的女儿是一个比较典型的进城打工的女性形象。一个偶然的机会，她与来到家里借宿的康巴商人相恋而怀孕，于是跟随康巴商人来到拉萨。虽然最终与康巴商人分手，但她却在拉萨城里拥有了属于自己的"事业"——在拉萨开了一家小店，成了许多城外人向往的"城市主人"。在情节安排上，小说并没有具体描述她在城里工作生活的具体状况，这一点与类似的其他小说略有差异，当然，这种安排可能与小说主要表现、刻画老船夫这一核心人物的艺术选择有关。但小说却花费了不少笔墨，对老船夫与女儿在生活观念上的巨大差异做了比较细致的描述，也对船夫女儿在遇到康巴商人之后的心理变化进行了细致的描写。从这些艺术表现上可以看出，船夫的女儿这一进城打工女性形象的确蕴含着一些需要注意的社会文化内涵。为了尽可能全面发掘这一形象所蕴含的社会文化内涵，需要考察她进城前后的情感、心理和思想意识的变化。同时，为了寻绎这一人物可能潜藏的具有普遍性的审美特质，有必要尝试着运用比较的视野和方法，来阐释打工女性形象所蕴含的丰富复杂的社会文化内涵。

一

船夫的女儿在遇到康巴商人后开始向往外面的世界，盼望着康巴商人能够带着自己离开村庄，这是人与生俱来的"本能欲求"在遇到合适的外界条件的刺激之后做出的正常反应。从船夫女儿对自己"本能欲求"的张扬中，至少能够看到社会生活环境的改变对人的心理意识和生活方式的改变。因此，从船夫女儿的生活欲求中，应该看到的是藏区社会生活环境的巨大变化。由此可以做出以下判断：船夫女儿内心的激荡和情感的波动，虽然最深层的根源在于隐藏于身体内部的生命渴望，但直接的"导火线"却是现实社会环境的根本性变化。如果说船夫女儿与生俱来的对幸福生活的渴望，在象征着"幸福生活"的康巴商人（康巴商人知道很多新奇的东西，而且在拉萨生活）到来之前一直潜藏或沉睡在身体内部，那么康巴商人到来之后则被逐渐地激发了。小说中有一段文字专门描写了船夫女儿心理和情绪的变化。她的这种变化是在听完康巴商人炫耀式地讲述自己生活见闻之后发生的：

> 船夫的女儿听得入迷，她多么希望自己能够亲眼看到这一切，激动的涟漪在她心里荡开。船夫对听到的这些，显得很麻木，到了时刻淡淡地说：灯油不多了，睡吧。
>
> 康巴商人明早要走，船夫的女儿一想到这，她伤心了。她太崇拜他了，世间的事情他全都知道，说话幽默，作风果敢，他的形象像烙印一样不可抹去。这是爱的初次惊悸吗？她这样问过自己很多遍，但得不到答案。她只感到他走了之后夜晚会很漫长，她会很孤独。将来的每个夜晚不会再听到那些神秘的事情，只有父亲喃喃的祷词和转经筒的声音，在她耳边回荡。她需要他，她无法承受他走后所处的境地。她偷偷地跑出去哭了，随心所欲地，直到情绪稍稍平静下来，才轻手轻脚地回房，倒在垫子上睡觉。
>
> 第二天早晨天亮后康巴商人喝了几杯茶，然后收拾行李。她却木头似的呆立，眼睛浮肿，头发凌乱。他没有仔细地看她，也没有一句问话，背着行李往仲方向走去。她无声地跟在后头，脚底发出"沙沙"的声响。走

了一段后他停住了脚，回过头来望着她，取下腰间的银刀交到她的手里，说：回去吧。我还会回来的，愿意的话我还会借宿在你们家里。她的泪滴落在刀鞘上，点了点头。他走了，而她站了许久，直到康巴人从山嘴边消失。①

引发船夫女儿此种心理波动的原因可能是复杂的，但有两个比较重要的直接原因值得关注。一是对康巴商人的羡慕，羡慕里还包含着对康巴商人的爱慕，这是一个怀春少女面对心目中的优秀男人时的正常反应。另一个原因，也是更为重要的原因，是她对康巴商人所描画的令人眼花缭乱的外部生活的渴望。正是对外部世界"幸福生活"的向往，最终"诱导"她与康巴商人走到一起，然后离开村庄前往拉萨，并"永久"地驻留在了拉萨，尽管在拉萨她与康巴商人并没有生活在一起。船夫女儿所经历的，其实是那些进城打工的女性所具有的共同经历。她们也许来自不同的地方，但在走向城市，追求心目中的幸福生活的过程中，却有着相同的心理动机，拥有共同的现实环境。

二

船夫的女儿走出乡村到城市寻求心目中的幸福生活，不仅仅是一种现实的生活实践，同时也是一种思想观念的巨大转变。这种转变在作品中是通过船夫与其女儿对"幸福生活"的理解的巨大差异体现出来的。船夫固守传统观念，有着在传统伦理观看来天经地义的人生观、价值观，似乎也更能赢得人们的欣赏与尊崇；船夫的女儿则在经过城市生活的浸淫之后，持有了看上去与老船夫完全"对立"的人生观、价值观。在女儿从拉萨回到家乡，打算把老船夫接到拉萨一起生活时，老船夫与女儿有了一段充满着尖锐矛盾的对话。这一对话，是两种人生观、价值观之间的"较量"，发生在一老一少的两代人之间，看似平常，其实却蕴含着深刻的社会文化内涵：

船夫盘腿念着经文，手摇转经筒。女儿听着干巴巴、单调的诵经声，感到无聊和不适。她还想再试一次，劝船夫离开这里。

① 次仁罗布：《罗孜的船夫》，《界》（小说集），西藏人民出版社2011年版，第3页。

　　　爸爸，要是你跟我到了拉萨的话，每天晚上你都可以坐在亮堂的屋子里看电视。

　　　不去。船夫说完又开始念经。

　　　爸爸，你一个人很孤独的。

　　　有什么孤独。我生下来的时候就是孤零零的，死的时候也要孤零零地去。

　　　难道你不想这辈子有一点幸福和安逸的生活吗？

　　　这些都是短暂的东西，我不留恋，只有超脱才是人生的真谛。

　　　不，爸爸。我们应该要通过努力来争取，而不是一味地等待。幸福、快乐在世间。只能靠自己。

　　　船夫放下手中的念珠，生硬地说：自己？人到底有多大能力。人能永远青春常驻吗？永远不死吗？永远不轮回吗？自己。自己。人是脆弱的东西。只有靠神明的保佑，才能从轮回中解脱。

　　　我只为今世。我被贫穷折磨得使理智清醒。我对幻想不寄希望。我相信实实在在的现实。

　　　船夫的脸上现出愠色来：你们就知道舒坦，不知道死亡的恐惧。

　　　她没有注意到船夫表情的变化，继续在说：死有什么惧怕的，只要此生活得实实在在，就够了。

　　　船夫的两只眼里射出愤怒的光，她知趣地停住了。[①]

　　女儿不顾父亲的劝告、抱怨、斥责，毅然决然地选择离开年迈的父亲，去追求一种在父亲看来毫无意义的生活，这在伦理层面上是对父亲忠告的漠视和对亲情的抛弃；但从文化层面上来看，则是对传统文化观念的"抛弃"。她不再秉承父亲所认定的那种只为来世生活的人生理念，开始相信现世幸福对人生的意义。这种生命观念上的巨大转变，是一个极为复杂的社会文化现象，显然不能作单向度的简单判断。但船夫女儿所选择的人生道路的历史进步意义，却是不容忽视和否认的，尽管同样不能粗暴地批判、否定老船夫所固守的传统生活方式。不管船夫女儿在城市里是否真正谋求到了属于自己的幸福生活，她的

---

　　① 次仁罗布：《罗孜的船夫》，《界》（小说集），第7—8页。

行为中所表现出来的对现实人生的积极态度和担当精神，却是符合人道主义理念的。用历史眼光来看，船夫女儿的人生道路是社会历史进步的一个重要表征，尽管不能断言她的未来生活必然是幸福的。

如果不把目光仅仅局限在船夫女儿这一人物身上，纵观当代藏族小说中的其他一些有着类似审美意蕴的人物形象，船夫女儿这一形象很容易使人想起扎西达娃笔下的珠玛和琼这两个出现在二十世纪八十年代藏族文坛上的具有崭新审美品质的女性人物。仔细考察这两个人物与船夫女儿的精神气质，可以发现，她们其实有着极为相似的生活理念，那就是，都对传统人生理念产生了质疑，以自己的现实实践寻求今生的幸福。《朝佛》中的珠玛因生活的穷困而把目光转向宗教，希望获得佛祖的指引，寻找到幸福生活的出路，结果在严峻的现实面前醒悟过来，明白了幸福要靠自己的辛苦劳动才能换来的道理。《西藏，系在皮绳扣上的魂》里的琼，则是一个实实在在的"现实主义者"。在跟随康巴人塔贝寻找香巴拉的路上，她的目的地并不是康巴人心目中的天堂，而是能让自己拥有物质享受的城镇。珠玛和琼，以及船夫的女儿，在精神上是一个"母亲"的孩子，这个"母亲"就是物质化的现实生活，或者说是现实生活中相对优越便利的物质条件。对于这类女性来说，在精神追求与物质享受的天平上，她们更倾向于后者。她们并不在乎精神上的来世，只关心今生今世的幸福生活。在她们的心目中，幸福生活就在今生今世，且需要自己努力劳动去获得。从珠玛、琼再到船夫的女儿，在物质层面上，我们看到的是她们生活方式的转变；从精神层面上，看到的是她们生活观念和人生观念的转变。由是观之，城市打工女性形象的出现，以及她们所逐渐践行的生活方式，在心理意识层面意味着一种新的生活观念的逐渐形成。

三

在大多数研究者的文化视野中，由于进城打工的女性人物因追求现代物质生活而"背弃"或"脱离"了传统规范，就认为女性打工者形象是传统文化的背叛者；更有甚者把这类女性热烈地追求物质享受和感官刺激，视为人性的堕落和社会风气的沉沦与恶化，进而把批判的矛头对准社会的现代化发展，并由此断定正是社会发展的现代化、市场化、世俗化，严重侵蚀了原本纯朴良善的人性。在展开社会批判的同时，在情感取向和伦理认同上表现出一种回望式的保守姿态，在话语表述上竭力宣扬自己并没有经历而只在想象中出现过的田园牧歌式的生存景象。作为一种蕴含着价值判断和伦理取向的文学创作与研究，这种带有保守意味的话语生产自然是无可厚非的，因为审美判断从来都是一种带有主观倾向性的话语生产，更何况从人性的角度看，对田园牧歌式的理想生存方式的渴望与追求，是一种无法遏制的本能，哪怕这种本能只能在美妙的想象中才能落实。但剥去这些感性美妙的华丽外衣，用更为理性的态度，并结合社会发展状况的现实境遇来看取和审视城市女性打工者形象，就会发现，上述推测与判断是一种带有虚幻色彩的"臆想"，至少在社会实践层面和人物精神意识的复杂性上，它表现出创作者和研究者缺乏深刻体察的耐心与深度。这其中的一部分的原因可能归属于思维定式对创作者、研究者观念意识的影响，因为一直以来，审美领域内不言自明地把追求物质享受和感官刺激视为人性堕落的表现，中外现代主义作品在这方面几乎显现出了一种极端化的单向视野，这似乎已经成了一种历史性的审美习惯（取向）；另外一个重要原因是，小说中出现的那些追逐物质利益，追求现世幸福生活，释放个人感性欲望的打工女性形象，在某些方面确实有一些行为刺激了传统伦理道德的神经，这促使人们自然而然地视其为人性沉沦、道德滑坡的形象表征。但无论哪种原因，这种论点似乎在一定程度上都背离了事实，背离了人物形象本身所呈现出来的复杂性与多面性。对于这类女性形象，需要做一些更为全面的认识与体察。这不仅需要依据文本事实，更需要超越文本细节，透视文化赓续的普遍规律和人的心理现实与物质现实之间的复杂关系。在此不妨仍以次仁罗布的《罗孜的船夫》中的船夫的女儿为例，做一些分析阐述。

船夫的女儿对现实幸福的追求，并不一定意味着对宗教信仰的背叛与抛弃，关于这一问题需要辩证分析与认识。打工女性形象那些具有"破旧出新"意味的思想意识的确与传统宗教文化观念有着一些显著的差异，她们看似"激进"的行为方式、生活准则，也与传统文化规范所要求的行为方式、生活准则拉开了距离；但不能简单地根据这些差异与距离，就判定她们对宗教信仰和宗教习俗进行了背离或反叛。换句话说，她们对现实物质生活的追求，对现世幸福生活的渴望，并不意味着她们对宗教信仰的放弃，也不昭示她们对现世世俗生活的过分迷恋和对来世的漠视。在我们看来，她们对现世幸福生活的追求，对传统生活准则的放弃，只是一种自然人性的必然表现。从生命哲学层面上看，是人的本能欲求的自然流露。这种本能欲求之所以在以往的生活中没有爆发，是多种生存力量造成的。一方面，宗教信条中宣扬的压制贪欲、注重来世的观念在一定程度上抑制了人们合理的生命欲求；另一方面，也是更为重要的一个原因，以自然环境为主体的贫乏物质生存条件和落后生产方式与工具，无法为那些生活在底层的人们提供足以使他们过上富裕生活的物质资料。由于此，那些世世代代生活在底层的广大民众，只能寄希望于宗教信仰所说的来世，而甘愿承受今生今世的苦难与痛苦。一言以蔽之，不是那些底层民众不想过上富足幸福的现世生活，而是生存环境无法为他们提供足够的物质资料，他们的渴望也就只能存留在生命深处，似乎已经消失殆尽。如果生存环境能够为他们提供良好的条件，让他们看到获得幸福生活的希望，潜伏在他们身体内部的生命欲求就会被激发，他们就会尽可能地把这种欲求付诸行动。换句话说，只要条件具备，他们与生俱来的欲求本能就会迸发出来，并会转化成生命实践。这个时候，宗教信仰并不必然是一个障碍，也不意味着人们对宗教信仰必然放弃。一个有趣的现象也许能够帮助我们对此有更为直观而清晰的认识。在藏族社会的历史发展过程中，始终存在着一些富有阶层，这些富有阶层在物质生活上并不节俭，他们也没有为了来世而放弃对今生富足奢华生活的追求与享受。在他们所在的时代，他们享受着最为富有、幸福、光鲜的现世生活；为了维持自己富足奢华的现世生活，他们甚至不惜做一些违背宗教信条的恶事。在这些富有阶层的身体内部，本能的生命欲求与宗教信仰各自占据着属于自己的领地。把这些历史上出现过的富有阶层与处于底层的广大民众相对比，不难推知，在广大民众的内心深处，其实也潜藏着对现世幸福生活的渴念，只是因为各种因素的制约，他们无法通过生活实践来转换这种精神渴念而已。只要条件具备，这种本能化的生命欲求就会自然而然地迸发出来。当代藏族小说中的城市打工女性形象对现实物质生活的追求与迷恋，是她们生命本能的自然呈露。在社会现代化建设迅速发展的当今时代，社会环境已经为她们现实生活追求目标的实现提供了前所未有的条件，她们因此而向自己的人生迈出了根本性的一步。虽然这一步在一定程度上确实是对传统生存观念和生活方式的背离，但对她们来说，并不一定意味着对传统文化观念的彻底摒弃，也不意味着她们对传统伦理道德的彻底背离。随着她们的生活方式的变化而改变的只是宗教信仰的方式。换而言之，她们的宗教信仰并没有彻底改变，只是在具体的信仰方式上产生了一些或明显或细微的变化而已。比如，她们也许不会像先辈们那样整天手握转经筒，口念六字真言，也不会凡事求神问卦，她们甚至不相信自己的命运是由佛祖决定的；但她们依然信仰佛教，依然在节假日去寺庙朝拜，依然相信善有善报、恶有恶报的宗教教义，甚至在内心深处还存留着对传统道德意识的依恋和认同。由此可以这样认为，她们的生活方式虽然有所变化，她们的意识观念的确也更为现代，但她们在心理和精神上，并没有完全摒弃传统习俗和观念。鉴于此，有必要及时调整认识方向，清楚地看到这样一个显而易见的事实：在广大的藏区，随着社会经济的发展，人们的宗教信仰方式早已发生了巨大变化，不能因为这些变化而断定人们已经放弃了宗教信仰。就像以前人们朝圣只能徒步行走，但现在可以坐先进的交通工具，如汽车、火车，甚至开着自家小车去朝圣。不能因为人们不徒步去朝圣而认为他们不虔诚，甚至说他们压根就是对朝圣的亵渎。固执地认为这是道德沉沦、世风日下的表现，显然是缺乏历史眼光和辩证意识的狭隘之见。船夫的女儿追求现世幸福生活是人的合理欲望的正常表现，她并没有破坏传统规范。把她的行为视为世风日下、道德滑坡的表征，且要求其为此负责，显然是不合理的。

前面提及，在考察城市打工女性形象的心理诉求与观念转变的时候，有必要超越具体的文本细节，是因为许多时候，研究者的视野和思维可能会被作家"先入为主"，甚至是极为狭隘的文化观念和伦理意识所误导。在许多的作品中，作家往往会以一种自以为是的姿态扮演一个道德审判者的角色，把那些大胆追求物质利益和放纵个人欲望的人物形象放置在道德审判的被告席上。他们习惯于站在传统文化观念和伦理道德的角度，以缅怀和捍卫传统文化观念和伦理道德的严正态度，用冷峻的眼光检视带有世俗化倾向的世道人心，认为这是甚嚣尘上的物质社会世风日下、道德沉沦的表现。对此，他们会流露出痛心疾首的内心不安和精神焦虑，同时会抱有一种自我清高式的蔑视与不满。在文学实践中，他们会把这种心理意识、精神意念和情感诉诸人物塑造和故事叙述中，以不屑一顾或痛惜不已的笔调完成文本的艺术构建。这种带有作者主观倾向性的审美基调和道德优越感，显然会影响读者的认知方向，也会对研究者的理性判断产生或轻或重的影响。在当代藏族小说中，对于这类女性形象的刻画，作家们的态度几乎是一致的，表现出一种比较明显的贬斥倾向，而这种贬斥产生的内在依据仅仅在于人物的行为不符合传统伦理规范，侵蚀了被视为美好风尚的传统道德秩序。次仁罗布的短篇小说《泥沼》所蕴含的伦理判断，是当代藏族作家的这种文化态度的鲜明流露。

《泥沼》的主题非常鲜明，就是对来到城里打工的年轻女性的生活行为和精神风貌的描写与展示。从小说的标题可以看出，作者的主观态度是极为明确的，他用比喻性的说法把年轻女性到城镇打工判定为陷入"泥沼"。在作者的观察与判断中，来到城镇打工的年轻女性并没有找到她们想要的幸福生活和情感依托，与此相反的是，她们轻而易举地在像泥沼一样的城镇里走向"堕落"——行为上急速脱离原本美好的传统规范，情感上滑向无节制、无羞耻的自我放纵，在有限的空间中追求自以为是的物质享受和肉体愉悦，完全迷失在世俗的欲海中不能自拔。次仁罗布以艺术聚焦的方式，展现了以社会经济发展为主流的现代生活方式对原本生活在传统规范和习俗中的普通民众的强力冲击，以及这种冲击所带来的种种看上去"难以接受""不可宽恕"的负面现象。作为一个带有批判意识的作家，他的这种审美诉求与文化审视似乎也无可厚非。自古以来，艺术家就更倾向于以挑剔、苛刻的目光检视变化着的世俗生活，不在意肉体生命的痛楚愉悦，更乐意关注人的精神境遇和灵魂归属。但艺术的此种具有形而上意味的诉求并不是它的唯一属性和使命，艺术不能因为强调和重视精神层面的内容而忽视甚至漠视形而下的生存境遇，更不能拒斥、贬斥普通人的合理欲望。必须承认，现代社会过分看重物质利益和感官享受的伦理趋向的确衍生了许多负面现象，也在一定程度上催化、裸露了人性中可鄙丑陋的一面。这为创作者贬斥物质实利主义和过度释放生命感性欲望的生存景象提供了看上去颇为坚实的依据。在有着浓厚宗教文化传统背景的藏区，这种现象似乎更难被人接受。包括次仁罗布在内的藏族作家在小说中对此加以批判，正是这种传统的地域文化惯性使然。在他们看来，这既合理且有必要。但作家们似乎忽略了另外一个重要事实，那就是普通人满足自己合理欲望的正当性。就《泥沼》这一文本所表达的主题来看，次仁罗布的艺术选择本身没有问题，因为作为一个作家，作为一个有着清醒的文化意识的文化人，用批判的眼光审视各种社会文化现象，是其应该具备的理性品质，但次仁罗布在文本中缺乏更为全面的文化视野和历史眼光。站在传统道德伦理的立场上，用单一的思维视野把这类女性形象视为"道德失足者"或"道德恶魔"，显然是不合理的。它满足和符合的仅仅是作者既定的道德愿望和情感偏向，从社会发展的角度来看，其内含的道德逻辑令人怀疑。

进城打工的年轻女性的一些日常生活行为固然背离了传统文化规范，但这并不能成为她们遭受批判的根本原因。这样说，至少有两个方面的理由。其一是，传统伦理规范是否一定就是合理的？其二是，这些年轻女性背离传统文化规范的行为是否存在自身的合理性？传统伦理规范固然是历史积淀遗留的产物，它的存在有自身的合理性；但正因为它是历史积淀遗留的产物，它的存在就是有历史性的。换句话说，传统伦理规范是历史的产物，它自身的合理性也是受其产生发展的历史环境制约的。随着历史环境的发展变化，传统伦理道德规范也会发生更替变迁。在过去被视为丑恶的现象，在新的历史环境中可能会变为良善的象征；相反，过去被视为美好的现象，在新的历史环境中可能会受到人们的嘲弄与蔑视。恪守安贫乐道的生活规范，克制自我感性欲望，追求来世的幸福，在传统社会里，可能是一种令人崇仰的美德，就像那些"地母"型的女性那样，她们之所以令人崇敬仰慕，就在于她们身上具有一种符合传统伦理规范的高贵品质——恪守传统习俗和规范，甘愿牺牲自我，注重和谐友爱的人际关系，能够坦然接受现世的苦难等等。与之相反，追求物质享受，自由释放感性欲望，重视今生今世的幸福，注重个人利益和自我价值，则被视为一种带有自私自利倾向的"恶德"。但随着社会经济的发展和社会结构的变化，那些看起来不合理的人性因素，却成了一种正当的品质，比如对现实物质享受的喜好，对个人价值的肯定，对自我欲望的满足等。它们成为不再被社会文化拒斥的合理需求和表现，也成了时代进步、人性复苏的表征。之所以发生这种倒置式的变化，根本原因在于人追求幸福生活的本能与社会历史环境的自然契合。追求幸福生活是人的本能，是人来到世间的本质规定性，但如何追求和能否获得自己想要的幸福生活要受制于人所处的社会历史环境。人对幸福生活的渴望，以及人身上所潜藏的追求幸福生活的冲动，需要适当的社会历史环境提供条件才能得到激发和释放。传统伦理规范把追求物质利益和追求自我享受视为生命沉沦堕落的表现，是因为相对落后的社会经济无法为人们提供自我享受的充分条件。面对贫乏的生活资料，任何奢侈都是罪恶，自然也就是丑陋的。在此情形下，人们的欲望只能受到压抑，哪怕它是合理的正当的。从这个意义上讲，传统道德规范和伦理观念在它自身内部其实潜藏着扼杀人的合理欲望的因子，当社会进步到一定程度时，如果它还发挥强大的制约作用，这种因子就变成了严重的缺陷。由是观之，传统伦理道德所秉持的一些看上去很尊贵的东西，其实是不合理的。当代藏族小说中所蕴含的一些道德伦理观念就属于此类失去了历史合理性的思想文化意识。年轻一代的打工女性来到城镇追求自己的幸福生活，在新的环境里，她们获得了实现自我的机会，也体验到了此前从未感受过的生活滋味。尽管她们的许多行为既不符合传统伦理规范，从新的道德眼光看也存在着令人担忧的自我迷失倾向；但历史地看，她们的渴望与追求都有着一定的合理性。在鲜活的生活面前，在奔腾不息的生活洪流中，她们感受到的首先是肉体带给她们的真实感受，而不是精神意念的纯洁无比。她们的所作所为是对生命流程最真实地呈露，这种呈露是社会历史给予的，也就是说，社会经济的发展为她们大胆释放自我创造了环境和机会。那些在过去的环境中被抑制的冲动在新的环境却复苏了，她们终于可以放弃旧的生活方式，尝试着运用一种全新的方式安排自己的生活。相对于那些陈旧的生活习俗和伦理规范来说，她们在具体的生活中遇到的无法回避的生命体验才是属于自己的存在之真，才是最现实的人生。作家们从道德守护和社会批判的角度对她们的行为进行严峻审视，在表现自己的精神关怀的同时，却忽视了人的现实存在的合理性。受传统观念的暗示和影响，把打工女性的一些生活行为简单地视为负面消极因素，只是一种外在的粗略考察，这种单向而固执的视野忽视了此类人物形象出现的历史内在逻辑。从文学社会学的角度看，对于藏区这种经济发展的后进地区，只关注精神关怀而漠视现实进步的单向视野似乎有脱离生活实际之嫌。对于那些试图通过自己的努力来获得较为丰厚的生活资源，实现自己微小的生活愿望的女性来说，这种道德化的审视显然太过拘泥于抽象的精神观念。从现实生存的境况和生命自由存在的角度看，用灵魂、精神这些抽象的东西否定和吞噬女性对感性存在的体验与追求，显然是不合理的，甚至是不道德的、不人道的。对传统伦理道德的怀旧式推崇和对当下社会"世风日下、道德滑坡"的过度忧虑，使得次仁罗布的视野只能局限在"人性堕落"的一面，而无法以更为开阔的眼光触及复杂纷纭的社会现实中女性所处的生存困境。伦理道德视野的定式和狭窄，使得次仁罗布在面对城市打工女性形象时，无法发掘出人物可能包含的内在丰富性和复杂性，更无法反顾传统伦理道德意识的局限性。次仁罗布对女性生存境况的讲述，延续的是传统规范所要求的表达惯例，没有突破男性话语所设定的表述规范，而这些困境很多情况下都是男权主义为中心的社会文化和生存规范所造成的。

关于这个问题可以援引梅卓的《在那东山顶上》这篇小说中华果这一人物形象来做些比较说明，以此佐证次仁罗布对打工女性形象指责的不合理性。《在那东山顶上》虽然没有鲜明的女性意识，但却以比较切实的女性关怀，对女性所处的现实境况进行了真实的描绘，揭示了女性在被男性抛弃之后所面临的种种生存困境和精神溃散。华果和丈夫都是唐卡画家，画唐卡既是他们的爱好，也是他们赖以为生的营生。不知什么原因，华果的丈夫带着华果画的唐卡弃她而去，失望的华果陷入了情感与精神的委顿之中不能自拔。她无法再去面对自己喜爱的唐卡事业，几乎对生活失去了信心。尽管小说没有具体明确地描述离她而去的那个男人到底对她造成了多大伤害，但从作品对华果生活状况和精神情态的描绘可以看出，丈夫带着唐卡不辞而别的行为对她的打击是致命的：

> 生活总得继续。可她只会画画，从未尝试过其他的生存方式。面对马上要交租金的房子，她束手无策。如今房中已空空如也，简陋的家具也卖成个把月的一日三餐，日子难以为继。怎么办？曾经支撑她存在的信念也已坍塌……
>
> 她看着墙壁，那上面曾挂满了她的唐卡，现在只剩下一些挂钉和双面胶的痕迹，墙壁的苍白犹如她的脸色。她绝望地瞪着无神的一对大眼睛，想着那些色彩缤纷的唐卡如今都在何处？那些秘密的花蔓开在何方？①

梅卓把书写的焦点对准了华果的现实困境，揭示华果被丈夫背弃之后的落魄与无奈，而没有关注任何伦理道德方面的内容，从而表现了她超越社会伦理道德话语，更乐意关心更具普遍性的生命存在状况的艺术取向。如此一来，作品也就包蕴了更为丰赡的艺术意蕴。这其中自然也包含着作者对女性的生存境况的深切关怀。拿这篇小说与次仁罗布的《泥沼》做比较，当然不是要刻意贬损后者，更不是否定次仁罗布的创作才华，只是想指出，在对女性生存境遇的关注方面，简单地以伦理道德来评判笔下的人物形象，尤其是女性形象，势必

---

① 梅卓：《在那东山顶上》，《麝香之爱》（小说集），西藏人民出版社 2007 年版，第 37 页。

会落入传统文化规范的陈旧藩篱之中而做出简单的价值判断，从而无法揭示人物形象所包蕴的更为丰富的人性内涵与社会内涵。

次仁罗布的这种艺术取向并不是个别现象，而是一种广泛存在的文化理念，其合理性毋庸置疑，但其掺杂的"天然"的道德优越性却是令人怀疑的。

主要参考书目
（以出版先后顺序排列）

李佳俊：《文学，民族的形象》，西藏人民出版社 1989 年版

佟锦华：《西藏传统文化概述》，中国藏学出版社 1990 年版

张京媛主编：《当代女性主义文学批评》，北京大学出版社 1992 年版

刘思谦：《娜拉言说：中国现代女作家心路纪程》，上海文艺出版社 1993 年版

丹朱昂奔：《藏族文化散论》，中国友谊出版公司 1993 年版

耿予方：《藏族当代文学》，中国藏学出版社 1994 年版

林丹娅：《当代中国女性文学史论》，厦门大学出版社 1995 年版

周炜：《西藏文化的个性：关于西藏文学艺术的再思考》，中国藏学出版社 1997 年版

马丽华：《雪域文化和西藏文学》，湖南教育出版社 1998 年版

张岩冰：《女权主义文论》，山东教育出版社 1998 年版

于乃昌：《西藏审美文化》，西藏人民出版社 1999 年版

丹朱昂奔：《藏族文化发展史》（上下），甘肃教育出版社 2001 年版

赵树勤：《找寻夏娃——中国当代女性文学透视》，湖南师范大学出版社 2001 年版

刘霓：《西方女性学——起源、内涵与发展》，社会科学文献出版社 2001 年版

罗婷：《女性主义文学与欧美文学研究》，东方出版社 2002 年版

德吉卓玛：《藏传佛教出家女性研究》，社会科学文献出版社 2003 年版

孟悦、戴锦华：《浮出历史地表：现代妇女文学研究》，中国人民大学出版

社 2004 年版

梁巧娜：《性别意识与女性形象》，中央民族大学出版社 2004 年版

李有亮：《给男人命名：20 世纪女性文学中男权批判意识的流变》，中国科学文献出版社 2005 年版

蒋述卓：《宗教艺术论》，文化艺术出版社 2005 年版

杨莉馨：《异域性与本土化：女性主义诗学在中国的流变与影响》，北京大学出版社 2005 年版

乔以钢：《中国当代女性文学的文化探析》，北京大学出版社 2006 年版

陈惠芬主编：《当代中国女性文学文化批评文选》，广西师范大学出版社 2007 年版

邓利：《新时期女性主义文学批评的发展轨迹》，中国社会科学出版社 2007 年版

刘传霞：《被建构的女性：中国现代文学社会性别研究》，齐鲁书社 2007 年版

任一鸣编著：《中国当代女性文学简史》，广西师范大学出版社 2009 年版

刘思谦等：《性别研究：理论背景与文学文化阐释》，南开大学出版社 2010 年版

陈定家选编：《审美现代性》，中国社会科学出版社 2011 年版

刘思谦：《学理与激情：刘思谦自选集》，河南大学出版社 2012 年版

贺桂梅：《女性文学与性别政治的变迁》，北京大学出版社 2014 年版

后 记

　　当代藏族文学经过半个多世纪的发展，已经形成了自己独特的地域、民族特色。其中由小说这一体裁"大户"所塑造的多种类型的人物形象，就是这种地域、民族特色的重要体现。本书就是以当代藏族小说所塑造的人物群像中的"女性形象"为关注对象，从一个侧面对当代藏族小说进行分析、评述的一次学术尝试。对于当代藏族小说中的"女性形象"这一审美因素，不同的读者和论者会有不同的看法和认识，我们在书稿中表达的仅仅是自己目前所形成的看法和认识。其中可能会有种种缺憾，敬请同行方家指正。

　　这本小书从提纲拟订、具体撰写到最后定稿，得到了中央民族大学文日焕先生、赵志忠先生、钟进文先生和中国社会科学院民族文学研究所尹虎彬先生的热心指导和精心点拨。他们的意见和建议为本书的顺利完成发挥了重要作用，在此表示衷心感谢！

　　本书最终得以出版，离不开西藏民族大学和西藏民族大学文学院各级领导和相关部门工作人员的大力支持。在此深表感谢！

　　本书能够顺利出版，得到了四川大学出版社各位编辑的大力帮助。他们热情、负责的工作态度，给我们留下了深刻印象；他们对书稿修改、版面设计提出了许多中肯的意见，在此表示衷心感谢！

于　宏　胡沛萍